KB163083

엘리제를 둘러싸고 레일라 vs 베르네르?!

「네가 진정으로 엘리제 님을 지키고 싶다면…… 배신자가 되더라도 이성에 가두는 것 말고 다른 방법은 없다.」

빌베리 왕국 국왕
아이즈

레일라

「국왕…… 폐하.」

에테르나

「레일라 씨…… 사실은 알잖아? 이러면 안 된다는 걸.」

베르네르

성에 감금당하고

오늘로 일주일.

이거, 사실은 내가 바라던

최고의 환경 아니야?

어⋯⋯ 누가 구출하러

쳐들어왔어?

장난해? 분위기 파악하라고.

「잘 왔다.
진짜를 넘어선 가짜 성녀여.
사람들은 나를 예언자라고 부른다.」

프로페타

# 이상적인 성녀? 미안, **기짜 성녀** 입니다!

~사상 최악으로 불린 악역으로 환생했는데요~

KUSO-
OF-THE-YEAR
FAKE SAINT
: ELRISE IN FIORE
CADUTO ETERNA

## 2

KABEDONDAIKOU
### 카베돈다이코
ILL. 유노히토

# CONTENTS

그림 : 유노히토

# 제21화 지난 이야기, 다음 이야기

요전번에 교장 일파와의 전투가 있고 며칠이 지났다.

이런 소리만 하면 대체 무슨 일이냐고 여길지도 모르니까, 조금만 더 자세히 설명하겠다.

내 이름은 엘리제. 전생의 이름은 후도 니토.

원래는 남자였다가 다른 세계인 피오리에 다시 태어난, 소위 말하는 TS(성전환) 환생자다.

그것만 보면 괜찮겠지만, 내가 환생한 곳은 나도 잘 아는 게임, 『영원의 산화~Fiore caduto eterna~』. 배드 엔딩 말고 모든 루트에서 메인 히로인이 죽는다고 하는, 끔찍한 미소녀 게임의 세계였다.

세계에서 날뛰는 마녀를 성녀가 물리치는 것이 주요 스토리인데, 플레이어는 주인공(기본 설정 이름 : 베르네르)을 조작해서 마음에 든 히로인의 호감도를 올려 골인하고, 마녀를 물리치는 것이 목표다.

그 과정에서 초반부터 중반에 걸쳐 주인공과 히로인 앞을 가로막고 자기 멋대로 마구 날뛰어 플레이어의 어그로를 끄는 악역이 있다.

그 이름은 가짜 성녀 엘리제. 진짜 성녀인 에테르나와 같은 마을에서 태어났다는 이유만으로 신분이 뒤바뀌고, 성녀의 신분을 이용해 나쁜 짓만 저지르는 쓰레기 오브 쓰레기, 올해의 쓰레기상 수준의 가짜 성녀다.

그리고 나는 곤란하게도 그 가짜 성녀에게 빙의하고 말았다.

솔직히 처음에는 황당했지만, 원래부터 전생에 미련이 별로 없어서 생각을 바꿨다.

내가 엘리제라면 자동으로 골치 아픈 적이 하나 사라진 것과 다름없다.

오히려 내가 성녀의 명성을 높이면 나중에 에테르나에게 성녀의 자리를 돌려줄 때 유리하게 작용할 것이다.

그렇게 생각한 나는 이 세계에서 사람들이 상상하는 이상적인 성녀를 연기하고, 게임에서 볼 수 없었던 해피 엔딩을 만들기로 결심했다.

다행히 이 몸은 마법의 재능만큼은 있었다. 그래서 어릴 적부터 단련한 결과, 아마도 이 세계에서는 아무도 나를 이길 수 없을 정도로는 여러모로 사기급 힘을 얻을 수 있었다.

마녀의 졸개인 마물을 모조리 짓밟아 줬고, 반대로 인류 진영은 좌우지간 인구가 줄어들지 않도록 여기저기 가서 회복 마법을 걸어서 유행병이든 부상이든 가리지 않고 싹 치료했다.

결과적으로 내가 아는 게임 세계보다도 인류에게 여유가 많이 생겼으니까, 의외로 어떻게든 되는 거였네.

그러나 그런 나를 위험시하는 자도 있었다.

그것이 『알프레아 마법기사 육성기관』, 통칭 마법학교의 교장이었던 디아스다.

디아스는 전대 성녀이자 당대 마녀인 알렉시아의 수석 기사로, 내가 다음 마녀가 되는 것을 두려워했다.

마녀를 물리친 성녀는 다음 마녀가 된다. 그리고 역대 최고로 불리는 성녀 엘리제…… 즉, 내가 마녀가 되면 아무도 이길 수 없으니까 어떻게든 알렉시아와 내가 접촉하지 않게끔 막고자 내 정보를 항시 마녀에게 보고한 것이다.

그러나 나는 가짜 성녀. 마녀를 해치워도 다음 마녀가 되는 일은 없다.

그러므로 거리낌 없이 교장 일파를 추방했고, 이로써 마법학교 지하에 숨어서 나와의 직접 대결을 피하는 마녀에게 정보를 알려 줄 사람이 없어졌다.

그것이 지금까지 있었던 일이다.

하하하, 이겼네. 밥 하고 자자. 아니지, 밥 먹고 오마.

그렇게 방심하고 싶지만, 아직 지하에 돌입하진 않는다.

진짜 그것으로 스파이가 전부라고 보장할 수는 없으니까 조금만 더 상황을 지켜볼 필요가 있다.

게다가 스파이가 사라졌다고 해도 내가 지하에 가서 마녀의 눈에 띄면 텔레포트를 쓰겠지.

마녀에게는 자기 몸을 분자로 분해해서 멀리 날아가는 성가신 마법, 텔레포트가 있다. 그래서 아무런 대책도 없이 섣불리 쫓아가서 도망치면 어디 있는지 알아내는 것이 더 어려워진다.

그러므로 이 텔레포트 대책이 없는 지금은 아무것도 할 수 없다.

그런고로 어떻게 텔레포트를 막을지 여러모로 생각해 봤는데, 현재로서는 딱 떠오르는 것이 없다.

애초에 분자로 분해해서 날아가는 사기급 수단을 막을 방법이 이 세계에 있기나 할까?

내가 아는 다른 판타지 작품을 찾아보면 무언가 대책을 마련할 수 있을지도 모르지만, 이 세계는 근본이 미소녀 게임인 탓인지 그 선에서 편리한 마법이 전혀 없단 말이지.

그러니까 나 같은 인간이 스스로 적당히 마법을 만들어서 활약할 수 있는 셈이지만.

그런고로 딱히 할 수 있는 일이 떠오르지 않으니까 현재는 각 나라 왕족에게 줄 뇌물로써 케이크와 푸딩 같은 것을 직접 만들고 있었다.

이 세계의 문명은 완전 정석 느낌의 중세 유럽 수준인데, 한편으로 길바닥에는 오물이 없는 편리한 문명이다.

그리고 과자는 별로 발달하지 않았다.

이 세계에서는 최근까지 일부 지역에서만 설탕을 구할 수 있어서, 대량으로 쓰기 시작한 것은 최근 몇 년 동안의 일이다.

오븐은 귀족이나 왕족, 그리고 성녀교회라고 하는 조직이 독점해서, 단 과자를 먹는 것은 그들만의 특권 같은 것이다.

그러니까 과자는 별로 발달하지 않았고, 설탕이나 벌꿀로 달게 만든 빵 비슷한 것이 이 세계의 과자류다.

까놓고 말해서 현대인의 기억을 지닌 나는 참을 수 없는 환경이므로, 심플한 재료로 만들 수 있는 푸딩이나 생크림을 올린 스펀지 케이크 등을 스스로 만들어 내 욕구를 채웠다. 그러다가 근위 기사에게 뇌물로 돌린 것이 호평받고, 왕족에게도 전달되었다.

처음에 그걸 먹은 어느 나라의 임금님이 '푹신푹신한 것이 마치 구름 같다! 구름은 처음 먹어 본다!' 라고 했을 때는 웃음을 참느라 필사적이었어.

구름……? 구름이라니. 너 말이야, 구름을 먹고 싶으면 얼음이라도 씹으라고.

더군다나 그 임금님 때문에 내가 만든 케이크는 케이크가 아닌 '클라우드' 라는 황당한 이름으로 퍼지고 말았다.

끔찍한 이름이다. 뭔가 무식하게 큰 검을 휘두르며 '흥미 없어.' 라고 말할 듯한 이름이잖아.

푸딩은 산처럼 생겼다고 '마운트' 라는 이름을 멋대로 붙였다.

정말이 지능이 떨어지는 이름이지만, 왕족과 귀족들은 '산과 구름을 먹을 수 있어!' 라며 시끄럽게 기뻐했다. 바보 아닐까?

뭐, 그런 일도 있어서 내가 만드는 과자는 일부 특권 계급만 맛볼 수 있는 '성녀의 과자' 로서 대호평이다.

물론 만드는 방법은 비밀. 이런 건 독점해야 제맛이죠, 나리.

나는 흔한 이세계 환생물 주인공처럼 인성이 좋지 않아서 죽을 때까지 독점할 작정이다.

그래서 말인데, 이렇게 뇌물을 돌리는 데는 다 이유가 있다.

이 세계의 왕족은, 까놓고 말해서 성녀의 미래를 안단 말이지.

오히려 마녀를 물리치고 돌아온 성녀를 가두고 밖으로 내보내지 않게 만들어진 것이 성녀의 성이다.

평소엔 호화로운 성이지만, 장치 하나만 가동하면 순식간에 감옥으로 바뀌는 구조다.

덤으로 성 지하에서는 마물을 몰래 키우고 있다.

이유? 물론 성녀를 죽이기 위해서다.

마물이라면 성녀를 죽일 수 있다는 사실은 이미 검증이 끝났으니까.

즉, 각 나라의 왕족은 현재 우호적인 태도를 보이지만, 마녀가 사라지면 순식간에 적대자로 바뀌는 셈이다.

나도 그걸 아니까 지금 시점에서 그들의 위장을 뇌물로 사로잡는다.

내가 마녀를 물리치고 죽어서 퇴장하면 딱히 그러지 않아도 되지만, 일단은 가짜 성녀임을 들켜서 추방 루트에 진입했을 때를 대비해 둔다.

그렇게 해서 성녀라는 사실 말고도 내 부가가치를 만들면 추방당한 뒤에도 어딘가의 높으신 양반이 과자를 목적으로 몰래 보호해 줄지도 모르니까.

수명이 얼마 남지 않았다고는 하지만, 그 나머지 수명을 도주 생활로 끝내긴 싫거든.

기왕이면 마지막까지 좋게 살다가 가고 싶다고 생각하는 건 사람으로서 당연하잖아?

그런 이유로 뇌물을 만들고 있을 때, 누군가 문을 두드려서 "들어오세요."라고 말했다. 그러자 내 수석 근위기사인 레일라 스콧이 방에 들어왔다.

말없이 들어오다니, 별일도 다 있네.

뭐야? 냄새에 끌렸어? 이 먹보.

잠깐만 기다려. 너한테 줄 것도 있으니까.

아, 아차. 없었다. 뭐, 내 걸 나눠주면 되려나.

"엘리제 님…… 여쭙고 싶은 것이 있습니다."

응? 뭔데? 내 스리 사이즈?

미안해. 잰 적이 없으니까 나도 몰라.

어…… 아니야?

"엘리제 님께선, 마녀를 물리치실 작정입니까?"

그렇지.

뭘 당연한 걸 물어보는 거야, 애는.

마녀를 물리치지 않으면 해피 엔딩이 아니잖아.

아니…… 사실은 있단 말이지. 마녀를 죽이지 않고 해피 엔딩으로 만드는 방법이.

예전에도 말했지만, 이 게임에서는 마녀 알렉시아도 공략 대상이니까 알렉시아 루트란 것도 있다.

그 루트에서는 알렉시아를 마녀의 숙명에서 구원하고 행복하게 해 줄 수 있다.

물론 그 루트의 최종 보스는 에테르나. 그리고 죽는다. 애는 왜 이렇게 불쌍하니.

하지만 그건 난이도가 높으니까, 내 공략 차트에는 없단 말이지.

디아스 교장은 알렉시아를 구해달라고 무책임하게 말했지만,

솔직히 나는 그러기 싫다.

"마녀를 토벌한 성녀는 다음 마녀가 된다고 교장이 말했고……
엘리제 님께서도 그 사실을 처음부터 아셨습니다. 하지만 저는,
엘리제 님께서 마녀가 되려고 하신다고 생각할 수 없습니다. 그러
니…… 부디 대답해 주십시오……! 당신께선…… 당신께선……
마녀를, 알렉시아 님을 물리치시고, 스스로 목숨을 끊으시려는
게 아닙니까?!"

레일라가 한 말을 듣고, 나는 한층 얼굴에 웃음을 띠었다.

아까워! 매우 가깝지만, 조금 달라.

정확하게는 자살이 아니라, 마녀에게서 흘러드는 어둠 파워로
죽는다.

그리고 나는 저세상에서 유유자적 백수 라이프를 만끽하는 것
이다.

내 생명에 너무 집착하지 않는다고 여길지도 모르고, 내 생각이
상식에서 어긋난 것도 잘 안다.

하지만 자의식이 유지된다면 살든 죽든 딱히 신경 쓸 일이 아니
라고 생각한단 말이지.

'내가 사라진다'와 '죽음'이 똑같지 않다고 할까…… 내가 무
서워하는 건 내가 사라지는 것이지, 그게 남으면 죽어도 딱히 상
관없다는 정도로는 생각해.

원래 있던 세계에서도 그다지 나쁘지 않은 인생을 살았으니까
앞으로는 느긋하게 지내며 인터넷을 보거나 게임을 하거나 라이
트노벨을 읽으면서 언젠가 찾아올 죽음만 기다리면 되겠지.

나란 인간은 그런 녀석이다. 아마도 보통 사람들보다 나사가 더 빠진 부분이 있는 거겠지.

"부디 가르쳐 주십시오……. 저는…… 아니, 우리는…… 성녀 님을 죽음으로 몰아넣으려고 섬긴 겁니까……?"

마침내 울먹이기 시작한 레일라를 보고 생각했다.

얼마나 이야기해야 할까?

우선 진실 고백은 아직 이르다.

이 시점에서 가짜 성녀임을 고백하고, 그것이 흘러나가 '가짜 다! 추방해라!' 같은 전개가 되면 조금 골치 아프니까 말이야.

레일라는 비밀을 잘 지키는 사람 같지만, 사람 입에 자물쇠를 채울 수는 없다고 하니까.

최종적으로 내가 가짜라는 사실이 들켜서 성녀의 자리를 에테르 나에게 돌려주는 건 전혀 상관없다.

오히려 그게 도리라고 보고, 마지막으로 내가 할 일이겠지.

레일라는 성녀를 섬기는 일족 출신이며, 그것을 자랑스럽게 여긴다.

그런 레일라로서는 섬기는 자를 죽음으로 몰아넣으려고 지킨다 는 사실이 매우 괴로우리라.

기사의 존재의의 자체를 지금 상실하려고 하고 있다.

그래서 나는 레일라의 눈물을 손가락을 닦아주고 안심하게끔 말했다.

"당신이 마음 아파할 필요는 없어요, 레일라. 기사라도 이 사실을 아는 사람은 아주 일부, 왕족의 입김이 닿은 자뿐이겠죠. 나도 직접 안 것이 아니랍니다. 우연히 알 기회가 있었을 뿐이에요."

주로 게임 밖 시점에서!

그러나 게임 밖 시점이란 어떻게 보면 모든 치트가 빛을 잃는 사기란 말이지.

뭐, 잘 써먹겠지만.

"성녀와 마녀의 운명은…… 바뀌지 않습니까……? 어떻게 해도…… 성녀는, 구원받지 못하는 겁니까?"

"아니요. 바꿀 수 있어요. 나는 그러려고 여기 있어요."

뭐, 사실 내가 여기 있는 이유는 모르지만.

하지만 그렇게 생각해야 심리적으로 의욕이 생기겠지.

그렇다. 나는 이 게임을 해피 엔딩으로 이끌고자 찾아온 것이다.

"괜찮아요, 레일라. 당신의 성녀는 절대로 죽지 않아요. 내가 반드시, 이 슬픈 운명을, 이 시대를 끝내겠어요."

"지, 진짜입니까……? 죽지 않는 방법이, 마녀가 되지 않는 길이 있는 거군요?!"

"네, 있어요. 지금은 아직 자세히 말할 수 없지만…… 부디 나를 믿고, 따라와 주세요."

레일라의 표정이 눈에 띄게 밝아지고, 허둥지둥 눈물을 훔쳤다.

뭐, 거짓말은 안 했어.

정말로 성녀는 죽지 않고, 마녀가 되지도 않는다.

그야 레일라는 이래 보여도 정말 착하니까 내가 죽으면 울지도 모르지만, 금방 회복하겠지.

진짜 성녀는 나처럼 겉으로만 성녀인 인간이 아니라, 정말로 착

한 아이니까.

그리고 솔직히 말해서, 나도 아주 조금은 속이는 것에 죄책감이 든다고.

그야 레일라는 원래 에테르나를 섬겨야 하는 아이고, 그러니까 어릴 적부터 열심히 애쓴 거잖아.

그런데 실제로 섬기고 보니 가짜이고, 더군다나 내용물은 남자야. 괴롭힘인가?

이렇게 우수한 아이가 언제까지고 나 같은 가짜를 위해 일하게 하면 좁쌀만 한 내 양심도 아파.

그러니까 진짜 주인을 섬기게 해 주고 싶어.

"괜찮아요. 마지막에는 반드시, 모두가 웃으며 맞이하는 해피엔딩으로 만들 테니까요."

내 계획은 완벽해!

나는 우울한 전개를 깨부수는 엘리제가 될 거야!

# 제22화 댄스 파티

요즈음 교내에 활기가 넘친다.

사실은 모두가 미워하던 교장이 추방되어서 만세! 같은 이유로 모두가 기뻐하……는 건 아니다.

교장 자리는 그 뒤로 곧장 다른 사람이 와서 대행했다.

새 교장은 전대 성녀의 기사였던 사람이 되면 또 똑같은 짓을 저지를지도 모른다는 이유로 현역 기사 중에서 뽑혔다.

그리하여 찾아온 새 교장이 근위기사 서열 2위, 폭스 자작이다.

나이가 30대 후반인 아저씨로, 성전시합에서 레일라에게 패배할 때까지 수석기사로 일했을 만큼 실력이 뛰어나다.

엄격한 훈련과 교육을 통과한 일부 엘리트만이 기사가 될 수 있지만, 그중에서도 서열은 있다.

가장 아래는 일반 평기사. 이 시점에서 어지간한 병사보다 지위와 실력이 모두 위다.

병사는 일반 농민이라도 마음만 먹으면 금방 될 수 있지만, 기사는 마법학교를 우수한 성적으로 졸업해야만 한다. 따라서 수준의 바탕이 다르고, 병사가 엄청난 천재가 아닌 이상 기본적으로 기사가 압도적으로 더 강하다.

그런 기사 중에서도 특히 뛰어난 자, 혹은 성녀가 직접 지명한 자만이 성녀의 곁을 허락받는 근위기사가 된다.

근위기사는 딱히 엄격한 인원 제한이 없지만, 조건이 맞는 자가 적은 데다가 전사해서 금방 숫자가 줄어드는 일도 있어서 한 시대에 열 명을 넘는 경우가 거의 없다고 한다.

그야말로 열 손가락에 꼽히는 천재만이 될 수 있는 슈퍼 엘리트 직종이다.

참고로 지금 시대…… 즉, 내 근위기사는 열두 명. 그럭저럭 많다. 나는 근위기사가 필요 없는데도 말이야.

그리고 근위기사는 1년에 한 번 성녀가 보는 앞에서 치르는 '성전시합' 이란 것으로 서열을 정하고, 그 시합에서 멋지게 서열 1위의 영예를 차지한 자가 '수석 근위기사', 혹은 줄여서 '수석기사' 로 불리며 모든 기사의 존경을 차지할 수 있다.

그 인물이 내 곁을 항상 지키는 레일라다. 가끔 멍청한 짓을 하지만, 사실 이 아이는 무진장 우수하다.

그리고 그 레일라에게 패배할 때까지 수석기사 자리에 있던 인물이 폭스 자작인 셈이다.

그는 내 교육 담당도 겸해서, 내 의식이 드러나기 전…… 즉, '막 나가던 시절의 엘리제' 를 잘 안다.

그런 사정도 있어서, 나는 이 아저씨를 함부로 대할 수 없다.

나이에 따른 노화도 있어서 슬슬 현역 기사로 있기 어려울 것이라는 소문이 예전부터 돌았고, 본인도 그런 소리를 했었다.

그런 의미에서는 후임을 육성하는 교장이 딱 좋은 은퇴 자리일지도 모른다.

더군다나 이로써 마법학교에 머무르는 근위기사가 두 명으로 늘었다.

아니지. 폭스 아저씨가 기사에서 은퇴하면 여전히 레일라 혼자인가?

아, 본론으로 돌아가자.

디아스 교장이 사라져도 마법학교는 평소처럼 돌아갔고, 특히 요새는 활기가 넘친다.

그 이유는, 오늘 작은 이벤트가 있기 때문이다.

1층에 있는 널찍한 홀에서 열리는 그 이벤트의 이름은 바로 댄스 파티.

이곳 생도는 예전에 말한 것처럼 귀족의 자식이 많아서, 장래를 대비해 이런 기술도 가르칠 필요가 있다.

또한 기사가 되어도 그러한 예법을 요구받는 까닭에 최소한의 사교댄스는 출 줄 알아야 한다는 듯하다.

성녀는 국빈으로서 파티에 초대받는 일도 있으니까, 그때 호위가 아무런 예법도 모르면 체면이 살지 않겠지.

말할 나위도 없지만, 가짜라고는 해도 일단은 성녀인 나도 사교댄스를 얼추 배웠다.

그런 이유를 빼더라도 댄스는 이 세계에 얼마 없는 오락이므로, 귀족이든 아니든 익히는 게 당연하다.

도시에는 댄스를 위한 사교장이 있어서, 매일 사람이 가득하다고 한다.

댄스가 오락의 주류가 되기 전에는 인간끼리의 결투나 사로잡은 마물끼리 죽을 때까지 싸우게 하는 쇼, 죄인의 공개 처형이 오락이었다고 하니까 이 세계에 댄스가 얼마나 중요한지를 알 수 있다. 소오름······.

게임에서 이 댄스 파티는 메인 스토리상 특별한 의미가 없다.

다만 히로인별 이벤트가 있어서, 댄스를 청한 히로인의 호감도가 대폭 상승하는 이벤트다.

루트에 진입하고 싶은 히로인의 호감도가 부족할 때라든지, 루트를 갈아타고 싶을 때 의외로 중요하다.

뭐, 호감도를 조절하기 위한 작은 구제 조치야.

그것 말고 게임에서는 언제나 그렇듯 엘리제(진짜)가 베르네르에게 이래저래 들이대서 짜증이 나지만, 나는 그러지 않을 거니까 이쪽은 생각하지 않아도 된다.

"엘리제 님, 슬슬 나가실 시간입니다."

레일라의 말을 듣고 앉아 있던 침대에서 일어난다.

지금의 나는 성녀의 정장과도 같은 하얀 드레스 차림이다.

최근에는 마법학교에서 쭉 제복을 입었으니까 참 오랜만인 것 같다.

그 이전에 성녀 행세를 위해서 드레스를 입거나 하지만, 사실은 너무 하늘거려서 별로 좋아하지 않는다.

애초에 내 정신은 남자인데? 사내자식이 하늘하늘한 드레스를 입고 좋아할 것 같아?

그런 놈도 있다고······? 시끄러워. 그건 좀 특수한 패턴이야.

그러므로 나로서는 드레스보다 제복이 그나마 낫다.

홀에 가자 이미 수많은 생도가 모여 있었다.

내가 가자 모두가 정지하고 나를 봤다.

아, 신경 쓰지 말고 계속하세요.

나는 그대로 먼저 신임 교장이 있는 곳으로 걸어갔다.

안녕, 폭스 아저씨. 수고수고.

교장 취임 축하해.

"이게 누구십니까, 엘리제 님 아닙니까. 역시 당신은 그 새하얀 드레스가 가장 잘 어울리는군요."

그건 착각이야.

일상복처럼 항상 입으니까 다른 차림을 한 나를 어색하게 느끼는 거라고.

그런 느낌으로 말하고, 나는 그대로 나는 아저씨와의 잡담에 전념하기로 했다.

까놓고 말해서 지금은 이 학교에 재적 중이니까 의무감 같은 걸로 참석한 건데, 이런 댄스 파티는 별로 좋아하지 않는다.

뭔가 싫은 게 아니라, 단순히 익숙하지 않아.

레일라는 그런 나를 아는지 모르는지, 내게 춤을 권하려는 자들을 눈빛으로 위압해 얼씬도 못 하게 하려고 했다.

아, 참고로 레일라는 보라색 드레스 차림이다. 잘 어울린다.

"요전번에는 부족한 제 딸의 행동을 막아 주셨다고 들었습니다……. 딸이 불편을 끼쳐서 죄송합니다."

아, 아이나 말인가.

괜찮아. 괜찮아. 그 정도는 애교야.

사내자식이 그랬다면 그냥 넘어가지 않았겠지만.

그런 느낌으로 이야기할 때…… 물론 사내자식이 어쩌고 하는 말은 입 밖에 꺼내지 않았지만…… 폭스 아저씨가 이상하게 푸근한 눈빛으로 나를 보는 것을 깨달았다. 뭐지?

"이렇게 이야기하니 제가 아직 엘리제 님을 모시던 시절이 생각나는군요."

아하, 옛날에?

홋. 나도 옛날에는 참 '불량' 했지.

그런 식으로 폼을 잡고 말했지만…… 사실 나는 다섯 살 이전의 기억이 없단 말이지.

그야 내가 빙의(?)한 것이 다섯 살 때니까.

다만 게임 지식과 주위 반응으로 다섯 살 때까지 내가 멀쩡한 인간이 아니었던 건 확신한다.

분명 게임에서의 엘리제는…… 마음에 안 드는 시종을 괴롭히거나, 다른 시종을 시켜서 괴롭히게 하거나, 성질을 건드린 인간에게는 '쟤가 날 괴롭혔어.' 라며 기사에게 거짓말로 일러바치거나 했던가.

으헤에…… 나도 참 용케 버림받지 않았구나.

"옛날의 엘리제 님인가요. 흥미가 있습니다. 어떤 아이였죠?"

"지금이야 훌륭하게 자라셨지만, 옛날에는 정말 말릴 수가 없었습니다."

아, 폭스 아저씨. 그만…….

"아무튼 자유롭다고 할지, 분방하다고 할지…… 다른 사람에게 고맙다고 하지 않고, 시종의 치마를 들치거나, 뛰어다니거나……. 한편으로 움직이지 않을 때는 정말로 꼼짝도 안 하셔서, 침대 위에 온갖 것을 늘어놓고는 '이게 움직이지 않고 필요한 것을 챙길 수 있는 베스트 포지션'이라고 말씀하셨습니다. 남자 하인이 오면 남자가 무섭다고 떼를 쓰셔서 억지로 다른 사람으로 바꾸게 하거나, 공부할 때는 온통 낙서만 하거나……."

응……? 어랍쇼?

내가 아는 엘리제의 어린 시절과 뭔가 다른데…….

엘리제가 그런 아이였던가?

"그리고 투정이 심했습니다. 어떤 식사를 준비해도 맛없다고, 밍밍하다고 주방장을 들들 볶고, 양의 젖이 싫고 소의 젖이 좋다고 말씀하시고, 빵은 딱딱해서 싫다는 둥……. 그리고 몸을 청결하게 하실 때도 따뜻한 물에 몸을 푹 담그고 싶다고 하셔서 특별한 욕조를 만들어야 했습니다. 이유를 여쭈어도, '몰라. 하지만 그게 아니면 참을 수 없어.'라고 고집을 부리셔서……."

어라? 이상한데.

내가 예상한 것보다 나쁜 짓을 안 했다.

그야 하나같이 더럽게 오만방자하지만…… 원래의 엘리제와 비교하면 완전 평범하다고 할까…….

뭐라고 할까, 오만방자함의 종류가 다르다.

원래의 엘리제는 음습하고 집요하다. 괴롭힘을 주도하는 부류다. 나쁜 의미로 똑똑하다.

그에 반해 폭스 아저씨가 하는 이야기에 나오는 과거의 엘리제는 단순한 바보.

아무 생각도 없이 본능과 욕구만으로 날뛰는 말괄량이 꼬마라는 느낌이 든다.

황당해하는 나를 아랑곳하지 않고, 폭스 아저씨는 손수건으로 눈가를 닦으면서 말을 잇는다.

"게다가 말투가, 아무리 고치려고 해도 거칠어서…… 씩씩하다고 할까, 특색이 너무 강하다고 할까……."

"그, 그건 참…… 지금의 엘리제 님을 봐서는 상상할 수가 없군요……."

"그렇습니다. 그러니 성녀로서 훌륭하게 성장하신 지금의 엘리제 님이 자랑스럽고, 기쁩니다."

어라? 어랍쇼?

역시 다르다. 이상하다.

나쁜 꼬마는 맞고, 터무니없이 오만방자한 것도 확실하다.

하지만 원래의 엘리제답지 않다.

굳이 따지자면 이건…… 그렇다. 나와 비슷하다.

만약 내가 이 게임의 기억이 없이 이 세계에 태어나 연기하지 않고 본모습을 그대로 드러내면 그런 녀석이 됐을…… 그런 느낌이었다.

이건 어쩌면…….

이 세계의 나는, 다섯 살 전후의 차이는 기억의 유무만이 아니라…….

——처음부터, 이 세계의 엘리제는 나였나?

◇

엘리제가 홀에 나타난 이후로 댄스 파티의 분위기가 확연하게 달라졌다.

모습을 드러냈을 때는 마치 시간이 멈춘 것처럼 모두가 넋을 잃었고, 곧이어 서로를 견제하기 시작했다.

기사를 지망하는 자들에게 성녀에게 춤을 권하고 에스코트하는 것은 최고의 명예다.

따라서 이 자리에 있는 남자는 모두 경쟁자. 모두가 적.

모두가 적이 먼저 움직이는 것을 감시하면서 본인이 먼저 나설 기회를 노리고 있다.

가장 먼저 나선 자는 마법학교가 자랑하는 변태, 서플리 민트였다.

그가 한 발짝을 내디딘 순간에 다른 생도와 교사들이 일제히 드롭킥을 날려 그 만행을 저지했다.

아직 아무것도 한 게 없지만, 이 변태라면 어차피 멀쩡한 목적이 아닐 것이다.

그리하여 제일 먼저 악당이 하나 추방당했다.

다음으로 움직인 자는 병사 출신의 1학년 존이다. 1학년이지만 나이는 20세다.

하지만 레일라의 눈빛에 격파당하고 마지못해 의자에 앉았다.

다음으로 항상 셋이나 함께 다니는 타다노, 카즈아, 와세가 동시에 일어섰다.

그리고 서로 노려보고, 서로 저지하고자 세 사람의 주먹이 동시에 서로의 얼굴에 꽂혔다.

끼리끼리 삼총사도 오늘로 해산이다.

그 뒤에도 몇몇 남자가 일어서지만, 어떤 자는 다른 남자에게 밀려나고, 또 어떤 자는 레일라의 얼음 같은 눈빛에 격파당했다.

하지만 그 와중에 남자들의 시체를 밟고 한 남자가 움직였다.

쓰러진 훼방꾼들을 마치 흐르는 물처럼 멋들어진 걸음으로 피하고, 방해하러 나타난 생도를 듬직한 몸으로 물리친다.

레일라의 눈빛에도 꿈쩍하지 않고 접근한 남자——베르네르는 성녀의 앞에 도달해 말했다.

"엘리제 님. 저와 한 곡, 춤춰 주실 수 있겠습니까?"

——이 순간에 베르네르는 모든 남자 생도가 존경해야 마땅할 용사가 되었고, 동시에 가증스러운 원수가 되었다.

# 제23화 자신과의 대화

진짜냐. 이 자식, 망설이지도 않고 이쪽으로 왔잖아.

메인 히로인 에테르나도, 인기 투표 1위인 마리도, 자존심 강한 새침데기 트윈테일 아이나도, 연상의 보수파 레일라도 있는데, 모두 무시하고 내게 올 줄이야⋯⋯. 이 녀석의 눈은 장식인가?

'그 꿈'으로 얻은 정보를 통해, 이 세계가 게임에서는 존재할 수 없는 엘리제 루트의 세계인 것을 나도 안다.

그래도⋯⋯ 말이지? 이게 무슨 개그 플레이냐는 거야.

아니, 나도 안다. 내면은 넘어가더라도, 나는 성녀를 연기하고 있고, 까놓고 말해서 급이 다른 미소녀라고 생각한다.

그리고 내용물인 쓰레기인 만큼, 이 껍데기를 유지하려고 마법도 써서 사기를 치고 있다.

그러니까 겉으로 봐서 좋다는 것은 내 고생이 보답받았다는 증거이기도 하다.

하지만 내 성녀 연기는 고작해야 연기다. 겉도 속도 진짜 성녀와는 거리가 멀다.

주인공은⋯⋯ 그 왜 있잖아. 사람의 속내라든지, 본성이라든지, 그런 걸 어느 정도 간파하는 법 아니야?

픽션에서도 겉으로만 좋은 사람인 척하는 녀석을 주위에서 모두가 신뢰하는 가운데, 주인공만 의심한다거나 하는 일이 많잖아.

자판기를 놔두고 굳이 가게에서 줄을 서서 담배를 사다니……이상한걸? 같은 것처럼.

베르네르 너, 오늘 네가 춤을 권하려는 사람이 최대의 지뢰인 걸 알기나 해?

루트를 바꿀 기회는 지금밖에 없다고.

게임으로 말하자면, 이 댄스 파티는 호감도를 조절하기 위한 구제 조치다.

너에게는 지뢰를 피할 마지막 기회일지도 몰라.

정말 그래도 되겠어? 넌 무조건 후회할 거라고!

후회할 거니까 나는 그만두는 게 좋을 거야!

"엘리제 님, 춤 신청을 받았습니다."

폭스 아저씨가 흥겹게 말했다.

아무래도 이런 분위기 속에서 내게 춤을 청하려고 온 베르네르에게 감탄한 듯하다.

끙…… 이럴 때 무시하는 건 겉보기에 나쁘나…….

차라리 거절할까?

춤을 요청받은 여성은 최소한 한 곡을 춰 주는 것이 매너 같은 분위기도 있지만, 딱히 거절하면 안 되는 것도 아니다.

화장실에 가고 싶을 때나 다리가 아플 때, 몸이 불편할 때……그리고 상대가 취했을 때라든가, 위협을 느꼈을 때는 거절해도 된다.

하지만 현재의 나는 딱히 몸 상태에 문제가 없고, 베르네르는 위에서 언급한 조건에 전혀 해당되지 않는다.

게다가…… 이렇게 사람들이 보는 앞에서 거절하면 제아무리 베르네르라도 창피하겠지…….

하는 수 없지. 한 곡만이다?

동네 여름 축제날의 달맞이 춤사위로 단련한 내 댄스 스킬을 보여주마.

뭐, 이 세계에 달맞이 춤은 없지만.

베르네르와 한 곡 추고, 다음에는 나도 남성 파트를 추고 싶어서 레일라를 불러 한 곡을 더 추려고 했다.

그랬더니 어째서인지 레일라가 당연하다는 듯이 남성 파트를 추기 시작했다. 이해할 수 없어.

레일라와 춤춘 뒤로는 피곤하다고 해서, 의자에 앉아 '더는 안 합니다' 오라를 내며 버텼다.

파티가 끝물에 접어들었을 즈음에는 몇몇 커플이 탄생한 듯, 나란히 밖에 나가서 밤하늘을 올려다보고 있다.

좋은걸. 청춘인걸. 폭발해라.

덤으로 나도 밖에 나가 하늘을 본다.

공기가 맑은 이 세계에서는 밤하늘에서 별이 잘 보인다. 참 훌륭하다.

하지만 자세히 보니 별자리 같은 것이 확연하게 다르다.

그렇게 하늘을 보고 있을 때, 베르네르와 에테르나가 나란히 찾아왔다.

오? 그래, 그거야. 그러면 된다고.

이건 에테르나 루트의 싹은 아직 사라지지 않았다고 보면 될까?

좋아. 그렇다면 서비스해 주마.

마법으로 빛을 이래저래 조정하고…… 얍, 유성군.

"우와……."

"저거 봐!"

"유성군이 보여!"

"굉장해!"

밤하늘을 보던 생도들도 유성군에 흥분하고, 여기저기서 환호성이 터진다.

뭐, 실제로는 유성군이 아니라 빛으로 그럴싸하게 보이게 한 거지만.

이런 마술도 속임수만 안 들키면 좋은 추억이 되겠지.

그러나 베르네르는 내가 한 짓임을 눈치챘는지 이쪽을 보고 있었다.

너무 노골적인 거 아니야?

신경 쓰지 마, 베르네르. 이런 건 입 다물고 보는 게 좋아.

게다가 싸구려 마술이라도 참 예쁘잖아?

"그렇군요……. 정말…… 아름답습니다……."

잘 아는구나.

그래. 순순히 마술을 즐기라고.

머리를 비우고 속아주는 것이 마술을 즐기는 방법이야.

◇

파티가 끝나고, 나는 방으로 돌아와 잠을 청했다.

그랬는데 정신을 차리고 보니 또다시 눈앞에 아파트 방이 펼쳐졌다.

일어나서 주위를 살펴보자 후도 니토(＝남자인 나)가 의자에 앉아 이쪽을 보고 있었다.

"안녕. 왔구나, 엘리제. 기다렸다고."

『그래, 나. 뭐랄까…… 진짜로 지난번 꿈에서 이어지는 거군.』

"말했잖아. 꿈이 아니라고."

꿈이면서 꿈이 아니다.

지난번에 헤어질 때 니토가 한 말이다.

확실히, 이렇게 연속으로 똑같은 꿈을 꾸는 일은 흔하지 않을 것이다.

더군다나 단순히 똑같은 꿈이 아니다. 전부 잘 이어지고 있다.

"우선 지난번에 하던 이야기를 마저 하지. 언제 네가 깰지 모르고, 다음 기회가 언제일지도 몰라. 앞으로 몇 번이나 이야기할 수 있을지도 모르고."

『그건 무슨…….』

"뭐, 기다려 봐. 그것도 잘 설명하지. 일단 듣기나 해 보라고. 그 전에…… 역시 어색하니까 말투만큼은 저쪽에 있을 때와 똑같이 해 줘."

바라는 게 많은 녀석일세…….

뭐, 나니까 당연한 거지만.

실제로 이 모습으로 예전처럼 말하면 어색할 테니까. 게다가 익숙해지면 저쪽에서 실수할지도 모른다.

일단 지금은 시키는 대로 해 줄까.

『하는 수 없군요……. 이러면 될까요?』

"오, 좋은걸. 엘리제와 이야기하는 느낌이 확 생겼어. 이걸로 내용물이 나만 아니면 반할 텐데."

『그만둬. 징그러워. 나끼리 반하다니, 누구 좋으라고.』

"그렇지. 걱정하지 마. 나도 그럴 마음은 없어. 미소녀는 내용물도 중요하지."

우리끼리 참으로 멍청하게 대화하면서 슬쩍 웃는다.

이러니저러니 해도 저쪽에서는 연기만 하니까, 본성을 드러내면 기분이 신선해진다.

"어디 보자. 지난번에 어디까지 이야기했더라……. 그래. 네가 누군지를 이야기했던가. 우선 내가 생각하기로, 너는 환생한 게 맞아. 네가 들어가면서 변화한 게임 내용에서는 『엘리제』가 다섯 살 전후로 성격이 급변했다고 해. 하지만 설명에 나오는 다섯 살 이전의 엘리제가, 변화하기 전과 너무 달라.

제멋대로 구는 건 똑같지만, 그 방향성이 다르단 말이지. 그건 굳이 말하자면 기억이 없는데도 어중간한 현대인의 감각으로 태어난 내가 할 법한 짓이야."

『역시 그렇게 생각하나요……. 나도 폭스의 이야기를 듣고 똑같이 생각했어요.』

"그래. 그래서 말인데…… 아마도 발단은 에테르나 루트의 엔딩을 보고 잠든 날일 거야.

내 예상으로, 그날의 나는 가사 상태에 빠졌을 거야. 잘 설명할 순 없지만, 왠지 알 것 같아. '아, 내가 죽었구나.' 하고 말이야. 그 뭐냐…… 어떻게 말하면 될까. 캄캄한 구멍 속에 내가 떨어지는 감각이라고 할까……. 그래. 나는 죽는 거구나 하고, 어렴풋이 느꼈어. 하지만 나는 다시 살아났지. 그래서 영혼이 전부 그쪽으로 가지 않고, 어중간하게 둘로 나뉜 거야."

블루라이트 차단용 안경을 손끝으로 밀어 올리고, 니토는 자신만만하게 설명했다.

참 당연하다는 듯이 환생이라고 하지만, 그 시점에서 전제가 너무 이상한걸.

그야 나 같은 것이 실제로 있는 이상, 환생이 있다고 믿고서 말할 수밖에 없겠지.

안 그러면 이야기를 진행할 수 없다.

"즉, 넌 아직 완전하게 환생하지 않은 거야. 그러니까 회수하지 못한 영혼을 회수하기 위해서 몇 번이고 이쪽으로 정신만이 돌아온 거지."

『내가 영혼을 회수하고 있다고요? 하지만 정말 그렇다면 당신은…….』

"그래. 아마도 네가 올 때마다 내 수명이 팍팍 줄어들겠지. 뭐라고 할까, 죽음이 점점 가까워지는 느낌이 들어. 이게 앞으로 기회가 얼마나 있을지 모르겠다고 한 이유야. 아마도 앞으로 몇 번이면 내가 완전히 너와 합쳐져서, 이쪽의 몸이 죽겠지."

대수롭지 않게 말하며, 니토는 자기 심장이 있는 데를 툭 쳤다.

마치 삶에 집착이 없는 것처럼 보이지만, 실제로도 없다.

나 자신이니까 잘 안다.

니토는 진즉에 죽음을 받아들였다.

왜냐하면…….

"뭐, 그건 딱히 상관없어. 어차피 가만히 둬도 1년 정도면 죽을 몸이야. 그렇다면 너와 합쳐지는 것도 나쁘지 않고, 오히려 죽은 뒤에 이세계 환생이 확정이라고 생각하면 즐거울 지경이지. 뭐 TS 환생은 조금 마음에 안 들지만."

왜냐하면, 어차피 얼마 못 가서 죽을 몸이니까.

후도 니토는 처음부터, 죽음이 오기만을 기다리는 인간이었다.

의사가 1년의 시한부 선고를 내리고 치료를 포기했으며, 이제는 병원에서 죽든지 집에서 죽든지만 남았다.

그렇다면 하다못해 죽기 직전까지 좋아하는 일을 하고, 그러다가 정말로 끝날 것 같으면 병원에 죽으러 가는, 그것밖에 남지 않은 인생이었다.

그래서 나는 픽션인 게임이라도 뒤끝이 찜찜하지 않은 해피 엔딩을 열망했다.

현실은 시궁창이니까, 하다못해 픽션 속에서는 좋은 꿈을 꾸고 싶었다.

그러니까…… 나는 죽음이 조금도 무섭지 않다. 후도 니토는 이미 끝난 인간이다.

다만 아무런 구원도 없이 뒤끝이 찜찜한 채로 사라지긴 싫었다.

『하지만…… 시간은 어떻죠? 나는 이미 저쪽에서 몇 년이나 살았는데요.』

"서로 어긋났다고 볼 수밖에 없어. 네가 봤을 때는 이미 엘리제가 되고 10년 넘게 지났을 테지만, 내게는 고작 1년 전 일이야."

『내가 들어가면서 게임이 바뀌었다고 했죠? 그렇다면 왜 다들 조용히 있나요?』

"보아하니 나 말고는 원래 그랬다고 인식하는 것 같군. 그래서 아무도 본래의, 그 쓰레기 같은 엘리제를 모르고, 본래의 『영원의 산화』도 몰라."

질문의 대답은 어느 정도 예상한 것이었다.

당연하다. 시간축이 같다면 니토는 진즉에 죽었을 것이고, 변화하기 전의 게임을 모두가 안다면 난리가 났을 것이다.

그렇게 되지 않은 이상, 이건 예상할 수 있었다.

『앞으로, 몇 번 정도일까요?』

"몰라……. 하지만 많아도 다섯 번은 안 되겠지. 난 네가 올 때마다 너를 꿈에서 보게 되었어. 처음에는 내가 아닌 내 이야기를 보는 듯한 감각이었는데, 요새는 마치 내가 엘리제가 된 것처럼 느끼는 꿈이어서 잠에서 깨도 한동안 이쪽을 현실로 인식하지 못해. 꿈과 현실을 구분할 수 없어졌다……는 거겠지."

『그렇군요…….』

"그래. 그러니까 얼른 필요한 것을 말하마."

니토는 그렇게 말하더니 PC의 슬립 모드를 해제하고 팬사이트를 띄웠다.

"지난번 이후로 어떻게 하면 마녀의 텔레포트를 봉인할 수 있을지 여러모로 조사해 봤다. 엘리제 루트가 발견되기 번부터 이런저런 고찰이 있었다고 하니까. 그중에 흥미로운 게 있었지."

키보드를 치고, 한 지점에서 페이지를 멈춘다.

나는 PC를 들여다보고, "호오." 하고 소리를 냈다.

602 무명의 기사 2017.10.25.(SUN) 00:20:14
생각해 봤는데 말이야. 텔레포트도 요컨대 마법이잖아?
그렇다면 주위에서 마력을 없애면 되지 않을까?
먼저 엘님이 학교 주변에 마력이 안 통하는 배리어인지 뭔지를 씌우고, 그다음에 배리어 안의 마력을 전부 흡수하는 건 어떨까? 아, 물론 엘님은 먼저 마력을 방출해서 잔존 마력을 줄이고 흡수하는 양을 늘리는 거야.

603 무명의 기사 2017.10.25.(SUN) 00:21:06
무리. 주위에 마력이 없어도 마녀 자기 몸에 저장한 마력으로 텔레포트 해.
주위의 마력을 없애면 마력 회복이 불가능하지만, 먼저 마녀 자신을 줄여야지.

604 무명의 기사 2017.10.25(日) 00:22:22
먼저 엘님 말고 다른 사람이 싸워서 텔레포트가 불가능할 정도로 마력을 소비시키고, 이어서 〉〉602를 하면 봉쇄할 수 있을 것 같은데.

그곳에 적힌 작전은, 이를테면 내가 폐활량을 믿고 공기를 전부 들이마시는 듯한 파워 테크닉이었다. 스타 플래티나인가?

마법을 쓸 때는 자기 몸에 있는 마력을 사용한다.

개인마다 흡수할 수 있는 마력의 한계량이 정해져 있고, 마법에 쓰는 마력의 양으로 마법의 위력과 규모가 달라진다.

즉, 마법을 쓸 때는 마력을 얼마나 몸에 흡수할 수 있는지가 중요한 셈이다.

저쪽 세계에서는 똑같은 마법이라도 MP를 얼마나 쓰냐에 따라 위력이 변동한다.

그리고 일반인의 MP를 1, 기사의 MP를 100, 근위기사의 MP를 200으로 봤을 때, 내 MP는 대충 50만을 넘는다.

내 MP는 53만입니다. 그렇지만 풀파워로 당신과 싸울 생각은 없으니 걱정하지 마세요.

그러니까 내가 MP 1000을 소비해서 마법을 날리면 MP가 1000 미만인 자는 절대로 상쇄할 수 없는 셈이다.

마녀는…… 뭐, 적어도 1000, 많아야 3000 정도려나.

다만 마녀는 마력 순환율이 높아서 마법을 써도 단시간에 주위 마력을 흡수해 회복한다.

즉, 1회 사용 한도는 3000 정도이지만, 사실상 무한으로 쓸 수 있다.

물론 나도 주위에서 마력을 잘 흡수하니까 무한인 건 똑같지만 말이야.

하지만 이 작전이라면 마녀의 회복을 봉쇄할 수 있다.

회복하려고 해도, 정작 중요한 마력이 없는 것이다.

그렇다면 조금 타이밍이 어렵지만, 먼저 나 말고 다른 누군가가 마녀와 싸워 마법을 팍팍 쓰게 하고, 텔레포트를 할 수 없을 정도로 MP를 소비시킨다.

그 상태로 내가 배리어&마력 흡수를 실행하면 텔레포트를 완전히 봉인할 수 있으리라.

내 최대 MP라면 배리어로 폐쇄된 공간에 있는 마력 정도는 전부 흡수해서 고갈시키는 것이 어렵지 않다.

그렇군……. 왠지 가능할 것 같아.

응. 이거면 되지 않을까?

# 제24화 관측 불가

『생각해 봤는데, 엘리제 루트를 끝까지 보면 미래를 알 수 있잖아요. 나도 참 똑똑하네.』

한차례 마녀의 텔레포트 대책으로 대화한 뒤, 나는 문득 떠오른 생각을 말했다.

아무튼 잠정적으로 마력 흡수 작전을 실행하기로 했는데, 잘 생각해 보니 여기서 이러쿵저러쿵 떠드는 것보다 엘리제 루트를 한번 끝까지 봐야 하지 않을까?

그렇게 하면 미래를 알 수 있고, 여러모로 대책을 세울 수 있지 않을까?

그러나 그런 내 똑똑한 제안에 니토가 코웃음을 쳤다.

"헹, 어설픈 생각이네. 그게 됐으면 내가 진작 했지. 바보야."

『뭐라고 짜샤?』

"자, 이걸 보라고."

그렇게 말하고 니토가 동영상 사이트를 띄웠다.

엘리제로 검색하자 【충격의 결말】 엘리제 루트 실시간 플레이 (최종회)가 떴다.

그래. 그거야. 이걸 보면 미래를 알 수 있겠지.

니토는 그대로 동영상을 클릭해서 재생을 시도했다.

우선 재생 전 광고. 아무래도 좋을 광고가 뜬다.

그리고 광고가 끝나지만…… 아무리 시간이 지나도 로딩이 끝나지 않는다. 코멘트 화면도 마찬가지로, 뭘 적었는지 알 수 없다.

『아, 이 사이트는 더럽게 느리니까 말이야. 다른 동영상 사이트에서 볼 수 있지 않을까?』

"그렇게 생각하겠지?"

그렇게 말하고 니토는 다른 사이트에 올라온 엘리제 루트 영상을 틀었다.

하지만 이쪽도 아무리 시간이 지나도 로딩이 끝나지 않는다. 시청자 코멘트도 볼 수 없다.

스마트폰으로 해도 똑같다. 화면이 넘어가지 않는다.

더군다나 스포일러 사이트를 봐도 화면이 하얗게 떠서 아무것도 표시되지 않고, 게시판도 어째서인지 로딩이 되지 않는다.

그러나 내가 이미 아는 내용…… 예를 들어 댄스 파티 장면 등은 문제없이 볼 수 있었다.

"전부 이래. 뭘 해도 볼 수 없어. 내가 게임을 플레이해도 똑같아. 어느 정도 진행하면 갑자기 멈추고 강제로 꺼지지. 이 댄스 파티도 얼마 전까지는 볼 수 없었어."

『어떻게 된 일이야?』

"야, 말투가 원래대로 돌아왔잖아. 간단히 말해서 미래는 볼 수 없다는 거야. 운명은 아직 미확정 상태라는 거겠지, 아마도."

『어라? 하지만 에테르나 루트는 볼 수 있었잖아요?』

미래는 볼 수 없다고, 니토는 말한다.

하지만 그런 것치고 지난번에는 에테르나 루트를 멀쩡하게 볼 수가 있었다.

결말은 별로 좋지 않았지만…… 그것도 미래 같은 거겠지.

"에테르나 루트는 네 시점에서 봤을 때 선택받지 않은 미래…… 라서 그런 게 아닐까? 말하자면 지금 네가 있는 세계에서 이어지는 미래가 아니지. 평행세계에서 일어난 일이야. 그런 건 볼 수 있는 걸지도 몰라.

선택받지 않았다는 의미에서, 에테르나 루트는 '있었을지도 모르는 세계'로 '확정'된 상태다. 하지만 엘리제 루트는 다르지. 지금 막 진행되는 중이야. 아직 확정된 미래가 아니지……. 없는 건 볼 수 없다. 알겠어?"

『미안, 모르겠어. 무슨 소리야?』

"엘리제 루트는 제작 중이라고 생각해 둬. 그나저나 너…… 뭔가 조금 이해력이 떨어지지 않아? 이것도 둘로 쪼개진 영향인가……?"

내 질문에 니토는 한심하다는 듯이 말하고, 댄스 파티 장면을 재생했다.

화면 속에서 베르네르 시점으로 누구에게 춤을 청할지를 정하는 선택지가 뜨고, 엘리제가 선택되었다.

그리고 댄스 장면이 전용 CG로 뜨고, 그 뒤에 유성군을 보는 장면에서 베르네르의 독백을 볼 수 있었다.

베르네르 : (유성군…… 굉장한걸. 하지만 타이밍이 조금 좋은 것 같은데……. 설마 엘리제 님이 뭔가 한 건…….)

엘리제 : 아, 혹시 들켰나요? 예상대로 내가 연출해 봤어요. 다른 사람들에겐 비밀로 해 주세요.

엘리제 : 게다가 작은 마술이지만……. 그래도 밤하늘을 수놓은 유성은 예쁘잖아요?

베르네르 : (그렇게 말하고 엘리제 님은 밤하늘을 쳐다봤다. 별빛이 밝히는 그 얼굴은 무척 환상적이고…… 신비로워서……. 아아, 정말로……)

베르네르 : 그렇군요. 정말…… 아름답습니다…….

베르네르 : (나는 진심으로, 그렇게 생각했다.)


꺄아아아아아아아아아아아아아아악!!

이 부끄러운 장면은 다 뭐야!

끄악, 당했다! 내 멘탈에 9999 대미지! 효과는 굉장했다!

그만둬! 내 SAN치를 깎아낼 셈이냐, 네노옴!

이불로 뛰어들어 대굴대굴 구르는 나를, 니토가 실실 웃으며 보고 있다.

"넌 왜 평범하게 히로인처럼 구는 거야? 웃겨 죽겠네. 베르네르의 이 문장, 완전히 너를 공략하고 있잖아."

『아아아아아아악!!』

아니야, 아니라고! 그때 베르네르가 그런 생각을 할 줄은 몰랐단 말이야!

정신에 큰 타격을 받은 나를 방치하고, 니토는 의자 등받이에 몸을 기대 화면을 바꿨다.

화면에 나온 것은 베르네르, 에테르나, 엑스트라A, 피오라, 마리, 아이나, 변태안경남의 스테이터스와 능력, 배울 수 있는 기술 등이 기록된 공략 사이트다.

"그래서…… 누구를 마녀와 싸우게 할 거야?"

『어?』

"무슨 반응이 그래. 아까 작전을 벌써 까먹었어? 먼저 너 말고 다른 사람이 마녀와 싸워서 MP를 깎아야 비로소 텔레포트 봉쇄로 넘어갈 수 있어. 즉, 누군가가 마녀에게 싸움을 걸어야 하잖아. 하지만 어설픈 멤버를 보내면 시체만 늘어날 뿐이지. 설마 그걸 계획도 없이 할 작정이야?"

니토의 말을 듣고, 나는 이부자리 위에서 똑바로 앉아 생각한다.

솔직히 누구를 마녀와 싸우게 해도 불안하다.

애초에 원래 게임에서는 엘리제가 전투에 가담하지 않았고, 베르네르 일행만으로 애써서 물리치는 상대다. 그러니까 그 녀석들만으로 해치울 수 없는 상대는 아니라고 본다.

게다가 마력을 조금 소모하게 하는 거니까, 난이도는 훨씬 쉬워진다.

그래도 누군가가 죽을 가능성은 얼마든지 있는 것이다.

마녀 알렉시아는 루트에 따라 평범하게 최종 보스니까 말이야. 너무 얕봐서는 안 된다.

『기사를 대량으로 투입하면 어떨까요?』

Fiore caduto eterna~

**엘리제**

그래도, 밤하늘을 수놓는 유성이
참 예쁘지 않나요?

"그건 '엘리제에게 있는 곳을 들켰습니다' 라고 선언하는 셈이 잖아. 곧장 텔레포트를 쓸 거다. 잊지 마. 마녀는 너를 무서워해. 네가 나타날 낌새를 느끼면 진짜로 곧장 도망칠 거다."

『마녀가 너무 겁이 많지 않나요?』

"네가 너무 강한 거야. 그 정신 나간 스테이터스는 뭔데? 파라 선생과 싸울 때 보고 뿜었다고. 그거라면 누구라도 도망칠 거다."

알렉시아는 진짜로 최종 보스일까? 왠지 믿음이 사라지고 있어.

금방 도망치는 최종 보스가 대체 뭐냐고.

더군다나 기사를 보내도 안 된다니, 너도 참…….

"마녀가 너를 무서워하는 건 진짜야. 알렉시아 루트가 게임에서 사라졌을 정도니까."

『어?』

"알렉시아는 게임에서 가끔 제정신을 차리고 특정 장소에 출현 하잖아? 그리고 거기서 말을 걸어 호감도를 올리고 알렉시아 루 트에 들어가는 건 기억하지? 그게 완전히 사라졌어."

니토의 말을 듣고, 나는 정신이 아찔해졌다.

마녀 너, 그토록 겁먹은 거야……?

니토의 말대로, 게임에서는 마녀가 몇 차례 지하 밖으로 나온다.

애초에 안 그러면 호감도를 올릴 수 없다.

알렉시아 루트에 진입하는 방법은, 그 적은 호감도 상승 기회를 놓치지 않으면서 다른 히로인의 호감도를 올리지 않고, 루트가 갈 라지는 타이밍까지 알렉시아의 호감도를 가장 높게 유지하는 것 이 조건이다.

참고로 이 루트의 가장 큰 장해물은 에테르나로, 일반적으로 진행하면 에테르나 루트를 노리지 않아도 호감도가 에테르나〉알렉시아가 되니까 의도적으로 에테르나를 차갑게 대하고 호감도를 떨어뜨려야 한다. 얘는 왜 이리 불쌍하대.

그러므로 알렉시아 루트를 노리는 동영상에서는 에테르나의 생일 선물로 드래곤의 똥 화석 같은 진짜 최악의 물건을 주는 인간쓰레기 베르네르의 웅장한 모습을 볼 수 있다.

'그렇다면 1회차 때 알렉시아 루트를 노리면 되잖아?' 라고 생각할지도 모른다.

에테르나 루트는 2회차 때부터 해금되므로, 1회차라면 위와 같은 장해물이 발생하지 않는다.

그렇지만 놀랍게도, 알렉시아 루트도 2회차부터 열린단 말이지…….

1회차 때도 알렉시아와 대화할 수 있지만, 공략 불가라서 고작해야 알렉시아와 싸우기 전, 싸운 뒤의 대사가 조금 달라지는 정도. '어쩌면 알렉시아를 구할 수 있었을지도 모른다' 는 떡밥만 깔아준다.

하지만 내가 있는 세계에서는 지상에 나가는 것조차 그만둔 듯하다.

그렇다면 알렉시아 루트가 사라질 수밖에 없지.

『그러고 보니 내가 가서 마녀가 곧장 도망치는 루트는 결말이 어떻게 되죠? 에테르나 루트를 제외하고.』

"그 경우에는 한동안 어딘가에서 잠복하고, 그곳에서 마녀의 앞잡이가 된 양아치가 에테르나의 부모님을 죽여. 그래서 에테르나가 분노로 성녀의 힘을 각성하고, 성녀의 파워 같은 무언가로 마녀의 위치를 알아내 마녀를 죽이지. 그 뒤로는 정해진 대로 에테르나가 최종 보스가 된다.”

『에테르나, 너무 불쌍하잖아. 온 세상이 다 죽이려고 들어.』

“더군다나 결국 마녀가 어디에 잠복하는지는 작중에서 설명하지 않아. 그러니 일부러 마녀를 도망치게 하는 건 추천 못 해.”

아무리 발버둥 쳐도 에테르나는 불행해진다 이건가.

그렇다면 에테르나의 부모님을 보호하면……하고 생각하지만, 애초에 마녀를 도망치게 하지 않고 학교 지하에서 확실하게 해치우는 게 가장 좋군.

일단은 에테르나의 부모님도 주의하자.

“다음으로 조심해야 하는 건, 마녀를 해치울 때 발생하는 어둠의 힘 이동인가. 이걸 실수하면 전부 물거품이 돼.”

『이동을 막는 방법은 게임에서 판명된 것만 두 가지가 있죠. 첫 번째는 성녀가 아닌 자가 마녀를 격파하는 것.』

“그래. 이건 주로 배드 엔딩에서 볼 수 있지. 이게 가능한 사람은 너와 베르네르밖에 없는데…… 시도한 사람은 죽는다고.”

나와 니토는 서로 마주 보고 가장 문제가 되는 마녀의 파워 이동에 관해 이야기했다.

이걸 에테르나에게 이동시키면 전부 헛수고가 된다.

에테르나는 최종 보스가 되고, 운명은 하나도 바뀌지 않는다.

그걸 피할 방법은 두 가지.

첫 번째는 나 또는 베르네르가 마녀를 해치우는 것이다. 하지만 그랬다간 죽는다.

『그나저나 그 배드 엔딩에서 들리는 웃음소리가 뭔지는 판명됐나요?』

"아니, 여전히 수수께끼야. 뭐, 단순한 연출 같지만…… 공식에선 아무 설명도 없고."

이 방법으로 순환을 끊는 것이 베르네르가 마녀를 물리치고 죽는 배드 엔딩이다.

하지만 이 배드 엔딩에는 사실 조금 으스스한 연출이 있으니까 신경이 쓰인다.

그것은 베르네르가 죽은 뒤 슬퍼하는 모두의 대사가 들어간 엔딩 테마가 깔린 뒤…… 화면이 어두워지고, 마지막에 누구인지 모를 목소리로 소름 끼치는 웃음소리가 메아리친다.

그리고 알 수 없는 폭발음과 건물이 무너지는 소리, 사람들의 비명이 울려 퍼지며 게임 시작 화면으로 돌아가는 것이다.

이 연출의 의미는 아직 잘 모르겠다.

"두 번째는, 마녀의 자살."

『에테르나가 최종 보스가 됐을 때 볼 수 있는 사인이군요…….』

마녀는 일반적으로 자살할 수 없다. 예전에도 말했다시피 어둠의 힘이 방해하기 때문이다.

하지만 에테르나가 최종 보스가 될 때는 갓 이동한 힘이 에테르나와 완전히 동화되지 않았고, 나아가 베르네르와의 싸움으로 에테르나가 힘을 소모하는 바람에 자살이 성공하고 말았다.

결과적으로 에테르나를 죽인 자는 에테르나 자신이 되어서, 힘의 이동이 에테르나 혼자로 끝나는 것이다.

이것은 이 게임에서 얼마 없는 히로인 생존 루트이기도 하다.

어느 히로인을 골라도 대체로 죽지만, 일부 히로인 루트에서는 에테르나가 자살하면서 끝나므로 마지막까지 살아남아 해피 엔딩으로 갈 수 있다.

다만 이건 절대로 안 된다. 내 처음 목적을 생각해도, 이 방법을 쓰면 지는 것이다.

"그 밖에는, 마물은 성녀를 죽일 수 있으니까 마물로 숨통을 끊는 건 어때……?"

『어려울 거예요. 마물은 완전히 마녀의 편이니까요. 게다가 마물은 신체가 강인하니까 만에 하나라도 마녀에게서 이동한 어둠의 힘에 버티면 터무니없는 괴물이 될 수 있어요. 뭐, 내 적은 아니겠지만요…….』

니토가 마물로 마녀를 죽이는 방법을 제안하지만, 그것은 불가능하다고 일갈했다.

마녀에게 무조건 복종하는 마물이 마녀를 공격하는 건 있을 수 없다.

"그러고 보니 너, 디아스에게 알렉시아를 부탁받았지? 그건 어쩔 건데?"

『어쩌고 자시고…… 쉽사리 구할 순 없어요. 일단 알렉시아 루트와 똑같은 방법으로 진행하면 불가능하진 않겠지만요…….』

"내가 알기로, 에테르나에게 어둠의 힘이 이동한 다음에 베르네르가 인공호흡으로 자기가 지닌 어둠의 힘을 알렉시아에게 돌려주는 거였지."

『네. 원래 베르네르가 지닌 어둠의 힘은, 알렉시아가 자신의 양심과 함께 분리한 영혼의 일부예요.

그것을 돌려줌으로써 알렉시아는 다시 살아나고, 인간으로 돌아가는 건데…… 이 루트에서는 언제나 그렇듯 에테르나가 죽어요. 더군다나 베르네르와 알렉시아가 알콩달콩하게 지내는 것을 보면서.』

"진짜 불쌍하네……."

솔직히 마녀 루트는 개인적으로 가장 찜찜한 루트다.

이 루트에서는 알렉시아가 마녀가 아니라 인간으로 돌아와 행복해지지만…… 에테르나의 마음을 생각하면 말이지…….

너는 왜 자기는 잘못한 게 없다는 얼굴로 베르네르와 알콩달콩하게 지내는 건데?

아니, 실제로 피해자인 건 맞지만.

에테르나가 보면 지금껏 나쁜 짓만 하던 마녀가 자기한테 나쁜 것만 떠넘긴 끝에 소꿉친구가 연상연하 커플이 되는 걸 지켜봐야 하고, 더군다나 처지가 역전되어서 그 녀석에게 마녀로서 토벌당하는 거라고.

이건 에테르나가 울어도 되잖아.

그런 사정도 있어서, 솔직히 나는 알렉시아 루트를 좋아하지 않는다.

CG 수집을 위해서 한 번은 플레이했지만.

"그렇다면 역시, 네 선택은……."

『내가 물리치는 거겠죠.』

"괜찮겠어? 넌 겨우 건강한 몸으로 환생했잖아. 살고 싶다고는 생각하지 않아?"

『원래부터 삶에 별로 집착하지 않았으니까요……. 게다가 성녀 연기를 계속하는 건 힘들고, 실수하기 전에 콱 죽어버리는 게 편할 것 같거든요. 어차피 수명도 얼마 안 남았고, 저쪽 세계에서는 저승이 더 쾌적할 것 같기도 하니까요. 게다가…….』

거기까지 말하고, 나는 레일라와 베르네르 일행을…… 그리고 어쩌다 보니 10년 넘게 살았던 그 세계를 떠올리고 웃었다.

『이러니저러니 해도, 나는 그 녀석들과 그 세계가 꽤 마음에 든다고. 그러니까 뭐…… 그걸 위해서라면, 어차피 얼마 못 가서 사그라들 내 목숨 정도는 버려도 아쉽지 않아.』

나는 인간쓰레기지만, 그런 나라도 인생의 마지막 정도는 조금이라도 좋은 일을 하고 싶다.

그 녀석들이 행복한 미래에서 살 수 있기를 바란다.

원래 존재했을 운명을, 내 마음대로 비튼 사죄도 겸해서 말이지.

그렇다면 주마. 배터리가 다 떨어지기 직전인 내 목숨 정도는.

어차피 진즉에 죽었을 목숨이다. 지금 와서 아쉬운 것도 없다.

오히려 내 시점에서는 1년 남았던 수명이 12년 넘게 연장된 셈이니까, 진짜로 미련이 없다고.

그렇게 단언했을 때, 시야가 하얘지기 시작했다.

보아하니 이번에는 여기까지인 듯하다.

그러면 저쪽에서 조금만 더 성녀 연기에 힘써 보실까.

마지막까지 말이지.

## 제25화 움직이기 시작한 왕족들

마녀와의 싸움에 대비한 가짜 성녀 라이프, 시작해요!

그 꿈을 통해서 마녀의 텔레포트를 막는 작전이 무사히 완성되었다.

이름하여 남한테 의지하는 마력 흡수 작전.

먼저 누군가를 지하로 보내 마녀와 싸우게 하고, 마녀가 마법을 쓰게 해서 MP를 깎는다.

이때 돌입하는 멤버에 정규 기사나 레일라를 넣는 것은 NG. 내가 마녀가 있는 곳을 알아차렸다고 느끼면 마녀가 즉각 내뺀다. 이 겁쟁이 자식!

어디까지나 '생도나 교사가 우연히 발을 들였다' 정도로 생각하게끔 해야 한다.

그때 마녀는 밖에 있는 내게 정보가 누출되는 것을 두려워해 온 힘을 다해서 침입자를 제거하려고 들겠지.

하지만 썩어도 마녀. 겁쟁이라도 최종 보스다.

일반 생도로는 당하는 게 당연하며, 아무튼 이길 수 있는 상대가 아니다.

게임에서는 베르네르 일행으로 해치우는 상대이고, 2회차부터는 베르네르가 혼자서 토벌할 수도 있지만, 아무튼 강적이라는 전제로 임하는 게 좋으리라.

그렇다면 어떻게 할까? 답은 간단하다.

베르네르 일행을 강해지게 한다……. 그것밖에 없다.

그런고로 폭스 아저씨와 레일라에게는 정기적으로 베르네르 일행을 비밀리에 훈련하라고 지시했다.

왜 비밀이냐면, 다른 생도들이 '특별 대우다!' 라고 반발하는 것을 피하기 위함이다.

다음은…… 그렇군. 마리처럼 생도 중에서도 정규 기사를 능가하는 실력자가 있을지도 모르니까 다음 투기대회에서 우수한 성적을 거둔 2학년과 3학년을 영입하는 것도 생각해 보자.

그리고 모처럼 디아스 일파를 붙잡아서 연락망을 우리가 장악했으니까 그것도 활용하고 싶은걸.

현재, 마녀는 디아스 일파가 붙잡힌 것도 모르고 여전히 스텔스 새, 스틸을 사용해 연락을 주고받고 있다.

하지만 그 대화 상대는 디아스가 아니라 변태안경남이다.

그 덕분에 마녀가 현재 생각하는 것과 디아스에게 무엇을 시키려고 하는지 등을 훤히 알 수 있다.

변태안경남이 조금 불안하지만…… 뭐, 그 녀석도 마녀에게 우리 정보를 누설하진 않겠지………… 그렇겠지?

마녀는 현재 어떻게든 나를 마법학교에서 멀리 떨어뜨리려고 획책하는 듯, 자기 부하를 마녀처럼 꾸미고 멀리서 날뛰게 하려는 듯하다.

잘하면 역이용할 수 있을지도 모르니까, 좌우지간 변태안경남에게는 디아스를 완벽하게 연기할 작정으로 마녀와 함께 나를 학교에서 멀리 떨어뜨리는 방법을 생각해 보라고 지시했다.

　그리고 나는 지하의 존재를 전혀 모른다는 거짓 정보를 퍼뜨리게 한다.

　다음은…… 특별한 건 더 없네.

　베르네르 일행이 강해지기를 기다리고, 그 밖에도 강한 생도를 모아 돌입시킨 다음, 작전을 발동해서 결판을 내면 끝이다.

　원래라면 하계휴가가 끝나고 동계휴가가 있기 전까지의 2학기는 가짜 성녀 엘리제와의 결전으로 쓰이는 기간인 만큼, 내가 베르네르 일행과 적대하지 않기만 하면 진짜 평화롭다.

　하지만 진짜는 동계휴가가 끝난 뒤다.

　그때부터는 본격적으로 마녀가 새롭게 판명된 진짜 성녀 에테르나를 말살하고자 자꾸 자객을 보내는데, 선택을 잘못하면 서브 히로인이 죽거나 한다.

　하지만 이 세계에서는 내가 가짜 성녀를 속행할 작정이니까 아마도 많이 달라지겠지.

　이렇게 하나둘씩 생각하면서…… 나는 지금 마차를 타고 이동 중이었다.

　나는 현재 마법학교를 떠나서 성녀의 성으로 돌아가고 있다.

　그 이유는, 각 나라의 왕족이 식사하면서 교류하는 자리를 가져서. 진짜 귀찮지만, 나도 그 자리에 초대받은 느낌이다.

　성녀의 성은 어느 나라에도 속하지 않는다──정확하게는 모든 나라와 연결된 시설이므로 이런 회담에는 딱 알맞은 것이리라.

나는 왜 내 성에 초대받는 거래?

이걸 현대적으로 표현하자면 '이번에 친목 파티를 할 테니까 너도 참가해! 아, 장소는 너희 집이야!' 라고 말하는 거잖아.

초대받은 게 아니잖아. 오히려 내가 맞이해서 대접하는 거잖아.

나로서는 나를 무시하고 다른 나라에서 잘 놀아 보라고 생각하지만.

아, 귀찮아 죽겠네.

뭐가 좋아서 아저씨들을 상대로 아양을 떨면서 밥을 먹어야 하냐고.

베르네르 일행에게는 금방 돌아올 거라고 말했는데, 진짜 바로 돌아가고 싶다.

높으신 분들을 상대하는 식사 자리는 평소보다도 성녀 연기에 신경을 써야 하니까 피곤하단 말이지.

성에 도착한 나는 하인들에게 임금님들 환영을 준비하고, 겸사겸사 음식도 적당히 만들게 했다.

그러고 나서 요청이 있었다고 하니까 생크림을 왕창 바른 거대 케이크를 만든다.

공정은 마법으로 많이 단축했지만, 귀찮다.

만드는 방법을 숨겨서 독점하고 있으니까 다른 사람의 도움을 받을 수도 없고 말이지.

그렇게 준비하고 있을 때, 각 나라 임금님들이 속속 도착했다.

"오랜만이오, 엘리제 님. 여전히 아름다우시구려."

처음에 그렇게 말하고 인사한 자는 빌베리 왕국의 아이즈 국왕이다.

이름의 느낌은 훈남 같지만, 실제로는 백발의 근육질 아저씨다.

마법학교가 세워진 곳도 빌베리 왕국의 영토이며, 국력과 발언력이 가장 강하다.

성녀는 특정 나라에 속하면 힘의 균형이 무너진다는 명분으로 중립이지만, 그 성녀를 수호하는 기사가 빌베리 왕국 소속이므로 실질적으로는 이 나라가 성녀를 끌어안고 있는 셈이다.

그 영향력은 현대로 말하자면 미국과 비슷할까.

이 아저씨는 옛날부터 뭘 생각하는지 알 수 없어서 솔직히 좋아하지 않는다.

뒤에는 그 아들인 왕자들이 따라왔는데, 살찐 녀석과 훈남과 미소년으로 속성이 풍부하다.

그리고 왕자들이 내게 보이는 시선이 징그럽다. 뭐라고 할까, 성욕이 얼굴과 눈에 드러난다.

하지만 이래 보여도 이 나라의 왕과 왕자들이다.

까놓고 말해서 내가 태어난 마을…… 즉, 에테르나가 태어나 자란 마을도 빌베리 왕국의 영토에 있으므로, 베르네르, 에테르나, 나 같은 주요 캐릭터는 대부분 빌베리 사람이다.

레일라는 사실 다른 나라의 유학생 출신이었던가.

"환영해 주어서 감사하오, 성녀여. 이건 우리 나라에서 재배한 마법의 파란 장미외다. 아름다운 꽃은 그대에게 어울리지. 부디 받아주길 바라오."

그렇게 말하고 색깔이 이상한 장미를 닭살 돋게 건넨 자는 다른 나라의 왕이다.

선왕이 병으로 죽어서 젊은 나이에 왕위를 계승했다고 하는데, 아무래도 좋다.

"허허허, 엘리제 님은 여전하시군."

그렇게 털털 웃는 자는 또 다른 나라의 왕이다.

사람 좋게 웃는 얼굴이지만, 눈에는 웃음기가 없다.

"있잖아, 리온. 난 빨리 클라우드를 먹어보고 싶어."

"하하하. 그래, 나의 사랑 에리."

애정 행각을 벌이면서 입장한 자들은 최근에 결혼했다고 하는 어느 나라의 국왕 부처다.

왕비는 원래 하급 귀족이었다고 하는데, 이런저런 일이 있어서 뜨거운 연애 끝에 왕비 자리를 꿰차고, 나아가 원래 왕비가 될 예정이었던 약혼녀는 파혼시켜 추방하는 등, 이게 어디의 악역 영애래? 라고 말해지고 싶은 드라마가 있었다고 한다.

이것들은 세계관을 잘못 찾아온 게 아닐까? 여긴 여성향 게임이 아니라 남성향 미소녀 게임 세계인데?

아무래도 좋은 일이지만, 이 나라는 재정난으로 망하기 일보 직전이라고 한다.

당연히 (왕비가 될 교육도 안 받은 여자를 왕비로 삼으면) 그렇게 되겠지.

"허허, 소문으로는 들었지만 참으로 아름답구려! 어떻소? 오늘 밤에 나와 한잔……."

그렇게 말하고 보자마자 추파를 던진 자는 일본식 상투를 튼 아저씨다.

옷은 기모노 같고…… 아니, 이건 완전히 기모노잖아.

바다 건너 동쪽의 작은 섬나라인 자퐁에서 왔다고 한다.

왜 판타지 설정에선 동쪽으로 가면 높은 확률로 일본 짝퉁이 있는 걸까?

"엘리제 님. 지난번에 정말 고마웠습니다."

마지막으로 그렇게 말한 인물은 루틴 왕국의 국왕이다.

수고수고. 왠지 기운이 없는데, 변비야?

"엘리제 님, 이 교류회는…… 아니, 아무것도 아닙니다."

뭔가 말하려고 했지만, 결국 아무것도 말하지 않고 어두운 얼굴로 자리를 떴다.

뭐야? 이봐, 궁금해지잖아.

그렇게 분위기만 잡는 거, 나는 좋지 않다고 봐.

그 이후로 교류회는 평화롭게 진행되었다.

도중에 재정난인 나라에서 다른 나라에 원조를 요구했다가 단칼에 거절당하는 광경을 목격했지만, 그래도 평화로웠다.

그리고 어느 정도 분위기가 무르익었을 참에 아이즈 국왕이 천천히 입을 열었다.

"그나저나 엘리제 님, 요새는 마녀를 찾아서 마법학교에 잠입했다 들었는데…… 찾을 수 있을 것 같겠습니까?"

"확실하게 말할 순 없어요. 어디까지나 상황 증거로, 학교에 있을 가능성이 크다고 예상한 것이니까요."

실제로는 이미 확정했지만, 그건 아직 말하지 않는다.

어디에 스파이가 숨어 있을지 모르니까 말이야.

게다가 여기 있는 누군가가 말실수해서 마녀에게 전해질 가능성도 있다.

"그렇군요. 아직 마녀를 토벌하는 단계에는 이르지 않았단 말씀이구려……. 그것참 다행입니다."

아니, 다행은 무슨.

바보냐?

"엘리제 님, 제안하고 싶은 게 있는데…… 마녀 토벌은, 그만두지 않겠습니까?"

이 아저씨는 또 무슨 소리래.

마녀를 토벌하지 않으면 해피 엔딩이 영원히 찾아오지 않잖아. 바보냐?

그나저나 이런 이벤트가 있었나?

아니…… 없어. 애초에 엘리제가 교류회에 초대받아 학교를 떠나는 이벤트가 아예 없다.

뭐, 그건 게임의 엘리제와 내가 다르니까 다소 차이가 발생했을 거라는 정도로 생각했지만, 왠지 모르게 분위기가 뒤숭숭해졌는걸.

"무슨 뜻이죠……?"

"마녀를 토벌하지 않아도, 현재로서는 당신이 있기만 해도 세계는 빛으로 기웁니다. 백성들은 내일을 두려워하지 않고 살며, 마물은 세력권이 좁아지고, 마녀는 숨어서…… 옛날에는 오가는 것만으로도 목숨을 걸어야 했던 가도도 지금은 안전하게 다닐 수 있게 되었지요. 전부 당신이 있어서 가능한 일입니다."

흠. 뭐, 가짜 성녀이고 내용물이 거시기해도 겉으로는 멀쩡하게 보이도록 제법 노력했으니까 말이지.

하지만 그게 어쨌다는 걸까?

"그러니까 지금 이대로를 유지하는 게 좋지 않겠냐고, 우리는 그리 생각하는 바입니다."

"더 좋아지게 할 마음은 없나요? 마녀를 토벌하지 않는 한, 세계의 어둠은 완전히 걷히지 않아요."

"그렇지요. 이상을 말하자면 마녀를 토벌하는 것이…… 세계에서 어둠을 걷어내는 제일이겠지요. 그러나 그 평화는 고작 5년밖에 가지 않소. 그리고 당신 같은 성녀가 앞으로 나타날 것이라고, 나는 생각할 수 없구려. 그렇다면 5년밖에 지속되지 않는 100짜리 평화를 추구하는 것보다…… 당신이 있으면 계속되는 95짜리 평화를 유지해야 하지 않을까……. 나는 그렇게 생각하는 바입니다."

이 아저씨, 뭔가 이상한 소리를 하기 시작했는걸.

마녀를 방치하고 현재 상황을 유지하라는 거야?

무슨 소리를 하는 건데? 제정신이야?

"자세히는 말할 수 없지만…… 마녀를 물리친 성녀는 반드시 사라집니다. 당신도 예외는 아니지요. 엘리제 님, 당신은 그야말로 역대 최고의 성녀입니다. 다른 성녀는 고작해야 5년…… 마녀를 물리치고 다음 마녀가 나타날 때까지 짧은 평화밖에 만들지 못했지요. 하지만 당신은 이미 7년 동안이나 평화를 유지하고 있습니다……. 그리고 당신이 살아있는 한, 이 평화는 유지되는 겁니다. 당신을 잃는 것은 크나큰 손실이며, 다음의 큰 재앙이 탄생하는 것으로 이어지겠지요. 그래서 제안하는 겁니다……. 마녀를 방치하지 않겠습니까?"

와, 뭔가 엄청 위험한 소리를 하는데.

하필이면 나라를 지켜야 할 임금님이 세계에서 가장 큰 위협이 될 마녀를 방치하자고 제안해 버렸잖아.

뭐, 조금은 이해할 수 있다.

이 녀석들이 봤을 때, 만약 마녀를 물리칠 경우에는 내가 다음 마녀가 되니까 말이야.

요컨대 '더럽게 센 무적의 마녀를 만들까 보냐' 라는 거겠지.

"지난번에 루틴 왕국이 궤멸할 뻔한 일을 아실 텐데요? 마녀가 있는 한, 그러한 비극은 반드시 어디선가 일어날 거예요."

"하지만 당신은 그것을 막았지요. 완벽하게 지켰습니다. 그러니까 나는 확신한 겁니다. 성녀 엘리제가 있으며 무리해서 마녀를 토벌하지 않더라도 평화를 유지할 수 있다고……."

아이즈 국왕은 싱글싱글 웃으면서 이야기를 계속한다.

"오히려 나는 이 '95짜리 평화' 가 최고의 균형이라고 봅니다. 마녀가 죽은 뒤로 평화로운 5년은 마녀의 위협도, 마물의 위협도 없지요. 하지만 적이 없어진 인류는 같은 인간끼리 다투기 시작합니다. 결속이 약해지지요. 아십니까? 과거에 있었던 전란은 모두 마녀가 없는 공백기에 발생했습니다. 설령 100짜리 평화일지라도, 인류는 스스로 그것을 80…… 아니, 70이나 60으로도 줄이는 겁니다.

하지만 일단은 마녀가 존재하는 지금…… 이 95짜리 평화는, 내 평생 가장 훌륭한 시기였습니다. 공통된 적이 있기에 인류는 같은 인간끼리 단단하게 결속하고, 적절한 위기감을 유지하며, 그리고 성녀 엘리제의 이름 아래에서 내일을 믿고 희망적으로 삽니다. 노력하는 겁니다."

아이즈 국왕은 두 팔을 벌리고 계속해서 말한다.

뭐라고 할까, 역시나 한 나라의 왕이다. 말을 진짜 잘한다.

자기가 하는 말이 정말 올바른 것처럼 치장하고, '어쩌면 그럴지도 모른다'고 생각하게끔 하는 화술이 뛰어나다.

"95면 됩니다…… 아니, 95가 좋소! 완벽해서는 안 되는 겁니다, 완벽해서는. 다음이 없으니까 인간은 망가지는 거지요. 목표가 보이면서도 다다를 수 없는, 그 균형이 좋은 겁니다. 온 세계가 빛으로 기울고, 하지만 어둠은 완전히 물러가지 않는……. 그렇습니다. 마치 태양이라는 거대한 빛에 움츠러든 작은 어둠처럼, 아주 작게나마 존재하는 겁니다.

이 세계에 필요한 것은 마녀 토벌이 아닙니다. 당신이 성녀의 자리에 계속해서 군림하는 겁니다! 그렇게 하면 이 평화는 계속됩니다! 당신이 있는 한, 10년이고, 20년이고! 아니, 나이를 먹지 않는 당신이라면 100년이라도!"

아, 응. 그러셔?

잘 알았다. 이 아저씨는 근본적인 부분을 이해하지 못했어.

그야 내가 가짜 성녀라는 사실을 알려준 적이 없으니까 어쩔 수 없지만 말이야?

아마도 내가 늙지 않으니까 영원히 살 수 있다고 착각한 거겠지.

오히려 그 반대다. 내 수명은 평균에도 못 미친다.

살날이 앞으로 1년도 안 남았을 테니까…… 까놓고 말해서 전지약이 다 떨어지기 직전이야.

원래부터 이 세계의 평균수명은 별로 길지 않고, 거기에 베르네르의 어둠 파워를 흡수하거나 했으니까 당연하지만.

마물에 의해 죽거나 하는 외적 요인에 따른 죽음을 계산하면 평균수명 무려 20세 미만.

그것을 제외해도 아사와 영양실조, 병사와 동사로 갓난아기가 두 명에 한 명꼴로 죽으니까 평균수명은 30세 미만일 것이다.

생활 환경이 좋은 왕족이나 귀족, 기사라면 50세든 60세든 사는 사람이 나름대로 있겠지만, 평균수명은 참으로 끔찍하다.

일단 내가 이것저것 한 결과, 아이의 생존율은 비약적으로 상승했을 테지만…… 그래도 현대 일본과 비교하면 말이지.

아무튼 지금은 쓸데없이 자극하지 말고 무난하게 대답해서 흘려넘길까.

"그렇군요……. 그런 의견도 있다고, 긍정적으로 고려해 보겠어요."

"고려하겠다? 그래선 안 됩니다."

나는 이 자리를 망치지 않고 끝날 작정이었는데, 보아하니 상대는 그렇지 않은 듯하다.

아이즈 국왕이 손가락을 튕기자 병사들이 일제히 쏟아져 들어와 나를 포위했다.

어이어이…… 그런 짓까지 하는 거야?

"엘리제 님! 당신은 마녀를 토벌하지 않고 정의의 상징으로서 죽을 때까지 성녀로 있어야 하겠습니다! 이것은 이미, 국왕끼리 상의해서 정한 결정 사항이오!"

어어……?

수명으로 죽을 때까지 새장에 갇힌 새가 되라는 거냐…….

그러고 보니 저쪽에서 본 에테르나 루트에서도 이 아저씨가 나를 유폐했던가?

왠지 일이 골치 아프게 돌아가는걸.

# 제26화 사로잡힌 (가짜) 성녀

자, 이 상황을 어떻게 할까?

포위당한 상황에서, 나는 홍차를 마시며 생각했다.

어쩌면 이 홍차에도 수면제를 타거나 했을까……?

뭐, 독 대책……이라고 할까, 상태이상 대책은 했으니까 그렇다고 해도 의미가 없지만 말이야.

물 마법으로 내 몸에 독이 들어와도 자동으로 즉각 분해, 해독하게끔 되어 있다.

어둠 파워도 몸에 해로운 물질을 지우는 효과가 있으니까 내게는 독극물이나 바이러스가 거의 통하지 않는다.

아무리 그래도 SF 같은 데서 나오는 강화 바이러스는 시험해 본 적이 없어서 몰라. 어쩌면 의외로 통할지도?

"이건 대체 무슨 뜻이죠……?"

침착한 척하며 주위를 확인한다.

나를 에워싼 것은 각 나라의 병사들……. 어째서인지 기사, 나아가 근위기사도 있는걸.

뭐야? 다 배신자야? 내가 그렇게 인망이 없어?

레일라와 폭스 자작을 제외한 모든 근위기사가 배신해서는 솔직히 웃을 수도 없다.

"죄송합니다, 엘리제 님! 하오나 저희는……."

"용서를 빌진 않겠습니다……. 하오나, 그래도…… 그래도 저희는 당신을 잃고 싶지 않습니다!"

근위기사에게 슬쩍 눈을 흘기자 움츠러들면서도 변명을 입에 담았다.

나를 잃고 싶지 않다니…… 애초에 마녀를 토벌한 성녀가 죽는 건 이 녀석들도 (진실은 모르겠지만) 알 텐데. 너희는 그걸 알고서도 기사가 된 거 아니었어?

아무럼 어때. 잔소리는 나중에 하고 지금은 이 상황을 후다닥 돌파하는 것이 더 중요하다.

근위기사 열 명에 잔챙이 기사가 스무 명 정도. 그리고 병사는 무척 많음.

뭐…… 죽이지 않고 모두 기절시키는 데 10초도 안 걸리겠네.

죽여도 된다면 1초도 안 걸리겠지만. 그럴 필요는 없겠지.

"아이즈 국왕. 당신은 방금, 내가 있으면 평화를 유지할 수 있다고 했죠. 그렇다면 묻겠는데…… 그게 가능한 사람을, 이 정도의 인원으로 구속할 수 있을 것 같나요?"

이 정도는 나라면 가볍게 빛 마법으로 꽝 해서 전부 쓸어버릴 수 있으니까, 진짜로.

이미 마력 강화는 끝냈다. 이 녀석들이 뭘 하든 내게 상처를 낼 수 없다.

애초에 이 녀석들은 나를 진짜 성녀로 인식하니까, 피해를 줄 수 없다고 생각할 것이다.

하지만 아이즈 국왕은 움찔하면서도 웃음을 지우지 않았다.

"물론 생각하지 않습니다. 그러나 당신의 종자는 다르지요."

나는 그 말을 듣고 레일라가 있는 곳을 봤다.

어째서인지 저항하지 않고 뒤를 잡혀서 목에 검이 겨누어진 레일라가 눈에 들어왔다.

야, 빡콧!

넌 왜 그냥 붙잡힌 거야!

"얌전히 있어 주시겠지요? 우리도 당신과 적대하고 싶은 건 아닙니다. 다만 조금…… 그렇습니다. 아주 조금만 당신의 몸을 소중히 여기길 바랄 뿐입니다."

아이즈 국왕은 부드러운 말투로 압박하듯 말했다.

적대하고 싶지 않다고 했지만, 이런 짓을 저지른 시점에서 적대선언이나 다름없는데 말이야…….

"당신에게도 나쁜 제안은 아닐 겁니다. 그저 평생 성녀로서 군림해 주십사 하는 것이니 말입니다……. 오히려 마녀와 싸워서 죽는 것보다 훨씬 이득일 것 같습니다만. 성녀로서 존경을 한 몸에 받고, 추앙받고, 권력도 있지요. 더군다나 마녀와 싸워서 죽지 않을 수 있는 겁니다. 오히려 이득밖에 없지요. 아닙니까?"

이득이라……. 그야 나한테는 이득밖에 없다고 말할 수도 있다.

하지만 그건 완전히 다음 세대에 문제를 떠넘기는 짓이다.

그야 마녀를 물리치지 않고 방치하는 거니까, 그 사명을 다음 성녀에게 억지로 떠넘기게 된다.

아무것도 해결되지 않는다. 그저 문제를 뒤로 미루고, 겉으로만 보이는 평화를 유지할 뿐이다.

그렇다면 내가 속 시원하게, 두 번 다시 마녀가 탄생하지 않도록 하는 게 낫잖아.

그리고…… 아마도 이 녀석이 원하는 것은 어디까지나 우상인 나다.

즉, 이 녀석의 의견에 찬성한 결말은 영원히 이 성에 감금당하는 미래밖에 없으리라.

물론 애초에 내 동의를 바란 게 아니겠지만.

"자…… 천천히 생각해 주시오. 여봐라, 성녀님을 방으로 모셔라. 정중히."

"네…… 엘리제 님, 안내하겠습니다. 이쪽으로 가시죠."

아이즈 국왕이 지시하자 근위기사들이 내게 일어설 것을 요구했다.

이 녀석들을 모조리 쓸어 버리고 도망쳐도 되지만…… 지금은 빠콧이 붙잡혔으니까 괜한 짓은 안 하는 게 좋을까.

빠콧까지 한꺼번에 날리고, 모두 뻗은 다음에 빠콧만 챙겨서 도망치는 방법도 있지만…….

뭐, 나를 어떻게 하려는 속셈은 없는 듯하니까 느긋하게 지내다 보면 얼마든지 기회가 생기겠지.

하는 수 없다. 지금은 얌전히 있어 보실까.

"필요 없어요. 내 방이 어딘지는 아니까요."

일어나서 내 방이라는 이름의 감옥으로 들어가 주자.

그러자 실내에 들어서자마자 밖에서 자물쇠를 채웠다.

뭐, 그렇게 될 건 예상했지만 말이야.

잠긴 것은 문만이 아니다. 창문에도 튼튼해 보이는 쇠창살이 달렸다.

창밖을 보니 아래에서 병사들이 허둥지둥 이쪽을 쳐다보고 있었다.

여기서 도망치려고 창살을 부수면 금방 들키는 셈이다.

나는 창문에서 떨어져 실내를 둘러봤다.

실내는 깨끗하게 청소한 듯, 쾌적한 청결함을 유지하고 있다.

천막이 달린 침대의 시트도 반듯하게 깔렸고, 티타임을 위한 의자와 테이블은 왠지 비싸 보인다.

이 성이 성녀를 가두기 위한 감옥인 깃은 알고 있었지만, 내가 성녀일 동안에 감옥으로 쓰일 줄은 몰랐다.

문도 안 된다. 창문도 안 된다. 그렇다면…… 뭐, 이럴 때는 난로를 탈출 경로로 사용하는 것이 정석이다.

물론 여기 난로가 그런 것도 고려해 사람이 지나갈 수 없을 것이라는 사실은 굳이 확인하지 않아도 알 수 있다.

하지만 작은 사람 크기라면 그것도 관계없으리라.

나는 마력을 짜서 요정 모양의 마법탄을 날렸다.

그것을 난로를 통해서 굴뚝으로 보내고, 밖으로 내보냈다.

좌우지간 빡콧을 구출해야 한다. 개만 확보하면 어떻게든 된다.

공교롭게도 얌전히 사로잡힌 공주님이 될 깜냥은 아니란 말이지. 미안하지만.

그렇다고는 하나 상대도 내가 빠콧을 확보하면 언제든지 도망칠 수 있다는 것 정도는 알 테니까 쉽게 풀리지는 않으리라.

뭐, 장기전이네.

다행히 마법학교 쪽은 한동안 굵직한 이벤트나 누군가가 사망하는 사건도 없으니까 내가 잠시 없어도 문제없다.

차분하게 앉아서 처리해 보실까.

◇

엘리제가 마법학교에서 모습을 감추고 일주일이 지났다.

각국 왕들이 모이는 교류회에 초대받았다고 했는데, 그런 것치고는 돌아오는 것이 너무 늦다.

장소는 성녀의 성이다. 마법학교와 성녀의 성 사이의 거리는 마차로 세 시간 이동하면 도착할 정도로 가깝다.

그럴 수밖에 없는 것이, 이 알프레아 마법기사 육성기관은 성녀의 기사를 육성하기 위한 기관이다.

이 학교에서 우수한 성적을 거둔 자가 들어가는 직장이 성녀의 성이다.

따라서 마법학교는 성녀의 성 가까이, 국경과 닿을까 말까 한 위치에 세워졌다.

그렇기에 아무리 생각해도 일주일이나 돌아오지 않는 것은 너무 이상했다.

학교 체류를 그만두고 그대로 성으로 돌아간 것일까?

말도 안 되는 이야기는 아니다.

애초에 성녀가 마법학교에 다니는 것이 이례적인 사태다.

그렇다면 원래 있어야 할 곳에 돌아갔다고도 할 수 있다.

하지만 베르네르는 안다. 엘리제는 분명 '금방 돌아올게요.' 라고 말했다는 사실을.

설령 성에 머물러야만 하는 이유가 생겼더라도, 엘리제가 아무 말도 없이 떠날까?

"딱 봐도 이상해."

수업이 끝나고 해가 저물기 시작한 시간대.

베르네르는 평소의 멤버를 모아 이야기를 나누고 있었다.

베르네르와 에테르나, 존과 피오라, 마리와 아이나, 그리고 일주일이나 엘리제의 모습을 보지 못하는 바람에 금단증상이 드러나 몸을 바들바들 떠는 서플리.

그들은 사람이 없는 교실에서 어째서 엘리제가 돌아오지 않는지 의견을 주고받는다.

"마물이나 도적이 습격했다거나……?"

"그렇다고 하더라도 엘리제 님이라면 문제없이 무찌를 수 있잖아. 레일라 씨도 곁에 있고…… 게다가 그런 일이 생기면 큰 소란이 생겼을 거야."

에테르나가 생각한 가능성 하나를 말하지만, 존이 그것을 부정했다.

만약 성녀가 그런 이유로 실종되면 여기저기 더 큰 소란이 일어났을 것이다.

나라에서도 수색 명령을 내리고, 병사를 움직여서 대대적으로 찾으리라.

하지만 현재는 그런 일이 일어나지 않았다. 답답할 정도로 평화롭다.

적어도 이 나라에서는 이번 일로 아무런 소란이 없다.

가장 찜찜한 것은, 성녀가 사라지고 일주일이나 지났는데도 학교 측에서 아무런 움직임이 없고, 생도들에게 아무것도 전하지 않는다는 점이다.

생도들 사이에서는 어째서 엘리제가 사라졌는지 아우성치는 목소리도 들린다.

그런데도 아무런 대응이 없다. 이건 확연하게 이상했다.

"교사와 교장은……."

"바보처럼 '문제없다'는 소리만 되풀이하고 있다네. 자세한 사정은 우리 교사들에게도 전해지지 않았다. 이미 나라에서는 성녀님께서 학교를 떠난다는 사실을 전했나 보더군."

"나라에서?"

"그렇다. 성녀님께선 국왕들과 식사하는 자리에 가셨고, 나라에서는 성녀님께서 돌아오지 않는다고 통보했다. 즉, 이번 일에는 나라…… 경우에 따라서는 각국의 국왕들이 관여했을지도 모르지."

나라가 성녀에게 해를 끼친다……. 얼마 전이라면 그럴 리가 없다며 웃었으리라.

하지만 지금은 다르다.

디아스와의 싸움에서, 성녀와 마녀의 관계를 알고 말았다.

성녀의 성이 사실은 성녀를 가두기 위한 감옥이라는 것도…… 전대 성녀 알렉시아를 나라에서 죽이려고 했다는 것도 알고 있다.

그 지식이 있는 이상, '설마' 라는 생각이 자꾸 머릿속을 스친다.

"국왕들이 엘리제 님을 가뒀다고……? 하지만 왜? 마녀를 무찔러서 다음 마녀가 된 것도 아닌데, 왜 지금 엘리제 님을 가두는 거야?"

"오히려 지금이니까…… 그런 걸까……?"

피오라가 의아한 듯이 말하지만, 마리는 왠지 모르게 납득한 기색이었다.

그리고 조용한 투로 말한다.

"마녀를 토벌하지 않아도…… 세계는 이미 평화로워……. 마녀는…… 성녀님을 무서워해서 움직이지 않아……. 무리해서 해치우는 것보다…… 이대로 내버려 두는 게, 나을지도……?"

"그 말은 즉…… 엘리제 님이 마녀가 될 바에는 차라리 현재 상태를 유지하는 게 훨씬 나으니까 국왕들이 가뒀다는 거야?"

"그럴지도 몰라……."

마리의 억측에, 아무도 반론하지 못했다.

그 말대로, 엘리제가 마녀가 될 바에는 차라리 현재 상태를 유지하는 것이 훨씬 낫다는 생각이 든다.

마녀가 있는 이상, 완전한 평화는 아니다.

하지만 애초에 그 '마녀가 없는 평화' 는 고작 몇 년밖에 가지 않는다.

그에 반해, '엘리제가 있는 평화'는 엘리제가 살아있는 동안 이어진다.

그것을 버리고 굳이 마녀를 토벌할 이유는 떠오르지 않는다.

"그래도…… 그렇다고 해도, 본인의 마음을 무시하고 가두는 것을, 나는 옳게 여기지 않아. 그건 단순히 엘리제 님을 이용하기만 하는 거야."

어쩌면 이대로 엘리제를 성에 가두는 것이 더 좋을지도 모른다.

역시 그건 잘못된 것일지도 모른다.

무엇이 올바른지, 알 수 없다.

하지만 이대로 방치하는 건, 베르네르는 할 수 없었다.

"어차피 여기서 이야기해 봤자 단순한 억측이야. 사정을 잘 알 만한 사람에게…… 아버님에게, 직접 물어보러 가자."

그렇게 말하고 아이나가 일어선다.

디아스를 대신해서 교장으로 취임한 폭스 자작은 아이나의 부친이다.

딸인 아이나가 물어보면, 어쩌면 교장도 아는 사실을 이야기해 줄지도 모른다.

베르네르는 그렇게 여기고 아이나의 제안에 따르기로 했다.

"그래, 물어보러 가자. 여기서 아무리 이야기해도 의미가 없어. 우리가 진상을 파헤치는 거야."

이것이 자신들의 억측이나 착각이라면 괜찮다.

그것이 가장 좋다.

하지만 만약 정말로 국왕들이 엘리제의 자유를 구속하고 자신들을 위해 이용하려는 것이라면…….

　적어도 베르네르 자신은, 상대가 국왕이라도 싸우자.

　베르네르는 그렇게 은밀히 결심했다.

## 제27화 면죄부

　교장에게 사정을 알아내기로 한 베르네르 일행은 곧바로 다 같이 교장실로 쳐들어갔다.

　일반적으로 생도가 사전 허가도 없이 갑자기 교장실에 들어가선 안 되고, 교장에게 주는 인상을 생각해도 좋은 일은 아니다.

　제아무리 우수한 성적을 자랑하는 생도라도 예의가 없으면 '이 녀석은 성녀의 곁에 둘 수 없다' 며 기사로 삼지 않을 가능성도 얼마든지 있다.

　적어도 사전에 약속을 잡거나 초대받은 것도 아닌데 난데없이 교장실로 찾아가는 생도가 있다면, 그자는 기사가 되는 길이 막힐 것이다.

　이것은 결코 너무 요란하거나 엄격한 처분이 아니다.

　윗사람의 방에 허가 없이 쳐들어가는 자…… 그런 자를 성녀의 곁에 두어서 성녀의 침소에 무단으로 침입하는 짓이라도 저질렀다간, 그래서는 이미 기사가 아니라 단순한 악당이다.

　따라서 평소 이곳에 허가 없이 들어가는 자가 있을 리가 없고, 베르네르 일행도 그 점은 잘 알고 있다.

　하지만 이번만큼은 베르네르 일행도 그것을 일절 아랑곳하지 않고서 돌입했다.

"아버님! 물어보고 싶은 게 있어요!"

문을 열자마자 아이나가 큰 소리로 외쳤다.

이를 보는 교장―― 폭스 자작의 반응은 의외로 차분했다.

마치 이 전개를 처음부터 예상한 것처럼 말없이 의자에 앉은 채, 고개를 들어 베르네르 일행을 봤다.

"흠. 좋다. 하지만 그 전에 문을 닫게."

"어? 아, 네…….'"

기세등등하게 들어왔는데도 너무나도 평소와 똑같은 아버지의 태도에, 아이나의 기세가 사그라들었다.

시키는 대로 문을 닫자 폭스 자작은 작게 한숨을 쉬고서 입을 열었다.

"보아하니…… 지금 이 학교의 생도 중에서 가장 기사에 가까운 자들은 자네들밖에 없나 보군."

그렇게 말하고 폭스는 슬쩍 웃음을 띠었다.

그것은 갑자기 쳐들어온 무례한 생도에 대한 분노가 아니라, 오히려 인정하는 듯한 반응이다.

베르네르 일행은 예상하지 못한 반응에 어떻게 하면 좋을지 몰라 딱딱하게 굳었다.

"그렇게 놀랄 일도 아니다. 그야 기사가 되기를 원한다면 예의가 중요하겠지. 원래라면 허락도 받지 않고 침입하는 자는 기사가 될 자격이 없다고 평가했을 것이야. 성녀님께도 똑같은 짓을 저질러서는 아니 되니까 말이지. 하지만 성녀의 비상사태 앞에서 아무것도 안 하는 것은 더더욱 있을 수 없는 일이다. 기사가 뭘 위해 있는지 알 수 없게 되겠지."

그렇게 말하면서 폭스 자작은 팔꿈치를 테이블에 대고, 얼굴 앞에서 손으로 깍지를 꼈다.

그리고 과거 수석 근위기사를 맡았던 자의 날카로운 눈빛으로 베르네르 일행을 봤다.

"그래서…… 예상은 하지만 일단은 물어보지. 자네들은 내게 뭘 물어보러 왔을까?"

"엘리제 님께서 왜 돌아오시지 않는지……. 지금은 어떤 상황인지. 그걸 알기 위해서, 우리는 여길 찾아왔습니다."

폭스 자작의 질문에, 베르네르가 곧바로 대답했다.

망설이지 않는 그 태도에, 폭스 자작은 눈부신 것을 보듯 눈을 가늘게 떴다.

지금의 자신에게는 이제 없는, 청춘의 우직함이다.

아직 미숙하지만…… 다른 것은 아랑곳하지 않고 성녀만을 생각하는 것이 기사에게 필요한 하나의 소질이기도 했다.

그렇기에 폭스 자작은 시험해 보고 싶어졌다.

이 젊은 세대가 어떠한 답을 내놓을지를.

"엘리제 님께선 무사하시다. 지금은 성녀의 성에 계시지. 단지…… 외출을 금지당했지만."

"그건 즉……."

"뭐, 감금…… 아니, 유폐라고도 할 수 있겠군. 하지만 이것은 각 나라의 국왕들이 결정한 일이다. 그들은 성녀 엘리제를 마녀와 싸우게 해서 잃는 것보다, 남기는 것을 선택했다."

이것은 베르네르 일행도 예상했던 전개다.

그리고 국왕들의 선택을 무조건 '악' 으로 단정할 수는 없다.

왜냐하면 여기 있는 모두가, 적어도 그게 더 낫지 않겠냐고 생각했기 때문이다.

전 교장 디아스에게 성녀의 말로를 들은 뒤로 쭉…… 성녀가 마녀가 된다면 싸우지 않은 채로 엘리제를 남기고, 마녀 토벌은 다음 성녀에게 맡기면 되지 않겠냐고…… 그렇듯 문제를 나중으로 미루는 것을 생각하고 말았다.

"나는 이 결정에 반대 의견을 내세울 수 없었다. 다른 근위기사도 마찬가지였지. 엘리제 님을 잃는 것을 두려워하고, 배신을 선택했다……."

그렇게 털어놓는 폭스 자작은 얼굴에 자신을 비웃는 듯 지친 웃음을 띠었다.

엘리제에게는 성에서만 사는 생활이란 불편을 강제하고 만다.

하지만 국왕들은 결코 엘리제를 나쁘게 대할 마음이 없다.

불편함 속에서도 최대한 편의를 봐주고, 지원하고, 원조하고, 되도록 쾌적한 생활을 보내도록 최선을 다해 주기로 약속했다.

그렇다면 그것이 엘리제에게 더 행복한 것이 아니겠냐고…… 그는 그렇게 판단하고 말았다.

"나는 무엇이 옳은지 몰랐다. 이것은 본인의 뜻을 무시하고 새장 속에 가두는 행위다. 하지만…… 새장 속에 있는 새는 보호받겠지. 소중히 여겨지겠지. 자유롭지는 않아도 평화를 약속받는 새장 속 새는 불행할까? 자유롭지만 언제 죽어도 이상하지 않은 야생의 새는 정말로 행복할까? 나는, 모르겠다."

그렇게 말하고, 폭스 자작은 고개를 가로저었다.

이어서 베르네르, 존, 피오라, 서플리, 에테르나를 보고 희미하게 부러워하는 표정을 지었다.

"아니…… 이것도 핑계로군. 실제로는 아무도 거역하지 않은 것이 아니다. 거역하지 못한 것이야. 평민 출신인 자네들은 모르겠지만…… 나는 기사이기 전에 영지와 백성, 가족과 하인들을 짊어진 귀족이다. 다른 자들도 똑같다. 자네들은 예외지만, 기본적으로 기사란 귀족의 자식이 되는 법이지."

이것은 지금 와서 확인할 필요도 없는 일이다.

베르네르와 에테르나는 본인의 뛰어난 자질 덕분에 마법학교의 좁은 문을 통과해서 여기 있지만, 기본적으로 이 학교 자체가 귀족 자제가 입학하는 것을 전제로 만들어졌다.

어린 시절부터 좋은 환경에서 훈련받는 귀족과 내일을 사는 것도 힘든 평민…… 그 차이는 확연하다.

따라서 현재 기사인 모두가 귀족이거나 그 친인척이었다.

그리고 그렇기에 그들은 국왕에게 거역하지 못하는 것이다.

"명목상으로는 국왕들보다 성녀의 권력이 더 강하다고들 하지. 하지만…… 이미 알겠지만, 실제로는……."

"실제로는 권력의 정점은 어디까지나 국왕들이고, 성녀는 단순한 우상……이란 뜻입니까?"

"그렇다, 존. 눈치가 빠르군."

성녀는 명목상 권력의 정점이지만, 실제로는 아니라는 것은 누구나 눈치챈 사실이다.

안 그러면 전대 성녀는 쫓기는 신세가 될 수가 없었다. 엘리제는 갇히지 않았다.

성녀란 단순한 상징이자 우상……. 군림하지만, 통치는 요구받지 않는다.

따라서 유사시의 발언력은 국왕에게 한참 밀린다.

그럴 수밖에 없다. 성녀는 딱히 토지를 지배하지 않거니와, 백성이 있는 것도 아니다.

실제로 나라를 움직이는 것은 국왕과 귀족들이다.

명목상 성녀를 자신들보다 높게 둔 것은 단순히 비판을 피할 수단에 불과하다.

그런 의미에서 오히려 당대 성녀인 엘리제는 발언력과 영향력이 너무 크다고 할 수 있다.

적어도 사실상 단순한 꼭두각시이자 마녀와 싸울 용도로 한 번 쓰고 버리는 병기였던 역대 성녀와는 하늘과 땅만큼 차이가 난다.

"나는…… 한때 수석 근위기사였다고는 하지만, 고작해야 작은 영지를 다스리는 자작이다. 국왕이 마음만 먹으면 가문과 함께 망하겠지. 그렇게 되면 백성과 하인…… 내 가족도 삶의 터전을 잃는다……. 나는…… 나는, 엘리제 님보다 내 이익을 우선하고 말았다……."

폭스 자작은 깍지를 낀 손을 손톱이 파고들 정도로 세게 쥐었다.

이 선택을 후회한다. 죄책감도 있다.

만약 국왕의 판단이 그저 악랄하고, 백성과 엘리제를 고통받게 하는 것이었다면, 어쩌면 정의감을 우선해서 충언하고, 그 결과로 가문이 망했을지도 모른다.

그러나 국왕은 그것도 예상했는지, 폭스와 기사들에게 면죄부를 줬다.

이것은 성녀를 위한 일이다. 이대로 가다간 성녀가 죽으니까, 그렇게 되지 않게끔 지키는 것이다.

그렇게 말하면 폭스와 기사들은 멈출 수밖에 없다.

그것이 국왕이 준비한 편리한 면죄부이고, 성녀를 배신하는 자책감을 희석하기 위한 입에 발린 명분임은 알았다.

하지만, 한편으로 그것은 진심 어린 소망이기도 했다.

엘리제를 죽게 하고 싶지 않다. 지금껏 세계를 위해 애쓴 성녀가 마지막에 마녀와 함께 죽다니…… 하물며 그 뒤에 마녀가 되어 지금껏 지켰던 세계를 자기 손으로 파괴하는 것은 참으로 무자비하지 않은가.

죄책감은 있다. 하지만 한편으로, 이러면 된다고 생각하는 자신도 있다.

그리고 그런 자신에게 더 큰 죄책감이 든다.

폭스 자작의 마음속은 본인도 도저히 말로 표현할 수 없을 만큼 복잡했다.

"레일라 씨는, 어느 쪽입니까?"

베르네르가 뭔가 확신한 투로 물었다.

사실 답은 알고 있었다.

디아스와 싸울 때 진실을 안 레일라의 초조함을 목격한 시점에서, 그 답은 이미 알고 있었다.

그리고 그것을 긍정하듯 폭스 자작이 대답했다.

"말했을 텐데……. 다른 근위기사도 마찬가지라고……. 레일라의 역할은 인질이다. 그대로 감금해도 엘리제 님이라면 자기 힘으로 얼마든지 도주할 수 있으니까……. 그래서 움직임을 막을 패가 필요했다……."

자기 목숨을 방패로 삼고, 자신을 걱정하는 주인을 협박한다.

그것은 기사로서 최악의 배신행위다.

그건 레일라도 잘 알겠지.

하지만 그렇게 해서라도 살기를 바랄 만큼, 레일라에게는 엘리제가 너무 큰 존재였다.

레일라는 냉정한 상태가 아니다.

엘리제를 향한 충성심과 엘리제를 잃을지도 모른다는 공포, 불안…… 그러한 것에 짓눌려서 혼란에 빠지고, 그것을 아이즈 국왕에 잡혀서 폭주했다.

"자네들은…… 뭐가 옳은 것 같나?"

폭스 자작은 베르네르 일행의 눈을 보고 물어봤다.

자신은 가두는 것이 옳다고 생각해서 행동했다.

자유롭지 않더라도, 성에서는 엘리제가 무척 풍요롭게 생활할 수 있다.

그렇다면 무리해서 마녀와 싸우게 하다가 잃는 것보다, 그것이 엘리제와 세계에 더 좋은 것이 아니냐며 자신을 속였다.

이 물음에 가장 먼저 대답한 자는 엘리제 성분이 부족해서 얼굴이 새파래진 서플리다.

"야생에서 5년, 사육 환경에서 20년. 이건 스틸의 평균수명입니다만, 새는 야생에서 사는 것보다 적절한 관리와 이해 속에서 더 오래 살 수 있지요. 나는 긍정합니다, 교장. 지고의 성녀를 잃는 선택은 말도 안 되는 일. 가둬서 애지중지한다…… 좋지 않습니까. 나는 엘리제 님께서 안 계신 세계에 가치가 있다고 보지 않습니다. 남기는 선택…… 나는 동의하지요."

열광적인 엘리제 신자인 서플리의 목소리에는 망설임이 일절 느껴지지 않았다.

그는 그때부터 엘리제를 가두는 것을 생각했을지도 모른다.

그에게는 엘리제를 잃은 세계보다, 엘리제 한 사람이 훨씬 가치가 있다.

따라서 이 대답은 필연적이었다.

극단적으로 말해서, 서플리는 엘리제를 가둔 결과로 마녀가 자유로워져 수천, 수만 명이 죽든 말든 상관없는 것이다.

어차피 원래부터 성녀를 희생양으로 삼고, 그 생명을 발판으로 삼아 연명하던 자들이다. 그는 가령 모든 인류를 모으더라도, 엘리제와 비교하면 티끌과도 같다고 진심으로 여기고 있다.

"나는…… 이상하다고 봐. 본인의 의지를 무시한 거잖아. 우선 엘리제 님의 의견을 들어야 하지 않아?!"

다음으로 온 힘을 다해 부정한 자는 에테르나다.

그 의견도 지당하다.

여기서 아무리 이게 옳다 저게 옳다고 논쟁한들, 결국에는 본인을 무시해서 진행하는 것이다.

베르네르도 그 말에 고개를 끄덕이고 한 발짝 나섰다.

"나는 엘리제 님을 구하러 가겠어. 하지만 이번 상대는 국왕이야. 실패하지 않더라도 기사는 고사하고, 수배범이 되겠지. 그러니까 오지 않을 사람은 안 와도 돼."

이번에는 모두에게 '협력해 달라'고 말하지 못한다.

장래를 내팽개치는 것을 넘어서, 죄인이 될지도 모르는 길이다.

그래도 베르네르는 망설이지 않았다.

그날 구원받은 은혜를 갚는다. 그러기 위해서라면 무엇이 적이 되어도 상관없다는 결의가 있다.

"나는…… 미안해……. 잘 모르겠어……."

마리는 그 뒤를 따르지 못하고 제자리에 멈췄고, 아이나도 한 발짝을 더 내지지 못한 채 다리를 굳혔다.

존과 피오라도 똑같다. 움직이고 싶은데도 움직일 수가 없다.

어쩔 수 없는 일이다……. 마녀나 마물과 싸울 각오는 있어도, 나라와 싸울 각오는 없다.

특히 마리와 아이나는 귀족이다. 자기는 괜찮더라도, 행동한 결과로 가족과 영지 주민에게 피해가 미칠 것을 생각하면 도저히 발걸음을 뗄 수가 없다.

결국 움직인 것은 두 사람…… 에테르나와 베르네르밖에 없었다.

"나도 갈래. 너 혼자만 보내면 불안하니까."

에테르나는 엘리제보다 베르네르를 걱정해서 동행을 청했다.

이렇게 한없이 돌진하는 친구를, 누군가 따라가 줘야 한다.

돌진하는 이유가 다른 여자이고, 자신은 눈에도 안 들어오는 것이 조금 화가 나지만…… 응원하기로 했다.

지금껏 그렇게 우직한 그에게 끌렸으니까.

"이번엔 서로 적이로군. 나는 이대로 성녀의 성으로 가서 국왕들에게 협력을 청하겠다."

서플리는 베르네르와 정반대 방향으로 망설임이 없다.

성녀를 살린다. 그러기 위해서라면 뭐든지 하리라.

따라서 이번에는 서플리가 아군이 아니다.

그 사실을 이해하고, 베르네르는 조용히 고개를 끄덕였다.

그리고 베르네르, 에테르나와 서플리는 서로 얼굴도 보지 않고 학교를 나섰다.


◇


생각해 봤는데…… 이거, 사실은 내가 바라던 최고의 환경 아니야?

성에 감금당하고 오늘로 일주일.

침대 위에서 빈둥대면서, 나는 문득 그런 생각이 들기 시작했다.

아니, 이 상황은 아무것도 안 해도 먹여 주고 재워 주는 거잖아.

국왕들이 나를 성에 감금한 건 맞지만, 내가 성녀를 계속하길 바라니까 가둔 것 말고는 우호적이고, 여러모로 편의를 봐준다.

나는 딱히 뭔가 일해야 하는 것도 아니라서, 이렇게 온종일 방에서 빈둥대도 된다.

말하자면 전 세계의 국왕에게 후원받는 백수 생활이다.

더군다나 핑곗거리도 있다. 난 감금당했거든요!

스스로 틀어박힌 것이 아니라, 국왕들이 가둔 거니까!

거참, 어쩔 수 없네! 가뒀으니까 어쩔 수 없어!

사실은 밖에 나가서 성녀의 일을 열심히 하고 싶지만, 그걸 허락해 주지 않으니까 빈둥거릴 수밖에 없는걸! 아이고, 힘들어라.

나는 진짜로 모두를 위해 분골쇄신하는 노예가 되고 싶지만, 그걸 허락해 주질 않으니까 말이야!

아이고, 힘들어라!

뭐…… 대충 이런 느낌이다.

백수 특유의 고민인 '나가서 일해라' 재촉도 없다. 그야 일하지 말라는 소리를 듣고 갇힌 거니까.

아, 하지만 일단은 갇혀서 힘들다는 포즈는 취해 줘야지.

창문에 손을 대고 먼 곳을 본다든지. 우울한 표정을 지어 보인다는지.

뭐, 그러면서도 속으로는 오늘 저녁밥이 뭘지 생각하고 있지만 말이야.

감시하는 배신기사A에게 오늘도 세계는 평화로운지, 마녀나 마물에게 고통받는 녀석들은 없는지 일일이 물어본다든지.

그나저나 그러네.

사로잡힌 공주님, 나쁘지 않잖아.

오히려 이건 최고의 신분이잖아.

갇혔다는 면죄부를 들이대고 얼마든지 마음껏 빈둥거릴 수 있다고.

게임 같은 걸 보면 자기 힘으로 탈출할 수 있을 정도로 강한 공주님이, 주인공이 올 때까지 붙잡혀서 지내는 경우가 있잖아?

더군다나 딱히 감옥에 갇힌 것도 아니고, 목에 족쇄를 채우거나 사슬로 자유를 빼앗긴 것도 아닌데, 보스 방 옆에 있는 방에서 태연하게 주인공이 올 때까지 기다리는 식으로 말이야.

그런 건 없다고? 아니, 있다고.

예를 들어 대중적으로 유명한 액션 게임에서 매번 납치당하는 공주님 말이지. 그 녀석, 사실은 평범하게 마법도 쓸 수 있고, 프라이팬으로 적을 패서 죽일 수 있어.

회복 마법도 잘 쓰니까 오히려 맞짱 성능은 주인공보다 좋기도 하다고.

더군다나 작품에 따라서는 플레이 캐릭터라서 평범하게 액션이 가능하고, 주인공이 납치되어서 반대로 공주님이 구출하러 가는 패턴도 있었다.

그렇게 강하면 알아서 마왕을 물리치고 도망치라고. 너는 그냥 싸워도 이길 수 있어.

더군다나 공주님을 납치한 마왕은 바보라서, 마그마 위에 다리를 놓고 나아가 그 다리를 절단하는 도끼까지 준비해서 히어로가 오기를 기다리는 것이다. 공들인 자살일까?

그렇다면 공주님, 뒤에서 다가가서 그 도끼로 다리를 자르면 되잖아. 그러면 해결되잖아.

그렇게 생각하는 플레이어는 나 말고도 있을 것이다.

하지만 알았어. 내가 그 처지가 되고서 잘 알았다.

사로잡힌 공주님은 무지 편하다. 자기 의지가 아니라는 면죄부로 마음껏 빈둥댈 수 있다.

그야말로 백수 천국.

너무 지내기 편해서 무심코 일주일 동안이나 눌러앉고 말았다.

어차피 마법학교에서는 동계휴가가 끝날 때까지 위험한 이벤트가 없으니까, 탈출은 그때 해도 늦지 않겠지.

그런고로 조금만 더 느긋하게 지내마.

모처럼 찾아온 백수 타임이니까, 마음껏 만끽해 주자.

아, 하지만 내 의지가 아니라고 선전하기 위해서 아무 의미도 없이 기도하는 포즈는 보여줄까.

하느님, 부처님, 오늘 저녁밥은 치킨이 좋겠어요……라고.

자, 기도 끝. 이제 빈둥거리자. 앞으로 일주일은 더 이곳 생활을 만끽해 주겠어.

으하하하하하하하하하!

어…… 누가 구출하러 쳐들어왔어?

장난해? 너 말이야, 분위기 파악하라고.

## 제28화 기사들의 방황


엘리제가 성에 감금당하고 일주일이 지났다.

감시자로서 문 앞에서 서면서, 근위기사의 일원이기도 한 렉스는 생각한다.

우리는 진정 올바른 것인가……. 일주일 내내 생각했다.

렉스만이 그런 게 아니다.

이번 사건에 가담한 모든 기사가 매일 자신에 대한 변명과 혐오를 거듭하며 하루하루를 보내고 있다.

이것이 옳은 일이라고 여기고, 아이즈 국왕이 주도하는 이번 계획에 찬동했다.

마녀를 물리친 성녀는 죽는다……. 그 이유는 그들에게 전해지지 않았지만, 그래도 과거 역사를 보고 그 사실이 바뀌지 않는다는 인식은 있었다.

그러니까 협력했다……. 성녀를 배신했다.

설령 배신자의 오명을 뒤집어쓰더라도, 성녀가 죽지 않고 미래로 이어질 수 있다면. 그렇게 자기 자신을 속였다.

하지만 생각하는 것이다. 자신들은 배신자의 오명을 뒤집어쓰고 성녀를 지킨 게 아니라…… 성녀를 지킨다는 것을 면죄부로 삼아서 그저 자신들만 위해 가둔 게 아닐까?

죽기 바라지 않는다. 살기를 바란다. 설령 배신자로 불릴지라도……. 그렇게 입에 발린 미사여구를 늘어놓고, 자기 자신을 기만하는 것에 불과하지 않을까?

렉스는 줄곧 그렇게 생각하고 있었다.

엘리제는 감금된 이후로 한 번도 렉스와 기사들을 원망하지 않았다.

하지만 오히려 그것이 렉스를 괴롭게 했다.

매도해도 되는데. 배신자라고 비난당할 각오는 했는데.

하지만 비난당하지 않을 각오는 없었던 것이리라.

그저 걱정하는 얼굴로 창밖을 보는 엘리제의 모습이 렉스와 근위기사들의 양심을 후볐다.

방 안에서 가끔 무언가에 기도하는 것을 안다.

필시 무고한 백성들을 위해 기도하는 것이리라.

스스로 구하러 갈 수가 없기에, 기도할 수밖에 없다.

갇혀서 움직일 수 없어도, 성녀는 백성들을 생각하고 있다.

그런 성녀이기에, 렉스는 자기가 한 행위를 극악무도한 것으로 여기고 만다.

"렉스. 오늘은 마녀나 마물에 고통받는 사람들이 없었나요?"

"네……. 마녀는 여전히 행방을 감춘 채입니다……. 마물도, 병사와 자경단이 충분히 감당할 수 있는 듯, 피해 보고는 올라오지 않았습니다."

"그래요. 그렇다면 다행이에요."

문 너머에서 들리는 엘리제의 질문은 어디까지나 백성들을 생각한 것이다.

성녀는 언제나 자신보다 무력한 백성을 걱정한다.

엘리제는 한없이 성녀였다.

그런데 자신은 대체 뭐냐고, 렉스는 울고 싶어졌다.

주군인 성녀를 배신하고, 멋대로 평온을 강요해 가두고…… 이것이 대체 어딜 봐서 기사란 말인가…….

"전령! 이 성에 침입자가 있습니다!"

고뇌하는 렉스에게, 전령이 계단을 뛰어서 올라왔다.

대체 무슨 일인지 생각했지만, 듣자니 침입자가 나타난 듯하다.

설령 배신했더라도, 성녀를 지키고자 하는 마음만큼은 버리지 않았다.

렉스와 함께 문 앞을 감시하던 동료 근위기사는 동시에 인상을 험악하게 굳혔다.

"침입자는 마법기사 육성기관의 생도인 듯합니다! 성녀님을 여기서 내보내는 것이 목적으로 추정됩니다. 제법 실력이 뛰어난 듯, 현재 고전 중!"

"알았다. 내가 나서지."

전령에게 대답하면서 렉스는 생각한다.

듣자니 침입자는 마물이 아니라 엘리제를 이 성에서 구출하려고 온 마법학교 생도인 듯하다.

참으로 어리숙하다고 생각했다. 그렇지만…… 배짱과 행동력은 대단하다.

적어도 자신보다는, 훨씬 기사답다.

그렇게 생각하고, 렉스는 자기 자신에게 실망한 것처럼 한숨을 쉬었다.

◇

베르네르와 에테르나의 침입은 금세 탄로가 났다.

원래부터 이런 시설에 잠입하는 방법을 모르고, 애초에 알더라도 이토록 엄중하게 경계하는 곳이라면 숙련된 암살자라도 들키지 않고 침입하기 어려우리라.

현재, 성녀의 성에는 엘리제의 동향을 감시하기 위해 빌베리 왕국의 국왕 일가가 머무르고 있다.

근위기사 열 명과 함께 수많은 기사와 병사가 항시 촉각을 곤두세우고 있는 것은 외적으로부터 성녀와 국왕을 지키기 위함이 아니다. 성녀를 여기서 도망치지 못하게 하기 위해서다.

그런 장소에 아무리 생도 중에서도 실력이 뛰어나다고는 해도 고작해서 일개 생도에 지나지 않는 베르네르와 에테르나가 접근하면 들키지 않을 리가 없다.

두 사람은 병사들에게 쫓기면서 성 내부를 뛰어다니고 있었다.

"아, 진짜! 바보! 이 미련퉁이!"

에테르나의 원성이 울려 퍼지지만, 그것도 당연하리라.

그토록 당당하게 성으로 향했으니까 뭔가 생각이 있을 줄 알았는데, 놀랍게도 아무런 계획이 없었다.

성에 다가간 베르네르는 놀랍게도, 엘리제에게 받은 대검을 휘둘러 보초를 기절시키고 당당하게 정면으로 침입한 것이다.

그야말로 근육뇌. 자주 단련만 하는 바람에 뇌까지 근육이 될 걸지도 모른다.

에테르나는 진심으로 그렇게 생각하고 있었다.

그렇게 막무가내로 움직여서 일이 잘 풀릴 리가 없으므로, 두 사람은 순식간에 병사들에게 에워싸이고 말았다.

"아차⋯⋯!"

베르네르는 어떻게든 병사들 사이를 돌파할 수 없을지 빈틈을 찾았다.

이번 목적은 어디까지나 엘리제를 구출하는 것이다.

병사와 싸우는 것은 목적이 아니고, 하물며 죽이는 것은 있을 수 없다.

그러나 상대도 이 성의 경비를 맡은 만큼 어지간한 병사보다 실력이 좋다.

기사에는 못 미치지만, 잘 훈련된 용사다. 애송이가 아니다.

그렇게 간단히 돌파할 수는 없으리라.

하지만 그때 얼음과 불 마법이 날아들어 병사들을 날려 버렸다.

고온과 저온의 급격한 온도 변화로 병사들의 무장이 산산이 부서지고, 모두의 시선이 그쪽으로 돌아갔다.

"여기는 우리가 맡을게! 어서 가!"

"미안해⋯⋯. 늦어졌어⋯⋯."

그곳에는 아이나와 마리의 티격태격 콤비가 있었다.

나라를 상대로 싸우는 것에 망설이는 모습을 보였던 두 사람이 등장하자 베르네르가 놀란 기색을 보인다.

"너희는…… 왜?!"

"당연하잖아. 그때 성녀님께 받은 은혜를 갚으러 온 거야. 이것저것 생각해 봤지만…… 뭐가 올바른지는 당장 생각하지 않기로 했어. 지금은 그때 은혜를 갚을 거야! 나중 일은 나중에 생각하고!"

"나도…… 지금은, 친구를 돕는 것만, 생각할래……."

아이나와 마리가 내놓은 답은 나중 일은 머릿속에서 버리고, '지금' 옳다고 생각하는 길을 택하는 것이었다.

은인이 갇혔으니까 구출한다.

친구가 구출하려고 하니까 돕는다.

그렇게 어리고 풋풋, 앞만 보는…… 어떻게 보면 생각하기를 포기한 걸지도 모르는 선택이다.

하지만 나중 일을 너무 생각하다간 걸음이 멈춘다. 필요할 때 아무것도 못 하게 된다.

그러니까 두 사람은 일단 '한 걸음'을, 스스로 옳다고 여기는 쪽으로 내디뎠다.

"가!"

아이나가 화염을 조작해 베르네르와 에테르나 앞에 불의 터널을 만든다.

그 안으로 베르네르와 에테르나가 잽싸게 뛰어든다. 그리고 달렸다.

터널은 두 사람이 지나가자마자 불의 벽이 되어 병사들의 앞길을 가로막았다.

베르네르와 에테르나는 두 사람의 도움을 받아 달리지만, 계단 앞에 다다르려는 차에 걸음을 멈췄다.

지금까지 본 병사와는 확연하게 차원이 다른 존재가 그곳에 서 있었기 때문이다.

"용감한 청년들이여……. 지금 물러난다면 못 본 것으로 넘어가 주마."

그렇게 말하면서, 계단 앞에 선 남자는 검을 뽑았다.

방심할 수 없는 자세에서, 베르네르는 이 남자가 기사임을 짐작했다.

아니, 기사 중에서도 실력이 매우 뛰어난 자이다……. 그렇다, 그 레일라처럼.

"근위기사인가."

기사 중에서도 성녀의 곁에 있는 것을 허락받은 최정예.

아직 생도…… 그것도 1학년인 베르네르에게는 천상의 존재다.

그래도 물러날 수는 없다.

여기서 물러나면 자신이 바라는 기사가 절대로 될 수 없으니까.

서로 무기를 뽑고, 충돌하기 직전—— 베르네르를 넘어서 화살이 날아와 포물선을 그리며 기사에게 쏟아졌다.

기사는 그것을 대수롭지 않게 쳐내고, 베르네르의 뒤에 있는 인물에게 눈길을 돌렸다.

그 자리에는 베르네르의 학우인 존과 피오라가 서 있었다.

존과 피오라는 베르네르의 옆으로 걸어와 각자 무기를 들었다.

"존, 피오라…… 너희까지."

"먼저 가라, 베르네르. 여기는 우리가 맡는다."

당혹스러운 베르네르에게 먼저 가라고 재촉한 존은 눈앞에 있는 기사와 대치한다.

존은 이미 성녀를 구출하러 가는 것이 베르네르이고, 이를 위해 길을 트는 것이 자신들이라고 이미 머릿속으로 정한 듯했다.

의아해하는 벗에게, 존은 자조하듯이 웃으면서 이야기한다.

"나는 망설이고 말았어. 나라의 적이 되는 것이 무서워서, 멈추고 말았지. 정말이지 내가 생각해도 참 한심해. 그분은…… 엘리제 님께선 언제나 누군가를 위해 스스로 위험한 곳에 뛰어들었는데 말이야."

존이 떠올리는 것은 과거 자신이 구해졌을 때의 일이다.

그때의 엘리제는 마물 대군을 상대로 모두를 지키고자 싸움에 나섰다.

상대가 강하든, 거대하든…… 숫자가 많든…… 그런 것을 생각하지 않고, 온 힘을 다해서 사람들을 지켰다.

그렇게 지켜진 사람 중에 존이 있었다.

그런데도 정작 은혜를 갚아야 할 때가 되어서 존은 나라를 상대로 겁내고 말았다.

존은 그것이 진심으로 한심했다.

"나도 말이야……. 구출하는 것이 옳은지 아닌지, 시시한 걸로 고민하고 말았어. 이대로 가두는 것이 세계를 위해서도, 그분을 위해서도 좋은 게 아니냐고 말이야. 이상한 소리지⋯⋯? 그분은 그런 걸 생각하지 않고 나를 구해줬는데, 그런 엘리제 님의 위기 앞에서, 나는 옳고 그름을 따지고 고민하다가 걸음을 멈춘 거야."

과거 피오라가 구원받았을 때, 엘리제는 말했다.

손이 닿는 자들을 구하고 싶다고.

그 말에는 나중 일이나, 이해득실 같은, 시시한 생각은 전혀 없었으리라.

그때 맹세하지 않는가.

더는 울적하게 지내지 않겠다고. 구원받은 이 생명을, 엘리제를 위해 쓰겠다고.

그랬는데 베르네르처럼 곧장 움직이지 못했다.

그렇기에 생각한다. 앞으로 가는 것은 처음에 망설임 없이 움직인 베르네르여야 한다고.

따라서 피오라와 존은 소리친다.

──가라고.

존이 달리고, 기사와 정면에서 검을 맞부딪힌다.

그때 피오라의 화살이 날아와 잽싸게 쳐내려는 기사를, 그 직후에 존의 발차기가 날렸다.

그렇게 함으로써 공간이 생긴 계단으로 통하는 길에 베르네르가 망설임 없이 뛰어들고, 조금 뒤늦게 에테르나가 뛰었다.

그 뒷모습을 보면서 존은 웃고, 기사와 검을 맞댔다.

"네 얼굴은 나도 안다. 분명 존⋯⋯이지? 병사이면서 그 지위를 버리고 기사 학교에 들어간 것으로 기억한다."

"헤에, 근위기사 렉스 경께서 나 같은 말단 병사를 기억해 주다니 영광인걸."

"기억하지. 적어도 언젠가 우리와 나란히 설 남자는."

두 사람은 서로 검을 튕겨내듯이 거리를 벌리고, 다시 검을 맞부딪힌다.

불똥이 튀고, 두 사람의 시선이 교차했다.

"언젠가 너는 우리가 있는 곳까지 오리라고 확신했었다. 그랬던만큼 안타깝군……. 이렇게 될 줄이야."

"그러셔? 나는 지금의 댁이 더 안타까운데. 댁은 자기가 왜 싸우는지 모르고 싸우는 거지? 그런 얼굴이야."

"훗……. 정곡을 찔리면 아픈 법이군."

존과 기사——렉스의 검이 몇 번이고 부딪히고, 정면에서 힘겨루기가 이어진다.

그것은 싸움이 아니라 마치 커뮤니케이션 같았다.

검을 통해서 두 남자가 서로 믿는 것을 확인하고 있다고…… 피오라에게는, 신기하게도 그렇게 보였다.

계단 아래에서 검이 부딪히는 소리를 들으며 베르네르와 에테르나는 위를 향해 달려간다.

엘리제의 방이 있는 것은 성에서 가장 높은 곳…… 5층이다.

하지만 2층에서 벌써 어떻게 보면 지금 가장 마주치기 싫은 인물과 맞닥뜨리고 말았다.

남자의 평균신장이 165인 이 세계에서는 장신으로 치는 167센티미터.

윤기가 흐르는 검은 머리를 포니테일 모양으로 묶고 늠름하게 선 그 모습에서는 빈틈이 보이지 않는다.

근위기사의 증표인 백은색 갑옷을 입고, 손에 든 것은 수석 근위기사가 받는다고 하는 보검이다.

여성의 몸으로 수석 근위기사였던 폭스 자작에게 승리하고 약관 20세에 기사의 정점에 선, 성녀의 가장 가까운 곳에 있는 것을 허락받은 기사의 도달점.

하지만 평소 흔들림 없는 의지가 느껴지던 눈에는 왠지 모르게 힘이 없어서, 마치 주인에게 야단맞는 것을 두려워하는 강아지처럼 보였다.

"레일라 씨……."

베르네르는 서글픈 배신의 기사를 조용히 불렀다.

# 제29화 상반되는 사상

레일라를 앞에 두고, 베르네르는 천천히 검을 등 뒤에 매단 검집으로 돌렸다.

마치 싸울 필요도 없다는 듯한 그 태도에 레일라의 인상이 험악해지지만, 베르네르는 아랑곳하지 않고 전진한다.

"레일라 씨, 거기서 비켜 줘."

"나를 너무 무시하는군. 비키라고 해서 비킬 정도로 내가 약하게 보였나?"

말할 나위도 없이, 레일라는 약하지 않다.

평소 보필하는 성녀 엘리제가 상식을 초월할 정도인 까닭에 묻히는 경향이 있지만, 20세 나이로 수석 근위기사를, 나아가 여성의 몸으로 올라간 것이 얼마나 대단한 위업인지, 베르네르도 잘 안다.

물론 레일라는 엘리제처럼 마물 대군을 일격에 쓸어버릴 수 없고, 신체의 결손 부위까지 치료하는 기적도 일으킬 수 없다.

그래도 그 실력은 전대 성녀 알렉시아와도(물론 무적에 가까운 성녀의 권능을 고려해야 하지만) 호각으로 싸울 수 있다고 한다.

약할 리가 없다. 당연히 강하다.

그런데도 베르네르는 무기를 겨누지 않고 더욱 걸음을 옮긴다.

"약하게 보이진 않아. 하지만 약해진 것처럼 보여."

"……!"

레일라가 재빨리 검을 뽑고 베르네르의 목에 댔다.

그 검술은 가까이서 보던 에테르나도 포착하지 못했을 정도다.

그런데도 베르네르는 동요하지 않고, 레일라를 똑바로 바라보고 있다.

"레일라 씨…… 사실은 알잖아? 이러면 안 된다는 걸. 이런 건 기사가 할 짓이 아니라고…… 내가 말하지 않아도, 이미 마음속에서 답이 나왔을 거야."

"닥쳐!"

"내가 입을 다물어도 레일라 씨의 마음은 조용해지지 않아……. 그렇지?"

레일라가 든 검이 흔들린다.

베르네르의 말이 옳다. 다른 누구보다도, 레일라 본인이 자기 잘못을 잘 안다.

엘리제는 그럴 마음만 먹으면 언제든지 이 성에서 도망칠 수 있다.

하지만 그러지 않는 이유는 무엇인가.

사실은 지금 생활 환경이 마음에 들어서 굳이 도망치지 않는 걸까? 물론 아니다.

성녀란 단어가 그대로 현실이 된 듯한 주군이 그런 이유로 도망치지 않는 것은 하늘이 무너져도 있을 수 없음을, 레일라는 잘 알고 있다.

레일라를 위해서다······.

레일라가 인질로 잡혔다고 생각하니까 구태여 감금을 받아들이고 있다.

그리고 레일라는 그런, 엘리제가 자신을 걱정하는 것을 알고, 그 마음을 이용해 가두는 쪽에 가담한 것이다.

그것이 얼마나 사악한 행위인지는, 레일라 자신이 누구보다도 잘 안다.

"나도 안다······. 알고 있다······. 그래도, 도저히······ 불안이 머리를 떠나지 않아!"

레일라의 뇌리에 떠오르는 것은 언젠가 엘리제와 나눈 대화다.

엘리제는 말했다.

운명은 바꿀 수 있다고.

이 슬픈 운명을, 이 시대를 끝내겠다고.

성녀가 마녀가 되지 않는, 죽지 않는 길이 있다고.

마지막에는 모두가 웃는 해피 엔딩을 만들겠다······고.

그러니까 믿고 따라와 달라고 했다.

그때는 정말로 기뻤다.

자랑스러운 이 주군을 잃지 않고, 오래도록 이어진 연쇄를 끊을 수 있다고 기뻐했다.

──하지만 어떻게 운명을 바꾸지?

엘리제는 정작 중요한 방법을 말하지 않는다.

그리고 그런 레일라의 고뇌를 교활하게 포착한 남자가 있었다.

"거참…… 조금 신경이 쓰여서 와 봤더니, 역시나 망설이고 있었나. 말했을 텐데? 엘리제 님이 네게 말한 것처럼 편리한 방법은 존재하지 않는다고."

발소리를 내면서 다가온 것은 백발의 남자였다.

이미 70을 넘긴 고령이면서 그 몸은 다부지고, 허리도 구부정하지 않아서 두 다리로 똑바로 걷고 있다.

신장은 170 정도일까.

주름이 깊게 팬 얼굴에는 젊은이에 없는 경험과 관록이 있고, 눈은 맹금류처럼 매섭다.

빌베리 왕국 국왕—— 아이즈 앤드 아이 힐베리 13세.

국왕의 상징인 파란 망토를 펄럭이며, 남자는 블루베리처럼 파란 눈으로 레일라를 봤다.

"나는 지금껏 엘리제 님을 포함해 네 사람의 성녀를 봤다. 그러니까 말할 수 있지. 그런 방법은 없다. 아마도 엘리제 님은 마녀를 물리친 다음에 스스로 목숨을 끊을 작정이겠지. 하지만 그게 가능하다면 전대 성녀의 시대에 내가 연쇄를 끝냈을 것이고…… 무엇보다도 성공하면 엘리제 님을 잃는다. 그래도 되겠나?"

"국왕…… 폐하."

"내가 단언하지. 방법은 없다. 죽지 않는다는 말도 너를 안심시키려는 착한 거짓말이지. 네가 진정으로 엘리제 님을 지키고 싶다면…… 배신자가 되더라도 이 성에 가두는 것 말고 다른 방법은 없다."

레일라를 현혹하는 남자가 바로 아이즈 국왕이었다.

레일라가 그 말을 믿는 것도 어쩔 수 없는 일이다.

애초에 말의 무게가 다르다. 그에게는 실제로 여러 명의 성녀를 본 역사가 있다.

좋든 싫든 성녀와 마녀의 숨겨진 비극을 잘 아는 남자가 하는 말이다.

아니, 그걸 넘어서…… 전대 성녀 알렉시아가 마녀를 토벌했을 때 알렉시아를 죽이려고 한 것도 이 남자일 것이다.

그것은 참으로 용서받지 못할 짓이고, 비열한 짓이다.

하지만 그렇게 더러운 짓을 저지른 자이기에…… 역사의 어둠을 누구보다도 잘 안다.

그런 점에서만큼은, 레일라는 아무런 근거도 없는 엘리제의 말보다 그 말에 설득력을 느끼고 말았다.

"엘리제 님께서 운명을 바꿀 수 있다고 했어? 그렇다면……."

"없다고 말했을 텐데, 젊은이. 너도 레일라처럼 이룰 수 없는 꿈을 꾸는 부류인가?"

엘리제가 말했다면 믿어도 되지 않을까?

그렇게 말하려던 베르네르의 말을 가로막듯이, 아이즈가 차갑게 말했다.

그 말은 실감과 확신을 띠고, 반박을 용납하지 않는 박력이 있었다.

"내가 네 살일 때, 당대의 성녀였던 그리셀다가 마녀를 토벌하고 마녀가 되었다. 당시 아직 어렸던 나는 너희처럼 뭔가 방법이 없는지 생각했다."

아이즈는 옛날을 그리워하듯 말했다.

세계를 위해 엘리제를 가두려고 한 남자도 한때는 파릇파릇했던 시절이 있었던 것이리라.

그 얼굴이 희미하게나마 애수와도 같은 분위기를 띠었다고, 베르네르는 생각했다.

"다음 성녀인 릴리아는 내가 아홉 살일 때 태어나, 내게는 동생과도 같은 존재였다. 나는 국왕이 자리를 이은 뒤, 지난 성녀처럼 만들지 않겠다며 릴리아가 열아홉 살일 때 진실을 알려주었지……. 다음에 일어날 일을 전혀 생각하지 않은 멍청한 젊은이의, 돌이킬 수 없는 실수다. 그때 나는 나중을 생각하지 않고 뜨겁고 순진한 마음이 이끄는 대로 그것이 옳다고 믿고 행동했다. 그 결과가 어땠을 것 같지? 릴리아는 마치 자살하려는 것처럼 마물과 싸우고, 끔찍하게 죽었다. 물론 성녀가 마녀가 되는 것은 막았지만…… 전대 마녀인 그리셀다가 남아서 상황은 전혀 좋아지지 않고, 그저 암흑시대만 길어졌을 뿐이다. 릴리아의 죽음으로 안 것은 성녀가 토벌하지 않는 한 마녀는 늙지도 않고 살아간다는 사실뿐이다. 그리고 성녀에게 진실이란 독밖에 안 되는 것을 이해하게 했다."

이것은 마물이 죽였다고 하는 전전대 성녀의 이야기다.

그도 나름대로 운명에 저항했지만, 당시의 성녀 릴리아는…… 그 정도로 강하지 않았던 것이리라.

마녀가 된다는 운명을 견디지 못하고, 스스로 죽음을 찾아가듯이 마물에 의해 죽었다고 한다.

그래도 마녀가 노쇠하면 그나마 헛된 죽음이 아니었을 테지만, 안타깝게도 마녀는 불로였다.

이래서는 아무런 의미도 없다.

다른 성녀가 가져온 짧은 평화조차 만들지 못하고 죽었다.

이러한 사실에서 릴리아는 역대 성녀의 이름에 오르지 않을 때도 있다.

실제로 베르네르도 전전대 성녀의 이름을 이번에 처음 알았다.

"내가 마흔여덟 살일 때…… 전대 성녀 알렉시아는 성녀의 사명을 훌륭히 완수했다. 그 뒤, 나는 릴리아 때의 경험으로 성녀는 마물로 죽일 수 있다고 생각해서…… 알렉시아를 이 성에 유폐하고 마물이 습격하게 했다. 알렉시아와 디아스에게는 미안한 짓을 했다고 생각하지만, 이것으로 연쇄를 끊을 수 있다고 믿었다."

"당신은 대체……."

담담하게 말하는 아이즈에게, 베르네르는 혐오감을 감추지 않고 말했다.

세계를 지키려고 필사적으로 싸우고, 마녀를 토벌하고 돌아온 여성에게 할 짓이 아니다.

하지만 아이즈는 베르네르의 시선에 담긴 멸시를 느끼면서도 전혀 동요하지 않았다.

"나를 경멸하나? 지당한 감정이다. 실제로 내가 한 짓은 단순한 배신으로 끝났다. 습격하게 시킨 마물은 알렉시아를 건드리지 않고…… 오히려 알렉시아의 수하가 되어 탈주를 돕는 바람에 놓치고 말았으니까. 내가 생각해도 참 어리석은 짓이었다……. 그때 놓치는 바람에 다시금 세계를 마녀의 공포에 드러내고 말았다……. 솔직히 말해서, 나는 그때 한 번은 포기했다. 아, 이젠 틀렸다고. 이렇게 손을 썼는데도 아무것도 변하지 않는다고. 결국, 평화를 유지할 수는 없다고 말이다."

그게 아니라고 소리치고 싶었다.

아이즈는 알렉시아를 죽이지 못하고 놓친 것을 경멸받아 마땅한 것으로 여기는 눈치지만, 베르네르가 화내는 이유는 그게 아니다.

알렉시아를 배신한 행위 자체가 가장 비열한 것이다.

하지만 아이즈는 아랑곳하지 않고 더 말한다.

"그리고 당대…… 이건 말할 필요도 없겠군. 너희도 알다시피, 역대 누구도 견줄 자가 없다고 하는 성녀 엘리제의 시대가 찾아왔다. 솔직히 말해서, 그 성녀가 탄생하기 전에 있었던 성녀는 대체 뭐였냐고 말하고 싶어지더군. 그 공적을 들을 때마다 그 마음이 더욱 커졌다. 성녀와 마녀가 지닌 힘의 균형이 과거와 비교해 너무나도 이상했다. 과거의 성녀는 마녀를 물리칠 힘이 있었지만, 상식을 뛰어넘을 정도로 강하진 않았다. 그래서 수많은 마녀의 수하와 마물, 대마와의 싸움을 어떻게 잘 피하면서 성녀를 마녀와 맞붙게 할지를 생각해야 했고…… 성녀가 있어도, 마녀를 토벌할 때까지 평화는 찾아오지 않았다."

세계가 평화로운 것은 마녀를 토벌하고 그 성녀가 마녀가 될 때까지 아주 짧은 기간뿐.

성녀가 있다고 해서 평화로운 건 아니다.

왜냐하면 마녀에게는 오랜 세월 늘린 수하가 있고, 대마가 있고, 마물이 있다.

그것들과 정면에서 부딪히면 제아무리 성녀라도 순식간에 죽으리라.

따라서 전략은 일점 돌파.

수많은 희생을 낳고, 수많은 약자가 죽게 내버려 두고, 그러고서 모두가 피로 길을 닦아 성녀를 마녀에게 보낸다.

그래야 겨우 마녀를 토벌한다는 '기적'을 달성할 수 있다.

과거에는 항상 그랬다. 그래서 짧은 시간이라도 마녀가 없는 평화가 무엇보다 귀했던 것이다.

하지만 엘리제의 시대에서 눈에 띄게 이상해졌다.

빛과 어둠의 파워 밸런스가 갑자기 뒤집힌 것이다.

기사들이 엄중히 지켜야 하는 당대 성녀는, 수호가 전혀 필요하지 않았다.

단독으로 마물 무리를 무찌르고, 그 어떤 중상자도 치료하고, 쩍쩍 갈라진 대지에 생기를 주고, 말라붙은 강을 다시 살렸다.

불탄 숲을 되살리고, 가뭄으로 고통받는 대지에 비를 뿌리고…… 그러면서도 아무도 버리지 않고, 죽게 내버려 두지 않고, 손이 닿는 모든 것을 구했다.

마녀는 엘리제를 두려워해 종적을 감추고, 지금의 세계는 빛과 희망에 감싸였다.

그리고 그런 황금시대가 이미 7년이나 계속된 것이다. 이것은 아무리 봐도 이상한 사태였다.

엘리제가 있는 한, 기적이 헐값에 풀린다.

"나는 생각했다……. 이 시대를…… 이 성녀를 오래 남겨야 한다고. 이건 처음이자 마지막 기적인 것이다. 두 번 다시는, 이런 성녀가 나타날 일이 없겠지. 그 성녀가 손쉽게 되살린 숲이, 원래는 몇백 년이나 걸려야 하는지 아는가? 그 성녀가 고작 사흘 만에 마물의 세력권에서 되찾은 대지가, 과거에 얼마나 많은 왕과 성녀가 되찾으려고 수많은 희생을 치른 끝에 포기한 곳인지 아는가? 요전번 루틴 왕국의 전투에서 고작 몇십 분 만에 물리친 마물을 해치우려면, 얼마나 많은 병사의 목숨이 필요할지를 생각해 본 적은 있는가?"

그렇게 말하면서 아이즈는 웃었다.

그것은 과거에 헛되이 노력했던 자신을 향한 조소이자, 인생의 마지막에 기적을 내린 신을 향한 빈축이기도 했다.

"알겠나? 엘리제 님이 살아있는 1년은, 과거의 성녀 열 명의 평생에 필적한다. 마녀와 싸우게 하다니, 터무니없어! 무슨 일이 있더라도, 이 치세를, 1년이라도 더 오래 유지하는 것! 이 성녀를 군림시키는 것! 그것이야말로, 이 시대를 사는 우리가 짊어진 사명이다!"

그렇게, 늙은 국왕은 거침없이 소리쳤다.

◇

"저기, 형. 진짜로 할 거야?"

침입자에 의해 성이 어수선해진 가운데, 몰래 슬금슬금 움직이는 자들이 있었다.

그것은 아이즈 국왕과 함께 이 성을 찾아온 세 왕자다.

다른 나라의 국왕들은 자기 나라를 오래 방치할 수 없어서 돌아간 가운데, 아이즈만은 이 성을 감시하고자 남았다.

그러므로 세 왕자가 남은 것도 필연이다.

불안해하는 투로 말하는 자는 막내인 마카 왕자로, 나이는 열네 살이다.

아직 앳된 느낌이 남은 얼굴은 충분히 잘생겨서, 미소년이라고 불러도 과언이 아니다.

"헤헤. 싫으면 너만 얌전히 있어도 돼. 그, 그만한 여자는 만날 기회가 다시는 없을걸."

그렇게 말하면서 징그럽게 웃는 소리를 내는 자는 가장 나이가 많은 우콩 왕자다.

나이는 열아홉 살로, 사치스러운 생활만 보낸 탓에 뒤룩뒤룩 살쪘다.

굶어 죽는 사람도 드물지 않은 이 세계에서 그 체중이 100킬로그램을 넘으니까, 얼마나 풍족하게 사는지를 알 수 있다.

"홋…… 더러움을 모르는 아름다운 꽃일수록 꺾이는 순간이 보고 싶어지는 법이지. 지금이라면 호위도 별로 없을 터. 물론 이것은 대역죄…… 들키면 왕자라도 무사할 수 없다……. 하지만 저 뽀얀 살결을 마음대로 할 수 있다면, 목숨을 버릴 가치가 있다!"

터무니없는 소리를 하는 자는 열일곱 살인 아미노 왕자다.

얼굴은 잘생겼지만, 하는 말은 최악이다.

그들이 뭘 하려고 하냐면…… 간단히 말해 호위가 줄어든 틈을 노려 엘리제의 방에 침입하고, 그 몸을 농락하려는 것이다.

물론 말할 것도 없이, 실행에 옮기면 대역죄다. 들키면 목숨을 부지할 수 없고, 고문당한 다음에 시내에서 조리돌림을 당해도 싼 일이라고 할 수 있다.

그러나 그들은 제정신이 아니었다.

엘리제의 미모는 숭배와 신봉, 동경과 같은 감정을 끌어모은다.

하지만 한편으로, 이러한 색욕을 끌어모으는 것도 사실이었다.

황금 실타래 같은 그 머리카락을 만지고 싶다. 뽀얀 살결을 마음대로 하고 싶다.

그러한 욕망을, 남자가 느끼지 않을 리가 없다.

그러나 어지간한 남자는 이들과 같은 색욕으로 발전하지 않는다.

엘리제가 너무나도 딴 세상 사람 같아서 그러한 대상으로 볼 수조차 없다.

그러니까 태반은 숭배하고, 고마워한다.

어떻게 보면 그들은 '여자'로 보지 않는 것이다.

자신들과는 다른 생물…… 차원이 높은 무언가로 생각하기에 색욕이 생기지 않는다.

그러나 왕자쯤 되면 사교의 자리에서 어느 정도—— 엘리제에게는 한참 못 미치더라도, 미녀나 미소녀와 마주칠 기회가 많다.

평민은 꿈도 못 꿀 식생활로 배양된 건강한 피부, 평민은 어림도 못 할 화장으로 꾸민 여자……. 그러한 것을 보고, 내성이 어느 정도 생겼다.

그렇기에 그들은 엘리제를 '여자'로 인식했다. 그것도 지금껏 본 적도 없는…… 그리고 앞으로 두 번 다시는 볼 수 없을, 믿기지 않는 미소녀다.

결국 그들은 엘리제의 미모에 이성이 날아가 색욕만이 남고 말았다.

말 그대로 자기 생명보다 우선순위를 높일 만큼…….

그러나…… 그렇기에 똑같이 이성이 날아간 동류는 왕자들의 행동을 훤히 짐작할 수 있었다.

"오호, 흥미로운 이야기를 하는군요. 나한테도 부디 알려주지 않겠습니까?"

들려온 목소리에 세 왕자가 어깨를 움찔 떨었다.

그리고 그들이 뒤돌아보자 그곳에는 역광으로 표정이 보이지 않고, 안경을 요사스럽게 빛내는 남자가…… 서플리 먼트가 우뚝 서 있었다.

# 제30화 『다음』

아이즈 앤드 아이 빌베리 13세는 언제나 생각했다.

이 세계는 빛과 어둠의 균형이 너무 나쁘다.

예를 들면 마녀와 성녀가 만드는 암흑기와 평화로운 시대의 기간.

전대 성녀가 완전히 마녀가 되면 곧바로 다음 성녀가 태어난다.

그 성녀가 마녀를 물리치려면 성장을 기다려야 하고, 그동안은 마녀의 천하다.

그 기간은 얼마나 되지? 아무리 빨라도, 아무리 성녀를 서둘러 육성해도, 15년에서 20년은 걸리리라.

성녀는 태어날 때부터 성녀지만, 그 힘을 완전히 쓰게 되는 것은 개인마다 달라도 15세 이후라고 본다.

누가 그렇게 정한 것이 아니라, 여태까지의 통계로 대략 그 정도라는 사실을 안 것이다.

어린아이의 육체로는 성녀의 힘에 그릇이 버티지 못할지도 모른다. 어쩌면 별다른 이유도 없이 그렇게 되는 걸지도 모른다.

해가 지날수록 소년은 남자다워지고, 소녀는 여자다워진다. 그것과 마찬가지로 성녀도 어느 정도 나이가 차야 비로소 성녀다워지는 것이리라.

그것을 국왕들은 '각성'이라고 부르지만, 요컨대 제아무리 성녀라도 각성할 때까지는 어둠의 힘이 아니면 상처가 나지 않는 것이 고작인…… 마법을 조금 잘 다루는 인간에 불과한 것이다.

모든 성녀가 엘리제처럼 곧바로 성녀의 힘에 각성하는 것은 아니다.

성녀가 마녀와 싸울 수 있게 될 때까지, 15년에서 20년을 기다려야 하는 것이다.

마녀가 만드는 암흑기는 최소한 그만큼 이어진다.

반대로 성녀가 만드는 평화의 시기는 마녀를 토벌하고, 그 성녀가 다음 마녀가 될 때까지 아주 짧은 기간.

역사상 5년을 넘긴 적이 없다고 한다. 즉, 아무리 길어도 5년밖에 계속되지 않는다.

이건 대체 뭐냐. 차이가 너무 심하다.

안 그래도 부서진 물건을 고치거나 새로운 물건을 만드는 데는 파괴하는 것보다 훨씬 많은 수고와 시간이 필요한데, 그 시간조차 파괴하는 쪽이 더 많이 가진다. 나무 하나를 태워서 얻는 이득과 그 나무 하나가 다 자라는 데 걸리는 시간과 노력은 전혀 동등하지 않다.

그런데도 마녀에게는 수많은 나무를 불사를 시간을 주고, 인류에게는 나무를 키울 짧은 시간도 주지 않는다.

이래서는 세계가 쇠퇴하는 것도 당연하다. 문명이 성장하지 않는 게 당연하다.

예를 들면 마물과 대마.

마녀가 야생동물에 힘을 주어 만드는 이 괴물들은, 마녀를 충실히 따르는 성질이 있다.

마녀의 대가 바뀌면 다음 마녀를 따르고, 힘을 빌려준다.

과거에는 그것이 원인으로 알렉시아가 도망친 적도 있었다.

어쩜 이렇게 불공평할 수가. 마녀가 있는 곳에는 성녀를 죽여 주는 아군이 있는데도, 성녀가 있는 곳에서는 성녀만이 마녀를 토벌할 수 있다.

즉, 성녀가 사명을 다하지 못하고 도중에 죽을 가능성은 크지만, 마녀는 성녀가 토벌하지 않는 한 영원히 살아가는 셈이다.

그리고 가장 큰 문제는 숫자다.

마물은 마녀가 죽으면 일시적으로 얌전해지고, 사람들을 습격하지 않게 된다. 모습을 감춘다.

하지만 다음 마녀가 활동하기 시작하면 다시 움직이고, 사람들을 덮친다.

더군다나 어둠의 힘을 받은 마물들은 일반적인 생물보다도 훨씬 튼튼하고, 무엇보다 노쇠하지 않는다.

수명은 다소 줄어들지만, 그래도 줄어드는 속도보다 마녀가 마물을 늘리는 속도가 더 빠르다.

게다가 원래부터 장수하는 생물은 마물이 되어서 수명이 줄어들더라도 태연하게 여러 세대에 걸쳐 살아간다.

즉, 자꾸 늘어난다. 3대 전의 시대보다 2대 전의 마물이 더 많고, 2대 전의 시대보다 전대의 마물이 더 많고, 그리고 전대보다 당대의 마물이 더 많다.

마물이 늘어나면 당연히 마물이 활동하는 위험한 영역이 늘어나고, 인류의 생존권이 줄어들 수밖에 없다.

아이즈에게는 현재 아들이 셋 있지만, 그 나이를 생각하면 왕자들의 나이가 너무 어리다.

그 이유는…… 과거에는 이들보다 나이가 많고 후계자로 점찍었던 왕자가 여럿 있었지만, 모두가 마물과 싸우다가 고인이 되었기 때문이다.

그 결과로 지금은 왕자들을 과보호하게 되었지만, 그 영향으로 이번에는 왕자들이 멍청하게 자라고 말았다. 정말이지 골이 지끈거리는 이야기다.

아무튼 마물 때문에 죽는 위험은 해가 갈수록 늘어나고 있다. 아니, 늘어나고 있었다.

하지만 엘리제가 그 균형을 뒤집었다.

마물을 몰아내고, 마물에 빼앗겼던 생활권을 되찾았다.

그것만이 아니라 엘리제는 적극적으로 마물을 토벌해서, 7년 동안에 마물의 영역을 이전의 10분의 1로 줄였다.

나아가 엘리제는 역대 마녀에게 파괴당한 자연을 되살렸다.

황폐해진 대지를, 나무를 잃고 사막이 된 토지를, 말라붙은 하천을…….

엘리제가 걸으면 쩍쩍 갈라진 대지에서 꽃이 피고, 황무지가 작은 동물이 노니는 초원으로 탈바꿈했다.

역대 최고의 이름에는 한 점의 거짓도 없다.

가장 반가운 것은 엘리제에게 지배욕이 일절 없고, 통치를 전부 사람들의 자주성에 맡겼다는 점이다.

'군림하되 통치하지 않는다' …… 엘리제는 겉으로 정점에서 서면서도 권력을 행사해서 위에서 찍어 누르는 행동을 일절 취하지 않는다. 군림할 뿐, 그 뒤로는 아무것도 하지 않는다.

그저 마물을 물리치고, 자연과 사람을 치유하며 다닐 뿐, 따라서 각 나라의 국왕이나 귀족의 반감을 사기 어렵다.

왜냐하면 엘리제는 위에 있을 뿐인 정의의 상징으로, 실질적으로 지배하는 것은 여전히 어디까지나 왕족이나 귀족이다.

하지만 문제가 딱 하나 있었다.

역대 최고인 까닭에, 엘리제는 성녀의 사명을 다하는 것에도 적극적이다.

즉…… 본인은 마녀와 싸우고, 이를 토벌할 작정이다.

웃기지도 않는다.

이만한 위업을 달성할 수 있는 이상적인 성녀인데도, 고작 몇 년의 치세로 꽃을 지게 하는 것은 너무나도 멍청한 짓이다.

이만한 황금기는 두 번 다시 찾아오지 않으리라고 확신했다.

어떤 형태로든 엘리제가 세상을 떠나면, 다시 어둠과 빛의 균형이 원래대로 돌아갈 것이다.

그렇다면 이 성녀를 1년이라도 더 오래 살려야만 한다.

이 성녀가 있으면 인류의 영토는 더 늘어난다. 마물이 줄어든다. 자연이 되살아난다.

그렇게 해서 엘리제가 살아있는 동안에 최대한 어둠의 세력을 줄이게 하고, 다음 대로 넘어가야 한다.

마녀의 타도는 다음 성녀에게 떠넘기면 된다. 어차피 다음 성녀는 역대 성녀와 별반 다를 바가 없을 테니까.

그래서 가뒀다.

어디를 구원하러 갈지, 어디의 마물을 토벌할지는 앞으로 우리가 관리한다.

자유롭게 돌아다니게 했다가 실수로 마녀와 마주치기라도 하면 최악이다.

그렇게 되지 않기 위해서라도 마녀가 없는 장소를 조사한 다음에 성녀를 보낸다.

물론 이 계획이 근본부터 잘못된 것쯤은 아이즈도 잘 알았다.

엘리제를 군림시키고, 세계의 정점에 둔 채로 유폐한다……. 그것은 아무리 발버둥 쳐도 대역죄인이 되는 행위다.

권력을 빼앗고 유폐하는 것이 아니다. 권력을 준 채로 정의의 상징으로 앉힌 채, 가두는 것이다.

아무리 생각해도 민중의 분노를 살 행위로, 후세에는 죄인으로서 이름이 남으리라.

처형대에 올라가도 어쩔 수 없는 일이라고 할 수 있다.

하지만 그래도 좋았다.

어차피 늙어서 살날이 얼마 안 남은 목숨이다. 지금 와서 죽음은 두렵지 않다.

그에게는 조금이라도 더 많은 희망을 후세에 남기는 것이 더 중요했다.

마녀가 있는 시대는 언제나 지옥이었다.

마물이 당당하게 대지에서 날뛰고, 사람들은 죽고, 내일을 두려워하며 숨죽이듯 산다.

파괴당한 자연에서는 은총을 얻을 수 없고, 메마른 대지에서는 작물이 자라지 않는다.

아무리 애써도 하루가 멀게 백성이 굶주리고, 죽었다.

조상 대대로 물려받은 토지를 되찾기 위해서 병사들이 수없이 죽고, 그런데도 되찾지 못한 적도 있었다.

구할 수 있는 생명을 구하기 위해서, 냉혈이라고 비난받으면서도 도저히 구할 수 없는 백성을 버리고, 죽게 내버려 둘 수밖에 없었던 때도 있었다.

백성은 언제나 야위었고, 눈에는 생기가 없었다.

내일의 희망이 없고, 모두가 체념에 지배당했다.

성녀가 마녀를 토벌해도 아주 짧은 위안에 지나지 않았다.

'어차피 또 마녀가 망칠 것이다.'

고작 5년은 잃은 것을 되찾기에 너무나도 부족하다. 너무나도 짧다.

찾아온 평화 속에서 축제처럼 기뻐하면서도, 사람들의 마음 어딘가에는 체념이 있었다.

그리고 사람들은…… 별로 길지도 않은 평화 속에서, 서로 싸웠다.

다음 암흑기가 찾아오기 전에 조금이라도 남들보다도 비축하고 싶다. 조금이라도 다음을 대비하고 싶다.

그런 마음에서 이웃의 작물을 훔치고, 빼앗고, 싸움을 벌이고…… 그 천박한 다툼은 종종 국가 규모가 되어 인간들끼리의 전쟁으로 발전했다.

전부 밑바닥에 『다음』에 대한 공포가 있기 때문이다.

아이즈 자신이 그런 싸움에 가담한 것도 한두 번이 아니다.

식량이 부족하다. 숲과 밭이 불타고, 가축이 죽고, 아무리 애써도 먹지 못해 죽는 자가 생긴다.

모두가 사이좋게 나누자는…… 그딴 소리는 할 수는 없다. 그랬다간 한 사람 한 사람이 분배받는 식량이 아주 적어서 모두가 사이좋게 굶어 죽을 뿐이다.

그런 상황에서는 식량을 독차지하려는 자도 당연히 나타나고, 멍청한 일부 귀족은 권력과 돈의 힘으로 식량을 불필요하게 비축하는 바람에 원래부터 적은 식량이 더욱 줄어들었다.

악순환이다. 양이 적으니까 자기 혼자라도 살 수 있게끔 많이 비축하려는 자가 나타나고, 실행에 옮긴다.

그러자 원래는 독차지할 마음이 없었던 자도 '모두가 독점하려고 자꾸 사들인다. 큰일이다. 없어지기 전에 나도 많이 사자.' 가 된다.

그리고 시장에서 사람들에게 필요한 것이 사라지고…… 구하지 못한 자가 죽어 나간다.

그러니까 버릴 수밖에 없었다. 아이즈는 버리는 소수를 선택하는 것밖에 할 수 없었다.

죄를 날조하고. 식량을 쓸데없이 비축한 귀족 가문을 없앴다.

그렇게 해서 얻은 식량이 한 사람이라도 더 많은 백성에게 가도록 분배했다.

너무 많은 백성은 도저히 구할 수 없으니까 몇몇 마을에는 식량을 배급하지 않고 내팽개쳤다.

도적이 쳐들어갔다는 정보를 알면서도 일부러 도적이 습격한 마을이 망하기를 기다렸다가 병사를 보내 도적을 처리하고, 남은 식량을 모조리 압수한 적도 있었다.

자신만이 아니라, 자식과 지금은 세상에 없는 아내에게도 인내를 강요했다.

아들 우콩도 지금은 살쪘지만…… 어릴 적에는 빼빼 말라 안쓰러운 소년이었다.

인간이 할 짓이 아니라는 것은 스스로 잘 안다.

원망 어린 목소리는 몇 번이고 들었고, 지옥에나 가라고 외치는 소리를 들은 적은 두 손으로도 다 헤아릴 수 없다.

그래도…… 그래도 부족했다.

악귀가 되어서, 수단을 가리지 않고 최선을 다해도 매일 백성이 죽어 나간다.

사람들은 다툼을 멈추지 않고, 『다음』 마녀의 시대를 두려워해 서로 싸웠다.

친절과 배려, 남을 아끼는 마음……. 그러한 것은 자신들에게 여유가 있어야 비로소 생기는 것임을, 아이즈는 알았다.

풍요로운 생활 속에서는 남을 아낄 여유가 생긴다.

하지만 자기 혼자서도 빠듯하다면 사람은 나 하나만 먼저 챙기려고 한다.

 그것은 결코 악이 아니다. 당연한 일이다.

 그렇다. 당연한 일이다……. 그렇기에 사람은 당연히 싸운다.

 여유가 없는 생활 속에서는 마음에도 여유가 생기지 않는다.

 그러나 엘리제가 활동하기 시작한 이후의 7년은 달랐다.

 작물이 풍족하게 영글고, 자연의 선물도 생겼다.

 사람들의 마음에는 여유가 생기고, 이웃을 아끼는 자상함이 마음속에서 자랐다.

 과거에 인내를 강요했던 아들에게도, 지금은 매일 배불리 먹일 수 있다.

 그러니까 어떻게든 남기고 싶었다…….

 이 멋진 세계를, 다음에도.

 마녀를 두려워할 필요가 없는 『다음』을…… 후세에, 남겨 주고 싶었다.

 설령 그 끝에 백성들에게 돌을 맞고, 처형대에 설지라도…… 이상적인 성녀를 배신한 철면피로, 역적으로, 비겁한 자로 앞으로 영원토록 역사에 이름이 남더라도.

 후세 사람들 모두에게 증오받고, 멸시당하더라도…… 사상 최악의 악마로 불리더라도.

 ──그래도 『다음』을…… 아이들이 배고파 울지 않는 세계를, 사람들이 얼마 없는 식량을 서로 가져가려고 싸우지 않는 세계를…… 남기고 싶었다.

◇

어쩐지 나를 방치하고 심각한 전투가 시작된 것에 관해서.

나는 침대에서 노닥거리며 방 밖에서 벌어지는 전투와 대화를 듣고 있었다.

응. 전부. 들린다고.

바람 마법으로 쓱싹쓱싹, 목소리로 발생하는 공기의 진동인지 뭔지를 잡아서 내 귀로 전달하게끔 하고 있다.

조금만 더 개량하면 전기 마법과의 조합으로 음성을 전기로 변환해 더 빠르게, 더 멀리 전할 수 있게 될 것 같은데, 이쪽은 아직 시험 중이다.

『설령 대역죄인이 되더라도, 이 평화를 오래 유지한다! 그것이 우리가 해야 할 일이다!』

『그건! 당신은 엘리제 님을 멋대로 가두고 있을 뿐이야!』

이건 나를 유폐한 아이즈 국왕과 나를 구출하러 온 듯한 베르네르의 대화다.

가끔 금속음이 들리는데, 베르네르와 싸우는 건 임금님이 아니라 빡콧이다.

설마 이런 데서 배신 이벤트를 회수할 줄이야. 이건 장식으로 달린 엘리제의 눈으로도 미처 간파하지 못했다.

그 밖에도 다른 곳에서 베르네르 일행이 싸우는 방식을 기사에게 고자질하고 있는 변태안경남의 목소리가 들린다.

아하…… 여기서 납치&감금 이벤트를 회수하는 거냐.

뭐라고 할까, 운명을 조금 느껴.

참 싫은 운명이야.

그래서 뭐…… 구출해 준다면 마음을 싹 바꾸고 순순히 구출하게 내버려 두자고 생각했다.

솔직히 조금만 더 이 빈둥빈둥 백수 타임을 계속하고 싶었지만, 내가 자꾸 아무것도 안 하면 마녀도 '이거 혹시 기회 아닐까?'라고 생각하고 마법학교에서 도보로 도망칠지도 모르니까.

마녀가 텔레포트로 후다닥 도망치지 않는 건, 텔레포트는 마녀에게도 위험부담이 크기 때문이다.

게임에서도 마녀가 텔레포트를 한 뒤에는 확연하게 약해진다.

이건 루트에 따라 이른 단계에서 마녀와 싸우게 되니까 그때 레벨이 낮은 플레이어라도 이길 수 있게끔 핑계처럼 붙인 설정에 가깝지만, 아무튼 텔레포트를 쓰면 어째서인지 약해진다.

아마도 분자를 재구성할 때 여러모로 빠지는 거겠지.

좌우지간 마녀는 가능하다면 텔레포트를 쓰고 싶지 않다.

그러나 내가 있는 마법학교를 걸어서 빠져나가는 것은 너무 위험부담이 크니까 지하에 틀어박힐 수밖에 없는 것이다.

하지만 내가 행동할 수 없다는 걸 알면 도망칠 가능성이 얼마든지 있다.

일단 그렇게 되지 않게 거짓 정보를 전달하고 있지만…… 애초에 그걸 하는 것이 변태안경남이다.

지금은 나를 감금하는 편에 있으니까, 까놓고 말해서 전혀 신용할 수 없다.

그런 사정도 있어서 구출하러 왔다면 슬슬 구출하게 해 줄까 생각한 건데…….

『자, 레일라. 이자들을 붙잡아서 감옥에 처넣어라.』

『네…….』

한때는 싸우지 않고 끝날 듯한 분위기였는데, 결국 빠콧은 아이즈 국왕의 말장단에 넘어가는 형태로 베르네르와 싸우고, 베르네르도 별다른 저항도 못 한 채로 사로잡혔다.

뭐, 빠콧은 강하니까 어쩔 수 없나.

그 밖에 베르네르와 함께 돌입한 유쾌한 동료들도 여기저기서 병사와 기사에게 붙잡혔다.

마지막에 에테르나도 빠콧에게 붙잡히고, 이것으로 구출 멤버는 전부 포박당해 게임 오버가 되었다.

패배 이벤트일까?

음…… 너희는 뭐 하러 온 거니?

그렇게 말하고 싶어지지만, 방치할 수도 없다.

이대로 가다간 국가반역죄로 잘해야 유배, 최악에는 사형도 있을 수 있다.

하는 수 없지.

레일라도 인질이 아니라 저쪽 편인 걸 알았으니까, 이젠 얌전히 있지 않아도 되려나.

그런고로 문을 마법으로 날리고 탈출!

자, 베르네르 일행을 구출하는 타임 어택을 시작해 봅시다.

## 제31화 반격 개시

    문을 날려 버린 나는 곧장 베르네르를 구출하러 가려고 했지만, 당연하다고 할지 문 앞에서 감시하던 근위기사가 허둥지둥 가로막았다.

    일단 검에 손을 대고는 있지만, 뽑지는 않는다.

    애초에 이 녀석들의 목적은 나를 살려서 우상으로 남기는 것이라고 하니까, 내게 검을 겨눌 수 있을 리가 없단 말이지.

    그랬다간 주객전도라고 할까, 왜 나를 가뒀는지 알 수가 없어진다.

    그런 셈이니까. 어디, 한번 뽑아 보든지?

    못 뽑지? 응~?

    어때? 분해? 흐헤헤헤헤.

    아무것도 할 수 없는 것을 잘 아는 녀석의 앞을 여유롭게 그냥 지나치니까 기분이 참 좋다.

    "기, 기다려 주십시오, 엘리제 님! 저는 당신을 내보내지 말라고 명령받았습니다! 정 가시겠다면, 저를 쓰러뜨리고 가십시오!"

    근위기사인 배신기사A……가 아니지. 배신기사A는 분명 엑스트라A와 싸우던 녀석이다.

이름은 아마도 섹스였던가?

아니다. 렉스다. 엑스트라 기사 주제에 이름 하나는 멋져요.

넌 베르네르의 친구 엑스트라A를 본받아. 걔는 존이라고.

그리고 이 녀석은 배신기사A와 다른 사람이니까 배신기사 B면
되려나.

참고로 이 녀석의 이름은 핀레이 블루아이. 금발의 용사라는 의
미를 지닌 이름이라고 하는데, 머리색은 검정에 가까운 짙은 갈색
이다.

뭐, 금발은 나이를 먹으면서 색이 빠지고, 대체로 중간에 갈색
머리가 되니까.

아마도 옛날에는 나처럼 밝은 금발이었겠지.

눈은 블루아이라면서 회색. 블루가 아니잖아.

이 녀석의 본가인 블루아이 백작가는 조상 대대로 내려오는 파
란 눈이 특징이라고 하는데, 사실은 눈이 파란 건 어릴 적만 그런
것으로, 어른이 되면 대체로 색이 변한다는 듯하다.

그레이아이로 개명하면 될 것을.

그런 갈색머리 그레이아이 씨가 나를 쓰러뜨리고 가라는 식으로
마조히스트 같은 요구를 하는데, 무시해 준다.

너 말이야, 그거지? 쓰러지면 탈출해도 어쩔 수 없다고 변명해
서 체면을 차릴 수 있으니까 그렇게 해 주길 바라는 거잖아.

네 체면을 내가 알까 보냐, 멍청이.

이대로 방치 플레이를 해 주마.

"내 손은 사람들에게 고통을 주려고 있는 게 아니에요. 그건 당

신의 검도 마찬가지일 터. 나는 당신에게 아무것도 하지 않을 거고, 당신도 그 검을 뽑지 않으리라 믿겠어요."

뭔가 적당하게 그럴싸한 소리만 하고 그레이아이를 방치한 채 계단을 내려갔다.

뭐, 사실은 믿지 않으니까 마력 강화는 완벽하게 했지만 말이야.

그러나 그레이아이는 결국 아무것도 하지 않고 그 자리에서 무릎을 꿇고 고개를 푹 숙였다.

감금 대상에게 아무것도 못 하고 순순히 내보낸 걸로 나중에 무능하다는 비난이나 들어라.

"엘리제 님, 돌아가 주십시오!"

"부디……!"

계단을 내려가자 다른 기사도 우르르 나타나지만, 역시 검을 뽑지 못하고 멍청하게 우두커니 서 있다.

그래도 많이 모이면 벽이 되니까 통과할 수 없지만, 그건 매번 익숙한 빛 마법이 나설 차례다.

사람만이 아니라 동물이 눈으로 사물을 볼 때는 사실 대상 자체를 보는 것이 아니라, 그 대상을 반사한 빛을 보는 것이라고 한다.

색도 마찬가지로, 그건 물질의 색을 보는 것이 아니라 물질을 반사한 빛의 색이라나.

요컨대 빛을 자유자재로 제어할 수 있으면 시각을 얼마든지 속일 수 있다.

그러니까 내게 닿는 빛이 반사하지 않게끔 하면서, 나와 동떨어진 곳에서 비슷하게 반사하게끔 하면…….

"엘리제 님, 부디 방으로 돌아가 주시길……."

"여기를 지나가게 할 수는 없습니다."

기사들이 바보처럼 나와 동떨어진 곳에 모이기 시작했다.

저들의 눈에는 거기 선 내가 보이는 것이다.

그렇게 해서 생긴 공간을 유유히 지나가고, 더 밑으로 내려간다.

이 성에는 지하에 감옥이 있으니까 베르네르 일행은 그곳으로 끌려갔겠지.

말할 것도 없이, 그 감옥의 원래 용도는 마녀를 토벌한 성녀를 가두는 것이다.

그리고 스텔스 상태로 지하에 내려가자…… 어째서인지 베르네르 일행이 감옥 밖에 있었다.

그나저나 저게 감옥이야……? 보아하니 일반적으로 상상하는 감옥과 다르게 아래에 구덩이를 파고, 그 안에 상대를 떨어뜨려서 가두는 타입 같다.

너무 허술하잖아? 저딴 건 하늘을 날면 금방 탈출할 수 있는데?

"자, 항복해 주시죠……. 국왕 폐하."

엉? 이게 무슨 상황이래?

붙잡힌 줄 알았던 베르네르 일행이 어째서인지 아이즈 국왕을 에워싸서 형세가 역전되고 말았다.

국왕의 편으로 추정되는 병사는 전부 쓰러졌고…… 덤으로 어째서인지 상대 진영이었던 변태안경남이 베르네르의 편인 척하며 평범하게 떡하니 서 있다.

레일라는 흙으로 만든 마네킹 같은 것에 구속당해서 옴짝달싹할 수 없는 듯하다.

저건 변태안경남의 마법일까? 아마도 그렇겠지. 저 녀석은 흙 속성이 주특기니까.

그러나 레일라의 실력이라면 그 정도 구속은 자기 힘으로 얼마든지 빠져나올 수 있을 텐데, 어째서인지 그러지 않는다.

상황을 몰라서 한동안 엿들었는데, 듣자니 변태안경남은 처음부터 국왕을 속이려고 국왕 진영에 접근한 듯하다.

그리고 베르네르 일행이 붙잡혀 감옥에 들어가는 타이밍에 그들을 구하고, 반대로 국왕을 사로잡아 나를 해방하려는 것 같다.

뭐, 이미 내 힘으로 도망쳤지만 말이야.

계속해서 상황을 지켜보자 계단에서 병사가 내려와 뭔가 황급히 외쳤다.

"폐하! 와, 왕도에서 전령이! 대마로 추정되는 거대한 괴물이 마물을 이끌고 왕도로 접근 중!"

"뭣이라?!"

전령의 말을 듣고, 아이즈 국왕만이 아니라 베르네르 일행도 허둥댔다.

마물을 이끄는 대마는, 요전번 루틴 왕국의 일로도 알 수 있듯 기본적으로 기사는 되어야 대항할 수 있다.

그런데 이 임금님은 나 하나를 가두려고 여기에 모든 근위기사를 집결시켰으니까 현재 왕도의 수비는 허술하리라.

물론 기사는 그쪽에도 몇 사람 있으니까 그들이 열심히 버틸 테지만, 꽤 어렵지 않을까?

전령으로는 아마도 예전의 그 스틸을 쓸 테니까, 비행 속도와 거리로 보면 실제로 여기까지 도착하는 데는 한 시간 남짓하게 걸리려나?

즉, 이 정보는 이미 한 시간 지난 것으로, 지금은 어떻게 되었을지 모른다.

"왕도의 기사는?!"

"이미 요격 준비에 들어갔지만…… 적의 전력이 강대한 까닭에 급하게 지원군을 요청한다고 합니다!"

"왜 이때까지 몰랐느냐!"

"모, 모르겠습니다……. 갑자기 대마가 발생했다고 말할 수밖에는……."

아이즈 국왕이 허둥대는 것도 어쩔 수 없다.

주변에 있던 대마와 마물은 거의 다 내가 물리쳤고, 사냥하다 남은 적이 있더라도 왕도의 병사와 기사로 충분히 대처할 수 있는 수준일 것이다.

애초에 그렇게 생각해서 아이즈 국왕도 나를 유폐한 거겠지.

머릿속으로는 나를 성에서 내보낼 정도의 적은 안 남았다고 결론을 내렸을 게 뻔하다.

하지만…… 대마는 무조건 인위적으로 발생하는 게 아니다.

확률은 매우 낮지만, 마물이 수십 마리 있으면 마녀가 없어도 자연적으로 대마가 탄생할 수 있다.

아마도 살아남은 마물이 자기들끼리 멋대로 죽여서 저절로 대마가 된 거겠지.

그리고 대마의 탄생에 자극받아서 각지에 숨었던 마물도 일제히 집결해 마지막 대공세를 왕도에 시도한 것이려나.

그나저나 요전번 루틴 왕국 습격도 그렇고, 이런 대규모 진격으로 연달아 일으키는 것은 상대가 궁지에 몰린 증거다.

이렇게 남은 군세를 모두 집결해서 마지막 싸움에 거는 것 말고는 승산이 없다고 놈들도 깨달은 것이다.

내가 좀…… 너무 괴롭혔나?

자, 지금 상황으로는 나라가 큰 위기인 셈인데, 걱정할 수준은 아니다.

내가 후다닥 가서 무쌍을 찍으면 된다.

그러면 스텔스를 그만두고 슬슬 나가보실까.

뭔가 '엘리제 님을 해방해야 한당께.'라든지 '무리. 이런 내 부탁을 들어줄 리가 없땀시.' 같은 소리를 하는데. 아니, 그런 건 별로 신경 쓰지 않는걸…….

그야 아이즈 아저씨와 나라 사람들은 관계가 없으니까.

게다가 이번 유폐 백수 생활은 이러니저러니 해도 쾌적했으니까 오히려 아이즈 아저씨에게는 감사하고 있다.

"엘리제 님……? 왜 여기에…….”

왜 여기 있긴…… 당연히 탈주해서 있는 건데?

정확하게 말하자면 베르네르 일행을 구출해서 멋지게 활약하고 싶었지만, 정작 베르네르 일행은 보아하니 자기 힘으로 해결한 것 같고…… 어라? 나는 뭐 하러 왔지?

아이고, 내가 무지 쪽팔리잖아.

연기로 적에게 당한 척한 동료를 진지하게 받아들여서 심각하게 걱정하는 뻘짓을 저지른 바보 같잖아.

아, 아아…… 그거다!

저 아저씨가 도움을 청하는 목소리가 들렸어!(단호)

그러니까 응. 유폐했니 어쩌니 신경 쓰지 마.

나는 전혀 화나지 않았어. 용서해 주마. 나는 마음이 넓으니까.

오히려 그런 배신은 대환영. 또 해도 돼.

백 번이든 천 번이든 웰컴. 완전 용서.

괜찮아, 괜찮아. 위험해지면 꼭 구해줄 거니까. 그러니까 나중에 또 유폐 백수 생활을 잘 부탁해.

그런 느낌으로 말했더니 아이즈 아저씨가 울기 시작했다. 웃겨 죽겠네.

우는 얼굴이 못생겼어.

그리고 포즈를 취하려고 내민 손을 붙잡았다. 이봐, 누가 잡아도 된다고 했어?

으엑. 끈적끈적해서 기분 나빠.

◇

사로잡힌 신세가 된 베르네르 일행은 지하에 있는 감옥으로 끌려갔다.

아이즈 국왕의 명령에 따라 베르네르 일행을 붙잡은 레일라는 미안한 표정을 지어서 한층 약해진 것처럼 보인다.

베르네르와 에테르나는 굳이 저항하지 않았다.

저항해도 양측의 실력을 생각하면 돌파할 가능성이 없을 게 뻔했고, 이미 주위에는 병사들이 모이기 시작했다.

그렇다면 헛되이 저항해서 체력을 잃는 것보다 얌전히 굴어서 어떻게든 기회를 찾는 것이 가망이 더 있다고 본 것이다.

그러나 지하에 내려가 그곳에 있는 감옥을 보고서 잘못 판단했다고 생각했다.

감옥이라고 하니까 방에 가두고, 창살로 탈주를 막아서 감시할 수 있는 구조를 떠올렸다.

그리고 그건 틀리지 않았다. 이 성의 감옥이 감금 대상…… 즉, 원래는 성녀를 방에 가두고, 쇠창살로 입구를 막은 것이라는 사실은 맞다.

다만 감방의 위치는 옆이 아니라 아래……. 15미터는 될 법한 구멍을 만들고, 벽을 빈틈없이 쇠로 막아서 붙잡을 곳을 없앴으며, 나아가 천장을 두꺼운 창살로 막음으로써 탈출할 수 없게 만든 구조다.

이런 감옥은 말 그대로 하늘을 날 수 있는 엘리제가 아닌 이상, 탈출은 고사하고 창살에 손댈 수조차 없으리라

그곳에 발소리가 더 들리고, 병사와 기사를 막는 역할을 자처했던 동료들이 끌려왔다.

더군다나 그들을 연행하는 인물은 서플리다.

"어라, 결국 모두 붙잡혔는가. 계획도 없이 돌진하니까 이렇게 되는 걸세."

"서플리 선생님⋯⋯."

이번 일에서는 적이 된 교사의 이름을 베르네르가 부른다.

하지만 서플리는 개의치 않은 기색으로 밧줄로 구속된 동료들을 앞에서 걷게 했다.

"수고했다, 서플리 먼트. 네가 말했던, 성녀를 탈환하러 올 가능성이 있는 자는 이걸로 전부인 듯하군."

"그렇습니다. 거참, 모자란 생도를 두면 고생하는군요. 이렇게 정면에서 무식하게 올 줄이야. 어이가 없습니다."

서플리는 눈을 가늘게 뜨고 베르네르 일행에게 냉소를 띠었다.

그러고 나서 다른 병사에게 말을 건다.

"고생이 많군요. 이제 여기는 우리만 있어도 됩니다."

"그럴 수는 없다."

"우리는 폐하의 호위도 겸하는 것이다."

서플리는 이 자리에 더 필요 없다며 병사들을 내보내려고 했지만, 그들은 거부했다.

그러자 서플리는 고개를 끄덕이고 하긴 그렇겠다며 수긍하는 모습을 보였다.

그러고 나서는 마법을 행사하고, 지면이 솟아나 인간 크기의 흙 인형이 여럿 생긴다.

그것으로 베르네르 일행을 감옥에 넣는 것인가⋯⋯. 병사들은 그렇게 여겼지만, 흙 인형은 어째서인지 레일라를 끌어안고 움직임을 봉쇄하고 말았다.

"서, 서플리 공?! 이건 대체⋯⋯."

그 기행을 의문으로 여긴 병사가 말을 마치기도 전에 서플리 흙 인형이 병사를 때려서 기절시켜 입을 다물게 했다.

이어서 흙 인형이 아이즈를 에워싸고, 서플리는 베르네르 일행을 묶은 밧줄을 나이프로 끊기 시작했다.

"서플리 선생님…… 이건 대체?"

"거참 너희도 참 어리석군. 아무 계획성도 없이 행동하면 이렇게 될 것이 뻔하거늘. 그것 때문에 내 계획을 다 망쳤다. 사실은 더 시간을 들여서 신뢰를 얻고, 성녀님을 멋지게 구출했을 텐데."

전혀 미안해하는 기색도 없이 말하며, 서플리는 한숨을 쉬었다.

보아하니 그는 처음부터 이번 성녀 유폐에 찬동하지 않았던 것 같다.

찬동하는 척해서 방심을 유도하고, 엘리제를 구출할 작정으로 여기 온 것이다.

그러나 에테르나는 이것을 아직 이해하지 못했는지 눈을 휘둥그레 떴다.

"하, 하지만 선생님은, 엘리제 님을 죽지 않게 하려고 가두는 일에 동의한 게……."

"흠. 그건 나도 고민했다. 새장 속의 새는 야생의 혹독함을 모르고, 오래 살 수 있을지도 모르지. 하지만 한편으로 날 수도 없이 사람에 의해 갇힌 새는 정신적 부하로 쇠약해지고 병에 시달려 일찍 죽는다는 연구 결과도 있다."

새와 인간의 생활 환경은 다르다.

적절한 기후도, 밝기도, 소리도…… 그것이 다 다르면 새가 일찍 죽는 것도 이상한 일이 아니다.

무식한 주인이 귀여워하려고 가둔 새의 신세는 처량한 법이다.

나는 것도 잊어서 날개 근육이 약해지고, 하루하루 스트레스에 노출되며, 넓은 하늘을 꿈꾸다가 죽는다.

사람에게는 적절한 온도라도 새에게는 무더위일지도 모른다. 어쩌면 혹한일지도 모른다.

사람에게 적절한 밝기는 새에게 너무 눈이 부실지도 모른다.

어느 쪽이든 주인이 무지하고 어리석다면 키워지는 새에게는 그저 고문이다.

"새장에 넣고 오래 살게 해서 귀여워한다. 참으로 좋다. 동의한다. 다만 그것은 적절한 지식과 상대에 대한 이해…… 무엇보다도 깊은 애정이 있어야 가능한 일."

이야기하면서, 서플리는 손가락을 튕겼다.

그러자 으슥한 곳에서 나온 흙 인형이 무언가를 내팽개쳤다.

그것은 흙으로 온몸을 굳혀 움직일 수 없게 된 이 나라의 세 왕자였다.

일단은 자기 나라의 왕자인 자들을, 서플리는 망설임 없이 거칠게 다루고 싸늘하게 내려다봤다.

"이것들이 뭘 하려고 했는지 아나, 국왕 폐하? 이 폐기물들은 하필이면 성녀님을 더러운 눈으로 보고 욕정을 불태워, 급기야 방에 침입하려고 했지. 그러면 곤란해, 국왕 폐하. 보호할 거라면 해로운 것을 멀리하는 게 상식 아닌가?"

서플리의 말에는 국왕에 대한 경의가 조금도 없다.

오히려 완전히 깔아보는 태도……. 서플리는 노골적으로 국왕을 자신보다 못한 존재로서 대우하고 있다.

왕자들은 이미 완전히 물건 취급……. 인간으로 보지도 않는다.

"내 눈으로 보고 잘 알았다……. 이 성에는 성녀에 대한 사랑이 없다. 이해가 없다. 그러니까 나는 내버리기로 한 것이지. 이 성은 그저 성녀의 아름다움을 해치기만 하는 볼썽사나운 새장이다. 아아, 여기는 안 된다. 말도 안 된다. 내 성녀에게 어울리지 않아. 잘도 이런 쓰레기장을, 백성들에게 쥐어짠 세금으로 세웠다고 감탄했다네."

그렇게 말하고, 서플리는 싸늘한 눈으로 국왕을 내려다봤다.

국왕을 향한 충성심은, 처음부터 그 마음속에 없다.

이 이질적이고 편집적인 남자의 마음에 있는 것은 언제나 오로지 최고의 존재로 인정한 성녀뿐.

이를 해하는 것이라면 무엇이든, 그에게는 그저 제거할 대상에 불과했다.

# 제32화 용서

젊은 시절의 아이즈는 자신이 세계를 바꿀 수 있다고 여겼다.

도움을 청하는 백성들을 구하고, 어떠한 때라도 절대로 버리지 않는다.

그렇게 어진 왕이 될 수 있다고 믿었다.

젊은이 특유의 근거도 없는 자신감. 낙천적인 생각.

어리석었다. 하지만 쓰레기는 아니었다……. 지금도 그 시절로 돌아갈 수만 있다면 얼마나 좋을지, 몇 번이고 꿈에서 보는 과거.

『드디어 내일 출발하는구나. 걱정하지 마, 아이즈 오빠……. 난 반드시 마녀를 물리치고 돌아올 거니까.』

기억 속에서 미소를 짓는 자는 아이즈보다 아홉 살 어린, 그에게는 동생 같은 존재였던 성녀 릴리아다.

분홍색 머리의, 잘 웃는 소녀였다.

꽃을 좋아하는…… 성녀로 태어나지만 않았다면 싸움과는 인연이 없었을, 투쟁심 따위는 전혀 없는 착한 아이였다.

릴리아에게는 꿈이 있었다. 세계가 평화로워지면 평범한 소녀가 되어서, 사랑하거나 가정을 꾸리거나 해서…… 그렇듯 평범하고, 한편으로 무척이나 귀중한 미래를 꿈꿨다.

그런 릴리아에게 꿈이 결코 이루어질 수 없다고 가르쳐 준 것은 아이즈였다.

이대로 마녀와 싸우면 설령 승리하더라도 릴리아는 다음 마녀가 되고, 세계를 망가뜨린다.

지금껏 성녀에게 은닉했던 진실을, 아이즈는 숨기지 않고 털어놓았다.

결코 악의가 있었던 것은 아니다.

오히려 릴리아처럼 마음씨 착한 소녀가 마녀가 되는 결말을 바꾸고자 가르쳐 준 것이었다.

아무런 생각도, 대안도 없이, 근거도 없이, 성녀가 마녀를 물리치지 않으면 어떻게 되는지도 생각하지 않고…… 그저 어떻게든 될 것이라는 어리석은 생각으로 전부 알려줬다.

그 어리석음의 대가는…… 릴리아의 죽음으로 아이즈에게 돌아왔다.

릴리아는 절망한 것이다. 앞으로 자신의 인생이, 아무리 발버둥쳐도 꿈에 닿지 않는다는 것을 이해하고 말았다.

마녀와 싸우기 위해서 부모와 떨어져서 자라고, 마녀를 물리치기 위해서 교육받고, 훈련을 거듭했다.

그런데도 애쓸 수 있었던 것은, 마녀를 물리친 다음에 밝은 미래가 있다고 믿었기 때문에.

하지만 마녀를 물리쳐도 이어지는 평화로운 세계에는 자신이 있을 곳이 없다.

그 사실을 안 릴리아의 절망은 얼마나 컸을까.

자포자기한 릴리아가 기사를 두고 모습을 감췄다고 들은 아이즈는 곧장 군대를 이끌고 릴리아를 수색하러 나섰다.

성급하게 굴지 말아라. 살아있기만 하면 어떻게든 새로운 길이 생길 테니까.

릴리아에게는 미래가 있고, 행복해질 권리가 있다.

그러니까 부디…… 부디, 살아있어 달라. 신이든 뭐든 좋으니까, 그 아이를 구해주어라.

그렇게 빌고, 마음속으로 '누군가'에게 구원을 바라며 필사적으로 릴리아를 찾았다.

그리고.

──발견된 릴리아는, 이미…… 인간의 형체가 아니었다.

성녀라고는 해도, 마물이라면 죽일 수 있다.

결국 성녀 릴리아는 성녀의 사명을 다하지 못한 채로 목숨을 잃고, 아이즈는 자신의 순진함과 미련함이 초래한 현실 앞에서 절망했다.


그로부터 시간이 지나, 아이즈가 40세일 무렵.

다음 성녀 알렉시아에게는 릴리아 때의 반성을 살려 철저하게 정보를 은폐하고, 진실과 멀어지게 했다.

암흑기가 더 길어져서는 안 된다.

어떻게 해서든지 알렉시아가 마녀를 물리쳐야 한다.

하지만 알렉시아가 열두 살이고, 아직 충분히 성장하지 않은 때인데도 마물을 무자비하게 도시를, 마을을 습격했다.

그때 사람들을 지키는 것은 기사와 병사, 그리고 귀족, 왕족의 역할이다.

그리고 당시 그들을 이끌던 자는 아이즈의 후계자로 주목받던 첫째 왕자였고, 그 밖에도 첫째 왕자에 뒤지지 않을 만큼 정의감이 넘치는 젊은 왕자들이 제각각 부대를 이끌었다.

그 왕자들 중 누군가에게 왕위를 넘기고, 아이즈는 은퇴할 작정이었다.

누구에게 왕위를 줘도 된다고 생각할 정도로 자랑스러운 자식들이었다.

특히 첫째 왕자는 얼마 전 왕실에만 전해지는 '왕이 되기 위한 시련'을 무사히 돌파해 다음 국왕으로서 모두에게 기대받았다.

이 원정이 끝나면 마물의 습격으로부터 사람들을 지켰다는 실적을 가지고 왕좌에 앉아 훌륭한 국왕이 되어 주리라. 아이즈는 그렇게 믿었다.

『슬슬 가 볼게, 아버지.』

『그렇게 걱정하는 얼굴을 하지 마. 나와 형은 쉽게 죽지 않는다고.』

『성녀님이 다 자랄 때까지, 사람들 위에 서는 우리가 백성을 지켜야 해. 그렇지?』

그리고 며칠 뒤…… 아이즈에게 믿기지 않는 보고가 도착했다.

자식들이 향한 전장에 모두 대마가 출현했다는 것이다.

아이즈는 곧장 자식들을 구하고자 더는 젊지 않은 몸을 채찍질해서 출진했다.

부디, 제발 늦지 않아라……. 죽지 말아라……!

누구라도 좋다. 누구든 좋으니까, 자식들을 살려줘!

그렇게 몇 번이고 빌면서 말을 몰고, 마침내 그는 깨달았다.

이 세계에 구원 따위는 없다.

구원을 청하는 목소리는 누구에게도 닿지 않는다.

아이즈가 도착한 곳에서 본 것은 처참하게 죽은 자식들의 모습.

자기 자식임을 한눈에 알아보지 못한, 한때 인간이었던 것…….

아이즈가 사랑하는 아이들은 모두 '명예로운 전사'를 맞이하고 말았다.

'명예로운 전사'라는 허울밖에 없는…… 현재 상황을 아무것도 바꿀 수 없는, 헛된 죽음이다.

자식들이 지키려고 한 마을과 도시는 모조리 파괴당했다. 이래서는 차라리 병사를 보내지 않는 것이 희생이 더 적었으리라.

이때부터 아이즈는 도저히 불가능한 일은 어차피 무리라고 체념하게 되었다.


"폐하! 부디, 부디! 이대로 가다간 아엔 마을이 마물에 의해 멸망할 겁니다!"

"그렇겠지."

"그곳은 제 고향입니다! 부디…… 지원을! 병사를 보내 주시길 바랍니다!"

"안 된다. 그 작은 마을을 지키려고 병사의 생명을 헛되이 소모할 순 없다. 기사도 마찬가지다. 기사는 성녀가 가는 길을 닦을 때만 쓴다······. 마을은 포기해라.”

“당신은······ 당신은, 그러고도 사람이냐!”

격앙해서 다른 병사에게 끌려가 퇴장당하는 병사의 등을, 아이즈는 싸늘한 눈으로 보고 있었다.

용서는 바라지 않는다. 마음속으로도 사죄하지 않는다.

사죄할 자격이 없음을 아니까. 용서받을 리가 없음을 아니까.

그러므로 사죄라고 하는, 자신의 죄책감을 해소하기 위한 이기적인 위로는 절대로 하지 않는다.

미워해라. 증오해라. 용서받지 못한다는 것은 잘 안다.

그래도 국왕으로서, 생명을 선별해야만 한다.

한 사람이라도 많이 살리기 위해 선택해야만 한다.

마물이 습격한 마을은 왕도에서 멀고, 병사들이 가려면 시간이 오래 걸린다. 도착했을 무렵에는 병사들도 지치겠지.

그래서는 쓸데없이 희생자가 늘어난다. 최악의 경우는 결국 병사가 전멸하고 마을도 멸망하는 것이다.

그렇다면······ 마을은 아예 포기하고, 하다못해 병사의 생명을 온존하자.

아무튼 사람들이 많이 사는 대도시만 중점적으로 지키면 나라가 멸망하는 일도 없다.

그동안 성녀가 마녀를 토벌하면 최대 5년 동안 재건할 시간이 생긴다.

생명의 선별······. 그것은 비단 마물과의 싸움에 한정된 이야기가 아니다.

"폐하, 이건 너무 부조리하지 않소?! 내가 뭘 했다고?!"

"비리, 납치, 감금, 대량 학살…… 기타 등등이로군. 네 가문은 폐한다."

"그런 적 없소! 다시 조사를……!"

"안 된다."

눈앞에 있는 귀족이 자신의 결백을 주장하며 아우성치고 있다.

그자가 무고한 것은 안다.

왜냐하면 그 죄목은 전부 아이즈가 날조한 거니까.

하지만 이 귀족은 결코 무고한 남자가 아니다. 지금 이 세계에서는 용서받지 못할 큰 죄를 지었다.

그것은 식량 독점……. 이 귀족은 자기만 살겠다고 영지 주민을 굶겨 죽이면서 식량을 마구 긁어모아 보존하고 있다.

그자가 비축한 식량이 있으면 여러 사람이 며칠은 살 수 있다.

그자와 가족 몇 명…… 수많은 백성. 저울질할 것도 없다.

그래서 아이즈는 그자가 비축한 식량을 세상에 토해내게 하려고 짓밟은 것이다.

"이…… 이 악마야! 너는 쓰레기다! 이 원한은 절대로 잊지 않겠다……. 네놈을, 결단코 용서하지 않겠어……! 지옥에나 가라! 더러운 왕!"

원성을 지르면서 병사에게 끌려간 그 귀족은 며칠 뒤 목을 맸다.

그렇게 죽은 자는 비단 그자만이 아니다.

아이즈에 한 생명의 선별에서 생긴 피해자는 모두가 아이즈를 증오하고, 원망하며 죽었다.

너는 절대로 용서받지 못한다.

몇 번이나 그런 소리를 들었을까.

잘 안다. 용서받을 리가 없다.

아이즈가 걷는 길은 죄와 잘못과 배신으로 점철되어 있다.

하지만 아이즈가 생명의 선별에 나섰기에, 희생이 최소한으로 그친 것 또한 사실이었다.

아이즈는 아무도 구원할 수 없지만, 정말로 죽는 사람의 숫자를 줄이기는 했다.

하지만 그런 사실은 배신당하고 버림받은 자들에게는 아무런 구원이 되지 않는다.

세계를 위해 싸운 알렉시아를 배신했다는 사실은 사라지지 않는다. 비열한 배신자라는 현실은 얼버무릴 수 없다.

차라리 전부 내팽개치고 '좋은 사람'으로 있었다면 얼마나 편했을까.

눈앞의 일만 생각하고 구원을 청하는 마을에 병사를 보내면 이런 죄책감에서 도망칠 수 있을 것이다.

하지만 그런 다음에 기다리는 것은 병사가 줄어들면서 생기는 대도시 방어력의 저하다. 마녀에게 나라가 멸망하고 만다.

식량을 모두가 나눌 수 있다면 얼마나 좋을까.

하지만 그랬다간 마지막에 모두 사이좋게 굶어 죽을 뿐이다.

차라리…… 죽어서 끝낼 수 있다면 얼마나 간단할까.

하지만 그렇게 해서 구원받는 것은 아이즈밖에 없으며, 아이즈가 사라진 다음에는 나라가 멸망하리라.

결코 구원받을 수 없다. 용서받을 수 없다. 죽음으로 편해질 수도 없다.

배신과 죄를 거듭하기만 하는 길을 계속해서 걸을 수밖에 없다.

젊은 시절에는 자신이 세계를 바꿀 수 있다고 여겼다.

도움을 청하는 백성들을 구하고, 어떠한 때라도 절대로 버리지 않는다.

그렇게 어진 왕이 될 수 있다고 믿었다.

하지만 세계는 전혀 바뀌지 않는다.

도움을 청하는 백성들의 손을 뿌리치고, 내버린다.

그렇듯 최악으로 더러운 왕이 되고 말았다.

구원을 청하지는 않는다. 누구에게도 닿지 않으니까.

용서받을 수 있다고도 생각하지 않는다. 아이즈는 그만한 죄를 짓고 살았다.

그래도…… 그래도 사실은…….

──구원해 달라고. 지위와 책임을 전부 내던지고 누군가에게 애원하고 싶었다…….

서플리가 돌아서면서 상황이 역전되었다.

국왕과 레일라는 구속당했고, 병사들은 모두 기절했다.

위쪽에는 아직 다른 병사와 기사가 있지만, 이 비상사태를 눈치 채고 내려오려면 시간이 더 필요할 것이다.

그들의 머릿속에서는 이미 '다 끝난 일'이며, '침입자는 모두 체포했기' 때문이다.

승리했을 때, 사람에게는 빈틈이 생긴다. 이겼다고 생각했을 때 경계가 가장 흐릿해진다.

그 빈틈을, 서플리에게 찔렸다.

레일라는…… 그 역량이라면 자기 힘으로 구속을 풀고 싸울 수도 있지만, 그렇게 하려는 낌새가 없다.

오히려 움직일 수 없게 되어서 왠지 안심한 것처럼 보였다.

"자, 항복해 주시죠……. 국왕 폐하."

베르네르가 요구를 들이대자 아이즈가 인상을 쓴다.

아이즈에게는 베르네르 일행이 철부지 애들로만 보이리라.

대의와 대국을 이해하지 못하는, 구제할 길이 없는 바보 천치들……. 하지만 그런 바보들에게 저항할 방법이 없는 것도 사실이었다.

아이즈는 위에 있는 부하를 부르고자 숨을 들이마시고, 소리를 지르려고 했다.

그러나 그것을 간파한 듯, 흙 인형이 입을 막았다.

국왕의 신병을 구속하면 이쪽이 유리해진다.

그를 인질로 삼아서 엘리제의 해방을 요구할 수 있다.

그 뒤에는 확실하게 국가반역죄로 쫓기게 되겠지만…… 그건 지금 생각할 일이 아니다.

하지만 일은 그렇게 쉽게 풀리지 않는 듯, 병사 한 명이 허겁지겁 뛰어서 지하로 내려왔다.

들렸나……? 그렇게 생각한 마리와 아이나가 마법을 쓸 자세를 취한다.

하지만 내려온 병사의 낌새가 이상했다.

딱 봐도 초조하고, 냉정하지 않다. 이 자리의 분위기도 모르는지 계단을 내려오면서 큰 소리로 외쳤다.

"폐하! 와, 왕도에서 전령이! 대마로 추정되는 거대한 괴물이 마물을 이끌고 왕도로 접근 중!"

"뭣이라?!"

병사의 입에서 나온 말을 들은 아이즈가 흙 인형의 손에서 얼굴을 돌려 소리쳤다.

그것도 다 서플리가 놀라서 마법이 느슨해지는 바람에 가능했던 일이다.

이 타이밍에 왕도를 대마가 습격……. 그건 최악이다.

왜냐하면 대마에 대항할 수 있는 전력인 근위기사를 모두 이 성에 집결시켰기 때문이다.

사실 엘리제를 배신한 죄책감으로 근위기사 모두가 '하다못해 호위만이라도' 라는 이유로 여기 남았다는 것이 더 정확하리라.

아이즈도 곧바로 근위기사가 필요해지는 사태가 생길 것으로 생각하지 않아서 그들의 마음이 풀리게 내버려 두었지만, 그것이 완전히 실책이었다.

"왕도의 기사는?!"

"이미 요격 준비에 들어갔지만…… 적의 전력이 강대한 까닭에 급하게 지원군을 요청한다고 합니다!"

"왜 이때까지 몰랐느냐!"

"모, 모르겠습니다……. 갑자기 대마가 발생했다고 말할 수밖에는……."

아이즈가 초조해하는 것도 당연하다.

그는 주변에 강력한 마물이나 대마가 있는 철저하게 확인한 다음에 기사를 데리고 이 성녀의 성을 찾았다.

엘리제를 가둔 것도, 애초에 엘리제가 필요할 정도의 적이 더는 없다고 판단했기 때문이다.

갑자기 대마가 발생한다……. 그런 일이 있을 수 있을까?

대마는 마녀가 만드는 것이 아니었나?

그 마녀는 마법학교에 잠복했을 가능성이 크다고, 엘리제가 말했다.

그렇다면 왜 마법학교에서 떨어진 곳에서 대마가 발생하는 것인가. 엘리제의 예상이 잘못된 것인가……. 아니면 잘못된 것은 자신들의 전제인가.

그것조차 몰라서 아이즈는 혼란에 빠졌다.

"헉…… 구, 국왕 폐하…… 이건 대체."

"손날치기."

"꺼흑."

조금은 침착해졌는지 지금에 와서야 겨우 이 자리의 이상한 광경을 눈치챈 듯한 병사를, 등 뒤에서 몰래 다가온 서플리가 손날치기로 기절시켰다.

"어쩌지, 베르네르……. 나라가, 멸망해……. 왕도에는……

아빠랑 엄마가…….”

나라의 멸망이 눈앞으로 닥쳤다.

그 공포로 마리가 도움을 청하듯 베르네르를 보지만, 베르네르도 대답할 수가 없다.

“우리 어머니도 있어…….”

“우, 우리 언니도 왕도에 살아……. 이걸 어쩌면 좋아…….”

존과 아이나도 소중한 사람이 왕도에 있는 듯했다.

갑자기 예상하지 못했던 곳에서 등장한 왕국 멸망의 위기에 몸이 떨리지만, 그들이 대체 무엇을 할 수 있을까.

하늘을 나는 스틸로도 편도 한 시간이 걸리는 거리를, 지금부터 가면 얼마나 걸릴지.

마차로도 몇 시간은 걸릴 것이고, 게다가 가령 왕도에 도착해도 뭘 할 수 있는가.

지금 당장 이 성에 있는 기사를 모두 보낼 수 있다면 또 모를까, 그런 기적은 아무도 할 수 없다.

역대 성녀도 그런 위업은 불가능하다.

“이런 데서 우리끼리 싸울 때가 아니야! 폐하, 지금 당장 엘리제님을 해방해 주십시오! 그분이라면 아직……!”

지금이라도 아직 왕도를 구할 수가 있다면, 현재 이 성에 유폐된 성녀 엘리제밖에 답이 없다.

하지만 아이즈는 힘없이 고개를 가로저었다.

“해방한다고 해서…… 너희가 그분이라면, 내 부탁을 들어주겠나……?”

확실히, 엘리제라면 어떻게든 될지도 모른다.

그것이 가능한 힘이 있다.

하지만…… 무슨 낯짝으로 부탁한다는 것인가?

배신하고, 유폐해 놓고서, 막상 자기들이 위험해지니까 역시 밖으로 나와 구해주십시오……라고. 그건 너무 뻔뻔하리라.

그런다고 고개를 끄덕일 인간이 있을까?

끄덕일 리가 없다. 승낙할 리가 없다.

왜냐하면 엘리제에게 빌베리 왕국은 자신을 가둔 '적'이고, 기사들은 모두 '배신자'이기 때문이다.

어째서 그런 자들을 구해야 할까?

엘리제에게는 구할 의무도, 의리도 없다. 오히려 사라져 주는 것이 더 반가울 지경이리라.

"나라면 구하지 않겠지……. 당연하다. 구해준 다음에는 태도를 싹 바꿔서 배신하고, 감금한다고 생각할 테니까 말이다……. 한 번 태도를 바꾼 인간은 신용할 수 없다……. 나는 벌써 태도를 바꾸고 그분을 배신했다. 그런 남자의 부탁을 누가 들을까."

아이즈는 무릎을 꿇고, 절망한 듯이 말했다.

이 상황을 뒤집을 기적이 있다. 기적의 대행자가 이 성에 있다.

하지만 그 성녀를 배신한 것은 아이즈 자신으로, 구세주의 신용을 잃었다.

결국 이번 성녀 유폐는 제아무리 대의명분을 내세워도, 세계 평화를 면죄부로 삼아도, 이것저것 정당화해도, 근본부터 잘못된 것이다.

성녀는 말했다. 마녀가 있는 한 지난번 루틴 왕국과 같은 일이 반드시 일어난다고.

게다가 아이즈는 '당신이 있으면 지킬 수 있다' 고 했다.

이상한 이야기 아닌가.

그것이 가능한 유일한 상대의 신뢰를 저버리는 짓을 했으면서, 그 상대의 힘에 보호받는 것을 전제로 이야기를 진행했다.

속여서 가뒀으면서, '내가 위험해지면 나를 목숨 바쳐 지켜라.' 라고 말하는 것이나 다름없다. 정말이지 자기 형편밖에 보지 않는다.

결국, 아이즈 앤드 아이 빌베리 13세는 늙은 병폐였다.

엘리제란 빛에 눈이 멀어서, 자기가 걷는 길이 길로 성립하지 않는 것도 모른 채로 전진하고 말았다.

'세계를 지키기 위해서' 란 편리한 면죄부를 무기처럼 들고서, 그 입은 핑계만을 늘어놓는다.

이것이 최선이라는 이론으로 무장한 것처럼 다 망가진 갑옷을 걸치고, 각오가 어떠니 듣기만 좋은 오물로 몸을 떡칠해서 자신에게 취했다.

아아, 악인이 되어서도 세계를 위해 행동하는 나는 어쩜 이렇게 훌륭할까―― 그 근거에 있는 것은 결국 그렇듯 구제할 길이 없는, 지저분한 진흙 같은 자기만족에 불과했다.

그것을, 아이즈는 지금에 와서야 겨우 깨달은 것이다.

전대 성녀이자 당대 마녀인 알렉시아도, 그 기사였던 디아스도 이 늙은 병폐의 피해자다.

세계를 위해서 필사적으로 싸웠다.

목숨을 걸고, 수많은 동료를 잃으면서 마녀를 토벌했다.

그 과정에는 이야기되지 않은 수많은 드라마가, 비극이 있었으리라.

그것을 넘어서고 귀환한 성녀와 기사를 배신하고, 알렉시아를 죽이려고 했다.

그러니까 알렉시아는 인류에게 절망했다.

그런데도 아이즈는 또 똑같은 짓을 했다.

학습한 것이 하나도 없고, 잘못을 고치지도 않았다.

결국 근본이 썩어 빠진 것이다.

썩은 오물이 아무리 예쁜 말로 자신을 치장해서 깔끔하게 보이려고 해도, 근본이 오물이니까 어쩔 도리가 없다.

이런 남자의 부탁을 들어줄 리가 없다.

에테르나 일행도 엘리제가 아이즈를 돕는다는 것이 얼마나 희망적인 관측인지를 이해하고, 아무도 말하지 못하게 되었다.

하지만 베르네르는 생각했다.

그렇더라도 그분은——.

"적어도, 나는 들을 거예요……. 아이즈 국왕."

실의와 절망에 빠진 아이즈에게, 누군가가 부드럽게 말을 걸었다.

모두가 황급히 고개를 들자 변함없이 미소를 띤 엘리제가 눈에 들어왔다.

"엘리제 님……? 왜 여기에……."

"왜냐고 물어보면…… 그저, 목소리가 들렸을 뿐이에요."

베르네르의 질문에 잠시 생각에 잠긴 기색을 보인 엘리제가 대답했다.

엘리제에게는 물어볼 것도 없이 당연한 일인 것이리라.

엘리제는 무릎을 꿇은 아이즈에게 시선을 맞추듯 몸을 숙였다.

그랬다간 드레스가 더러워질 테지만, 이를 아랑곳하는 기색은 전혀 없다.

엘리제는 움츠러든 듯한 아이즈와 눈을 맞추고, 안심시키듯 말한다.

"들렸어요……. 아이즈 국왕. 말로 표현하지 못하는 당신의, 도움을 청하는 마음의 소리가. 이제는…… 내게 맡겨 주세요."

"다, 당신은…… 나를 원망하지 않습니까?! 나는 당신을 배신했는데! 신뢰를 짓밟고, 유폐했는데! 어떻게 그걸 용서할 수 있는 것이오!"

아이즈의 목소리에는 당혹스러운 기색이 있었다.

배신했다. 짓밟았다.

용서받지 못할 짓임은 알았고, 용서받지 않을 작정으로 이번 행동에 나섰다.

도움을 청하는 목소리가 닿을 리가 없다. 용서를 바라는 목소리가 귀에 들어갈 리도 없다.

그런데도 엘리제의 눈에는 원망이나 분노가 조금도 없다.

아이즈는 그것을 이해할 수 없었다.

"원망하지 않아요. 그러니 당신도 더는 자책하지 않아도 된답니다. 만약 당신이 자신을 용서할 수 없다고 한다면…… 내가 당신을 용서하겠어요."

"또, 또다시…… 배신할지도 모르는데?! 한 번 배신한 자를, 어찌 용서할 수 있소?!"

배신당해도, 원래는 자신을 지켜야 할 기사가 반역해도.

그래도 엘리제는 변하지 않는다.

도움을 청하는 목소리가 있다면, 변함없이 그곳에 있다.

베르네르는 그 사실을 다시 인식하고, 눈부신 것을 보듯 눈을 가늘게 떴다.

"용서가 필요하다면 몇 번이고 용서하겠어요. 당신이 말하는 배신이 설령 백 번이 있든, 천 번이 있든…… 그래도 나는 당신을 절대로 버리지 않을 거니까요."

엘리제는 웃으며 말하고, 손을 내밀었다.

"그러니 당신도…… 자신을 용서해 주세요."

아이즈는 더 참지 못하고 눈물을 흘렸다.

어떤 죄를 짊어지더라도, 배신하고, 악당이 되더라도 백성의 생활을 지키겠다고 맹세하고서 걸어왔다.

하지만 그것이 단순한 핑계에 지내지 않고, 자신이 저지른 죄를 외면하기만 하는 정당화에 불과하다는 것도 알았다.

누나처럼 따랐던 성녀는 어둠에 물들고, 동생처럼 아꼈던 성녀는 죽었다.

이로써 슬픈 연쇄를 끝낼 작정으로 인간의 도리를 저버리고 알렉시아를 배신했지만, 결국에는 배신만으로 끝났다.

나아가 당대 성녀인 엘리제도 배신하고, 자신이 인간 말종이라는 체념 속에서 쭉 살아왔다.

그런 남자에게 그 말이 얼마나 큰 구원이었을지는 본인만이 알 것이다.

아이즈는 눈물로 앞이 보이지 않는 가운데, 그래도 자신에게 내민 손을 붙잡았다.

아무리 타락한 남자라도, 절대로 버리지 않는다.

그 온기를 꼭 쥐고, 늙은 왕은 어린아이처럼 엉엉 울었다.

# 제33화 천천히 서둘러라

흉해진 얼굴로 우는 아이즈 아저씨를 그 자리에 방치하고, 나는 빌베리 왕국의 왕도로 향하고자 계단을 통해 1층으로 올라간 다음, 그대로 밖으로 나갔다.

아무래도 좋지만, 치마는 걷기 불편해.

일단 명목상 성녀니까 하는 수 없이 이런 옷도 입지만, 본심을 말하자면 움직이기 더 편한 옷을 입고 싶단 말이지. 운동복이라든가.

그 이전에 내 내용물은 남자니까 드레스는 솔직히 지금도 익숙하지 않다.

남자일 때의 내가 드레스를 입은 모습을 상상하면 뿜을 것 같다.

아니, 오히려 남자 모습일 때가 훨씬 나아. 그거라면 그냥 개그로 넘어갈 수 있어.

웃음을 유발할 수 있는 만큼, 반대로 부끄럽지 않아.

자화자찬이지만, 이쪽은 이상하게 잘 어울리니까 개그로도 못 써먹는다.

뭐, 그건 아무래도 좋나.

아무튼 빌베리 왕도는 내가 진심으로 날아가면 몇 분 지나서 도착하겠지.

거리도 고작 40킬로미터 정도라서 별로 멀지 않고.

마라톤 풀코스보다 짧은 거리다. 요컨대 무지 가깝다.

몸집이 작은 스텔스 버드라도 한 시간이면 여유롭게 이동할 수 있고, 지구의 인간이라도 마라톤 선수라면 두 시간 정도로 주파할 수 있겠네.

그리고 내가 진심으로 날면 시속 300킬로미터는 가뿐하게 낼 수 있으니까, 8분이면 도착하려나.

그리고 당연하지만, 날아갈 때는 치마 속이 보이지 않게 수수께끼의 광선으로 방어하고 있다.

딱히 보인다고 닳는 것도 아니고, 부끄럽게 여기지도 않지만, 그것과 상관없이 사내자식이 봐서 발정하면 그냥 싫으니까…….

그러면 빨리 날아가서 후다닥 끝내 보실까.

"기다려 주세요, 엘리제 님! 저도 데려가 주실 수 없습니까?"

그렇게 말하고 달려온 것은 우리의 주인공 베르네르다.

데려가 달라고 하는데…… 아니, 네가 와도 딱히 달라지는 건 없으니까…….

이렇게 말하면 불쌍하지만, 방해된다고 할까 짐짝이라고 할까 걸림돌이라고 할까…….

하지만 주인공이니까, 주인공 보정 같은 무언가로 실력보다 더 활약할지도 모른다.

뭐, 레벨을 올리기 위해서 데려가는 것도 가능하지만.

"기다려. 혼자 멋진 척할 셈이야?"

"그래. 우리도 갈 거야."

그렇게 말하고 베르네르와 나란히 선 것은 엑스트라A와 에테르나다.

다른 유쾌한 동료들과 변태안경남도 갈 마음으로 가득한 듯한데…… 저기, 왜 데려가 준다는 전제로 이야기하는 거야?

솔직히 짐짝만 늘어나는 거니까 여기서 얌전히 기다려 주면 좋겠는데 말이야……. 하지만 그렇게 말할 분위기가 아니네, 이건.

그리고 평소라면 말없이 내 뒤에 서야 할 레일라가 머쓱한 느낌으로 멀리서 이쪽을 쳐다보고 있다.

따라와도 곤란하지만, 안 와도 뭔가 찜찜한걸.

지금의 레일라는 마치 버림받은 강아지 같다.

종종 뭔가 말하려는 것 같지만, 그것을 입 밖에 꺼내는 일 없이 입을 다문다.

뭐라고 할까…… 그거네. 반에서 어느덧 외톨이가 된 아이가, 다른 끼리끼리 그룹에 용기를 내서 말을 걸려고 하다가 결국 하지 못하는 듯한…… 그런 쓸쓸함이 지금의 레일라에게서 느껴진다.

이대로 방치하고 날아갔다간…… 내가 안 보는 데서 자살할 것 같네. 진짜로.

"레일라."

그런고로 빨리 오라고 레일라를 부른다.

자, 시간 없으니까. 자꾸 움찔거리지 말고.

장난을 친 게 들켜서 움츠러든 강아지도 아니고 말이야.

아무튼 여기서 꾸물거릴 여유는 없으니까 재빨리 명령하자.

"나와 함께, 싸워 주세요."

얍, 강권 발동.

좌우지간 명령하면 레일라는 따를 수밖에 없다.

레일라는 머뭇머뭇 이쪽으로 다가오는데……. 야, 빡콧! 시간 없다고!

평소처럼 더 빠릿빠릿 움직여!

"저는…… 당신과 함께 싸울 자격이……."

배신을 신경 쓴 건지, 레일라의 말에는 힘이 없다.

까놓고 말해서 그렇게 신경 쓸 일도 아닌데 말이야.

이렇게 말하면 미안하지만, 레일라가 빡콧 짓을 하든 말든 결과는 똑같았을 테니까.

제아무리 레일라라도 다른 근위기사를 적으로 삼아서 무사할 리가 없고, 오히려 괜히 저항했다간 크게 다쳤으리라.

그런 점에서 말하면 오히려 무저항으로 잡힌 것은 좋은 판단일 지경이다.

레일라가 끝까지 내 편이었다면 지금쯤 시체가 되었을지도 모른다.

그렇지 않아도 레일라는 귀족이다. 내 감금은 각국의 국왕들이 공모해서 저지른 짓으로, 애초에 귀족인 레일라에게는 거부권 자체가 없고, 자칫 잘못하면 집안이 망했을 것이다.

레일라는 내 움직임을 막기 위한 인질이었지만, 그 레일라 역시 집안과 가족을 인질로 잡힌 것이나 다름없다. 계급 사회는 참 힘들어!

"레일라 씨. 실수는 누구나 해. 이미 저지른 실수를 부끄러워해서 걸음을 멈추는 게 아니라, 앞으로 어떻게 할지가 중요하지 않을까?"

"앞으로……."

"그래. 실수를 저질렀다고 해서 도망치면 달라지는 게 없어. 실수로 누군가에게 상처를 줬다면, 그만큼 자기 검으로 지켜서 갚으면 돼. 당신이라면 할 수 있어."

풀이 죽은 레일라에게, 베르네르가 말을 걸었다.

역시나 주인공, 좋은 말을 하네.

이건 사실 원래 게임에서 레일라가 아군으로 돌아섰을 때 하는 대사란 말이지.

원래 게임에서는 레일라가 엘리제(진짜)의 수석 근위기사를 하면서 간접적으로 여러 사람을 불행하게 했고, 아이나의 엘리제 암살 시도도 방지하니까 아이나도 자기가 죽인 거나 다름없다며 마음 아파했다.

그러니까 엘리제(진짜) 심판 이벤트가 끝난 뒤에는 책임을 지고자 자살하려고 하는데, 그걸 막은 것이 베르네르의 이 대사였다.

"앞으로, 인가……."

레일라는 눈을 감고, 이어서 자기 검을 봤다.

뭘 생각하는지는 모르겠지만…… 아마도 이상한 방향으로 탈선한 거겠지.

그러고 나서 레일라는 나를 봤다.

"엘리제 님…… 저는 용서받지 못할 잘못을 저질렀습니다. 그래도…… 이런 저라도 필요하다고 여겨 주신다면…… 하다못해 방패로 저를 써 주십시오."

야, 빠콧…….

왜 그런 식으로 생각하는 걸까, 이 빠콧은.

책임감이 너무 강해도 문제라고 할까. 까놓고 말해서 얘는 방패가 될 마음이 가득하잖아.

어떻게 할까. 이대로 데려가도, 나를 감쌀 필요도 없는 상황에서 반드시 인간 방패가 되어서 멋대로 죽을 거야.

봐, 베르네르도 황당해하잖아.

얘는 왜 '앞으로 어떻게 할지가 중요해.'라는 말을 듣고 죽음을 전제로 생각하는 걸까.

하는 수 없지……. 당부해 두자.

"방패가 될 작정이라면, 데려갈 수 없어요. 내가 원하는 것은 함께 어둠을 가를 검이니까요. 그러니 레일라…… 내 검이 되어서, 싸워 주세요. 그게 내가 당신에게 내리는 벌이에요."

"……! 네!"

레일라는 살짝 코맹맹이 소리를 내면서도 힘차게 대답했다.

좌우지간 지금은 이걸로 괜찮으려나.

잔소리는 나중으로 미루고, 아무튼 후다닥 왕도에 가야지.

지금은 시간이 없다.

그러면 이번에야말로 출발……하려고 했는데, 성에서 나온 배신기사들이 내 앞에서 동시에 무릎을 꿇었다.

이번엔 또 뭐야? 지금 급하거든?

"엘리제 님……. 부디 우리에게도 당신과 함께 왕도를 지키기 위해 싸우는 것을 허락해 주십시오."

보아하니 이 녀석들도 따라가고 싶나 보다.

그건 상관없지만, 요컨대 나더러 너희까지 운반하라고 말하는 거잖아.

그 이전에 나 말고는 우르르 몰려가도 큰 의미가 없대도.

어차피 내가 광범위 공격을 연발해서 쓸어버릴 거니까.

하지만 방해된다고 해도 걸어서 따라올 것 같아서 무섭다.

"허락하겠어요. 단, 당신들이 지켜야 하는 것은 왕도이자 사람들이며, 그리고 당신들 자신이에요. 나를 위해서 몸을 내던지려는 행위는 절대로 생각하지 말아 주세요."

일단 경고해 두자.

안 그러면 이 녀석들이 이상한 사명감으로 적의 공격에 자진해서 맞으러 갈 것 같으니까.

딱히 이 녀석들이 인간 방패가 되지 않아도 기본적으로 적의 공격은 내게 피해를 주지 않으니까. 어차피 피해가 없는 공격이니까 감싸다가 멋대로 죽으면 곤란할 뿐이다.

게다가 원래 이 녀석들은 성녀…… 즉, 에테르나를 섬겨야 할 기사들이다.

가짜 주군을 위해 소모해서는 안 된다.

"엘리제 님…… 그렇게 자비로운 말씀을……."

기사들이 뭔가 감동하고 있는데, 나는 그걸 방치하고 마력을 짜는 작업에 들어갔다.

여러 사람을 운반하는 마법이 없는 건 아니다.

유폐 백수 생활 기간에 심심해서 텔레포트 대응용 마법을 하나 만든 것이다.

이건 텔레포트만큼은 아니어도 빠르게 멀리 이동할 수 있는 마법으로, 나 말고도 다른 사람을 날릴 수 있다.

마녀가 텔레포트로 도망쳐도 추적할 수 있게끔 고안했지만……애초에 마녀가 어디로 도망치는지 모르면 의미가 없다는 사실을, 다 만든 다음에야 깨달았다.

예를 들어 마녀가 미국으로 텔레포트 했다고 했을 때, 내게 미국으로 이동할 수 있는 제트기가 있다고 치자.

하지만 눈앞에서 사라진 마녀가 미국으로 간 사실을, 나로선 알 방도가 없다.

예로 들자면 그런 셈이다.

"Festina lente. [천천히 서둘러라.]"

여전히 멋진 기술 이름이 떠오르지 않아서 적당히 외국 격언을 썼다. 천천히 보다 가!

그와 동시에 우리 모두를 감싸듯 빛의 기둥이 치솟고, 부유하는 느낌이 온몸을 감쌌다.

나 말고는 모두가 무슨 일이 일어났는지 모르겠지만, 우리는 지금 빛의 기둥 안에서 하늘로 부상하고 있다.

뭐, 엘리베이터 같은 거야.

일정 높이로 가면 기둥이 새 형상이 되어서 우리를 감싸지만, 이 빛은 이동하기 위한 것이 아니라 배리어다.

이제부터 조금 아찔한 속도를 낼 거니까, 공기저항 등등으로부터 몸을 지키기 위한 거야.

날개에 해당하는 부분에서는 마력 순환의 응용으로, 주위 마력을 압축해서 저장하고 있다.

압축하고, 압축하고, 압축해서…… 그것에 지향성을 부여해 뒤로 배출한다.

그러자 우리를 감싼 배리어가 단숨에 앞으로 날아갔다.

요컨대 지구에 있는 비행기를 마법으로 재현한 셈이다. 세세한 부분은 여러모로 다르지만.

연료는 마력으로 대체했지만, 마력은 참으로 터무니없는 에너지라서 지구의 비행기보다 속도가 더 난다는 것도 안다.

사실은 이것저것 많이 손댔지만, 전부 설명하기는 귀찮으니까 '배리어로 비행기를 모방해서 압축한 마력을 추진제로 삼아 날아가는 마법' 정도로 생각해 주길 바란다.

"이, 이건?!"

"우, 움직이는, 건가?"

기사들이 웅성거리지만, 이 정도로 끝난 것은 빛의 배리어가 있어서 밖이 보이지 않기 때문이다.

만약 보였다면 상공에서 내려다보는 절경에 야단법석을 떨었을지도 모른다.

그렇게 이동하기를 몇 분 플러스 몇 초.

마침내 목적지 상공에 도착해서, 나는 마법을 해제해 빛의 기둥으로 되돌리고 나를 포함한 모두를 아래로 내려보냈다.

밖에서는 아마도 갑자기 빛의 기둥이 전장에 내리꽂힌 것처럼 보이겠지.

잠시 실례하겠습니다.

◇

빌베리 왕국의 수도 앞에서 필사적인 전투가 펼쳐지고 있었다.

왕도에 남은 기사와 병사들이 맞서 싸우는 것은 대지를 가득 메운 마물의 군세다.

대체 이만한 숫자가 어디에 숨어 있었는지…… 아마도 아직 탈환하지 않은 대지에 숨어 지내던 마물이 일제히 집결한 것이리라.

마물이란 본디 다종다양한 야생동물이 마녀의 힘으로 강화된 것이다.

따라서 지성은 원본 동물보다 조금 나은 수준으로, 이처럼 군대를 조직하는 일은 기본적으로 없다.

당연하다. 예를 들어 곰을 바탕으로 한 마물과 호랑이를 바탕으로 한 마물이 있어도, 원래는 다른 생물이니까 힘을 합치는 일은 있을 수 없다.

오히려 마물끼리 죽고 죽이는 일은 흔하고, 육식 마물이 초식 마물을 덮쳐 잡아먹는 것도 드물지 않다.

물론 모두가 무리를 짓지 않는 것은 아니다.

예를 들어 원래부터 무리를 형성하는 생물…… 개 마물 등은 같은 종끼리 무리를 짓는다.

하지만 그 무리에 고양이나 돼지 마물이 섞이는 일은 없다.

하지만 그러한 마물이 하나로 뭉쳐 공통된 목적을 위해 단결하는 예외가 있다.

그것은 지휘관이 있을 때…… 즉, 마녀나 대마가 있을 때 한정으로 마물은 다른 종족끼리 무리를 짓고, 단결해서 군세가 된다.

이번 진격도 대마가 지휘관이 되어서 일으킨 일이다.

마물은 성녀 엘리제가 등장하기 전과 비교해 숫자가 격감했고, 지금에 와서는 전성기의 10분의 1도 남지 않았다.

나아가 마물을 지휘해야 하는 마녀는 어디론가 숨고 말아서, 마물들은 뭘 어떻게 하면 좋을지 모르는 채로 인류에게 각개격파 당하고 있었다.

그때, 한 마리 똑똑한 마물이 생각했다……. 이대로 가다간 마물은 멸종한다고.

그것은 까마귀를 바탕으로 한 마물로, 그만큼 지능이 높았다.

까마귀 마물은 성녀라고 하는 강대한 적에 대항하려면 남은 모든 마물이 단결해서 일제히 덤빌 수밖에 없다고 생각했다. 마녀가 아무것도 안 하는 지금, 자신들끼리 어떻게든 해야 한다는 것을 이해했다.

그리고 그는 가장 먼저 같은 까마귀 마물들에게 생각을 전하고 —— 사투를 벌였다.

마물이 더 강한 단계로 진화하는 방법은, 마물끼리 사투를 벌이는 것. 그 사실을 본능적으로 안 것이다.

그리하여 동종끼리의 사투를 제압하고 강해진 그는 계속해서 다른 마물을 습격했다.

　계속해서 죽인 결과…… 마침내 대마가 된 그는 각지에 숨은 마물들에게 명령해 최대 규모의 마물 군대를 조직하는 데 성공했다.

　마녀가 아무것도 안 하는 지금, 지상에 남은 전력만으로 이 궁지를 돌파해야 한다.

　과거에는 세계의 10분의 7 가까이를 지배했던 마물의 세력권은 성녀 엘리제가 등장하면서 거듭 축소되어, 지금은 세계의 10분의 1에도 못 미치리라.

　그리고 이대로 숨기만 해서는 엘리제가 가만히 있어도 각 나라의 병사들에 의한 마물 사냥으로 멸종할 것이다.

　그러니까 이것이 마지막 도전이다.

　원래는 작은 까마귀였던 대마는 자신들이 살기 위해서 인류에게 마지막 싸움을 걸었다.

　"제길! 이대로 가다간 왕도가……!"

　"지원군은 언제 오는 거냐!"

　"왜 그 임금님은 근위기사를 전부 데려간 거야! 이러니까 현장을 모르는 윗대가리가 쓸데없는 소리를 하면 좋은 꼴을 못 보는 거라고!"

　"말조심해, 불경죄다!"

　"그래, 좋네. 불경죄! 그 전에 나라가 사라질 것 같지만!"

　근위기사가 빠진 기사단과 그들이 이끄는 병사들이 분투하지만, 전투의 상황은 마물들이 우세하다.

　그래도 기사가 있어서 루틴 왕국보다 훨씬 선전하고 있지만, 마물들도 필사적이었다.

이미 마물은 더 물러날 데가 없다.

여기서 승리해 기사를 줄이고, 조금이라도 성녀의 호위를 약하게 해서 나머지 모든 마물로 엘리제 한 사람에게 도전한다.

싸움의 무대는 왕도다. 그곳에는 엘리제가 지켜야 할 짐짝이 많다.

그러니까 엘리제가 여기 오기 전에 병사와 기사를 전멸시키고, 왕도로 쳐들어가 주민을 적당히 괴롭혀 엘리제가 구할 수밖에 없는 상황을 만든다. 그렇게 하면 그 성녀는 온 힘을 다해 싸울 수가 없게 되리라.

죽음이 임박한 중상자가 있으면 치료를 우선할 것이다. 산 채로 파묻힌 사람이 있으면 그자를 구출하려고 할 것이다.

공포에 질려 도망치는 민간인이 구원을 찾아서 엘리제에게 몰려들면 큰 족쇄가 된다.

그 빈틈을 노리고, 무적의 성녀를 해치운다. 그것이 '까마귀'의 노림수였다.

그렇게 하는 것 말고는 승산이 없고, 그렇게 하고도 이길 수 있을지 어떨지는 모른다.

아니, 지금까지의 싸움을 보면 가능성이 작겠지.

그래도 생존을 위해서는 할 수밖에 없다……. 마물들도 필사적이었다.

"까악!"

마물들을 지휘하는 대마——기사들은 눈에 보이는 그대로 '까마귀'로 부르는 그 개체는 하늘로 날아올라 날개를 크게 퍼덕였다.

그것만으로 돌개바람이 일어나고, 잔해와 바위, 떨어진 검, 죽은 병사 등이 날아가 빌베리 왕국군을 덮친다.

갑옷을 입은 시체가 산 병사에게 빠른 속도로 부딪히자 서로의 갑옷이 찌그러지며 산 병사가 압사당하고, 검이 다른 병사에게 박힌다.

그 광경을 내려다보는 '까마귀'는 몸길이가 8미터는 되는 거대 까마귀다.

기사들이 '까마귀'를 향해 마법을 연사하지만, 고도를 조금 올리기만 해도 닿지 않는다.

하늘을 나는 상대에게, 날지 못하는 자는 압도적으로 불리하다.

원거리 공격 수단은 몇 가지 있지만, 지상에 있는 상대와 공중에 있는 상대는 명중하는 난이도가 차원이 다르다고 해도 좋다.

지상에 있는 상대는 회피하는 방향이 좌우 또는 뒤로 한정된다.

날아드는 물체 앞에서 전진하면 맞기만 하고, 뒤로 물러나도 사거리에 따라서는 맞는다.

그렇다면 실질적으로 좌우 중 하나다.

하지만 공중은 다르다. 좌우만이 아니라 위아래와 사선도 포함되고, 나아가 화살은 중력의 영향으로 속도가 줄어드니까 조금 뒤로 물러나기만 해도 맞지 않을 수 있다.

설령 가만히 있는 표적일지라도 공중에 있는 표적을 상대로 정확하게 공격을 날리기는 어렵다.

그것이 움직인다면 숙련된 기술이 있어도 맞히기 어려우리라.

더군다나 그것이 자유자재로 바람을 다룬다면, 화살은 절대로 맞지 않는다고 해도 과언이 아니다. 닿기도 전에 바람에 쓸려 날아간다.

그렇다면 마법을 맞히고 싶겠지만, 이쪽도 바람에 실려서 날아다니는 시체와 잔해가 방해해서 잘 맞지 않는다.

반대로 '까마귀'는 얼마든지 맞힐 수 있다.

날개를 움직이기만 하면 바닥에 떨어진 것이 수많은 병사에게 맞고, 애초에 바람 자체가 사람을 쉽게 날려 버릴 힘이 있으니까 더더욱 악질이다.

단순한 이야기다. 이것저것 끌어오면서 윙윙거리는 태풍 앞에서, 검과 갑옷으로 무장한 인간이 덤빈다. 그 한심함을 상상해 보면 된다.

아무리 생각해도 '됐으니까 얼른 도망쳐'라는 답밖에 나오지 않으리라.

하지만 그들은 도망치지 않는다. 왜냐하면 뒤에는 지켜야 할 왕도가 있으니까.

그래서 태풍에 대고 칼질하는 우스꽝스러운 싸움을 계속해 나갈 수밖에 없다.

# 제34화 8분의 싸움

'까마귀'가 이끄는 마물이 왕도를 습격하고 이미 한 시간 가까이 지났다.

왕도를 지키는 기사, 그리고 병사들의 분투로 간신히, 아직 왕도에 대한 침입은 허용하지 않았다.

그러나 시간이 갈수록 전력이 확실하게 줄어들고, 병사가 쓰러진다. 전선을 슬금슬금 뒤로 물리면서, 빌베리 왕국군은 궁지에 몰리고 있었다.

싸움이 길어지면 체력이 떨어진다. 집중력도 흐트러지고, 사기도 저하된다.

아군의 숫자도 줄어들고, 무엇보다 승산이 전혀 보이지 않는다.

결론부터 말하자면 두 진영의 싸움은 시작 전부터 이미 결판이 났다.

왕도를 수호하는 군에는 '까마귀'와 그 수하 마물을 모조리 물리칠 힘이 없다.

가능한 것은 고작해야 시간 끌기……. 하지만 과연 그 시간조차 끄는 의미가 있을까?

지원군 요청은 한 시간 전에 성녀의 성으로 보냈다. 지금쯤 아이즈 국왕과 성에 있는 근위기사들의 귀에도 들어갔겠지.

그래서 지원군이 올 때까지 얼마나 더 기다려야 하지?

지원군을 요청할 때는 스틸이라는 새를 썼는데, 새가 한 시간 걸리는 거리를 성에 있는 자들이 주파하려면 얼마나 기다려야 할까?

아무리 서둘러도 한 시간 이내는 불가능하리라.

잘해서 한 시간에 온다고 해도, 그때까지 버틸 수 있을까?

한 시간만으로 벌써 만신창이가 됐는데, 한 시간을 더? 아무리 생각해도 무리다.

일반적으로 생각하면 이미 그들이 할 수 있는 일은 없다.

여기서 아무리 싸워도 기다리는 것은 개죽음이고, 그렇다면 여기서 최선의 판단은 도망치는 것이다.

도망쳐서, 한 사람이라도 더 많은 기사가, 병사가 살아남는 것. 그리고 나중에 올 지원군과 합류하는 것이 최선의 판단이다.

그러나—— 그들은 도망치지 않고 그 자리에서 싸웠다.

"어째서냐……."

대마는…… '까마귀'는 조바심을 냈다.

압도적인 우위. 압도적인 우세.

이제는 불리한 요소를 찾기가 더 어려울 정도로 마물군이 전장을 지배하고 있다.

일방적으로, 절대적으로 밀어붙이고 있다.

그런데 아무도 도망치지 않는다.

이것은 부딪히기 전에 승패가 정해진 싸움이다. 인류도 그 사실을 모를 정도로 멍청하진 않으리라.

물론 기사와 병사를 전멸시킬 작정으로 여기에 왔다. 하지만 '까마귀'의 예정으로는 허둥지둥 도망치고, 철수하려고 하는 인류군에게 타격을 주는 형태여야 했다. 양 진영의 전력 차이를 생각하면 그렇게 되어야 마땅했다.

왜냐하면 전투를 속행하는 것이 빌베리 왕국군에 있어서 현명한 행동이 아니니까. 그저 무모한 만용이고, 철수만이 정답이니까.

전술적으로 봐도, 살고자 하는 본능으로 봐도, 그렇게 되어야 마땅했다.

그런데…… 어째서 도망치지 않지?

"인간이란, 이토록 어리석은가……?"

'까마귀'는 이해할 수 없는 사태가 벌어졌다.

그리고 그것이 초조하게 했다.

아까도 말했다시피, '까마귀'의 목표는 빌베리 왕국군을 전멸시키는 것과 엘리제가 올 때까지 왕도에 침입하는 것. 이렇게 두 가지다.

왕도의 무력한 주민이라는 특대급 짐짝을 엘리제에게 짊어지게 하고서 싸움에 임해야 했다.

그런데 아직 침입하지 못했다.

패배가 확정된 싸움인데도——아무도 도망치지 않는 바람에!

"어째서, 도망치지 않는가!"

"이미, 충분히 도망쳤다고."

'까마귀'의 의문에, 한 기사가 대답했다.

그는 근위기사가 아니다. 근위기사에 필적하는 재능을 보유한 사람도 아니다.

평범한, 무명의 아무개.

지금 여기 있는 다른 기사들과도 전혀 다를 바가 없다. 먼저 쓰러져 죽은 다른 기사와도 전혀 다르지 않다.

선택받은 영웅과는 거리가 먼, 역사에도 이름이 안 남을 무명의 기사다.

하지만 '까마귀'의 앞에서는 그렇게 시시한 '무명'들이 길을 가로막고, 확실하게 그 목표를 지연시키고 있었다.

"어릴 적에는 마물이 끔찍하게 무서워서, 똥오줌을 지리면서 꼴사납게 도망쳤지. 너무 필사적인 나머지, 가족을 두고 도망친 것을 살아남고 나서야 깨달았다. 모두가 한 사람도 빠짐없이 도망쳤다……. 기다려도 구해줄 사람이 오지 않는다는 걸 아니까 도망칠 수밖에 없었다."

그렇게 말하고, 무명의 기사는 덤벼드는 마물을 베었다.

그 체력도 이미 한계다.

갑옷은 깨지고, 검에는 금이 가고, 한쪽 팔은 덜렁덜렁하다.

그 말을 이어받듯이 다른 무명의 기사가 소리쳤다.

"나는 옛날에 마물에 습격당한 마을을 버리고 도망쳤다. 벌써 10년도 더 된 일이지. 무력함과 한심함과 미안함 때문에 죽고 싶어졌다! 그것 말고는 아무것도 못 했다! 아무리 기다려도, 절망을 뒤집을 희망이나 기적 따윈 없었다!"

도저히 바꿀 수 없는 일은 있다.

죽을힘을 다해도 뒤집을 수 없는 절망이 있다.

그럴 때 가능한 일은 손해를 줄이는 것뿐이다. 그래서 무력함을 느끼고 울면서 동료들과 함께 도망칠 수밖에 없었다.

도움을 청하는 백성들을 등지고, 위에서 내린 명령이라는 핑계를 대면서 도망쳤다.

그것은 결코 드문 이야기가 아니다……. 엘리제가 활동하기 시작한 7년 전까지는 흔한 일이었다.

작은 마을 하나를 위해 귀중한 병력을 잃을 수 없어서 죽게 내버려 두는 일이 흔했다.

7년 전까지는, 인류 모두가 도망쳤다. 마물과 마녀가 무서워서, 자기 자신을 지키기 위해서 온갖 것들로부터 눈을 돌리고, 귀를 틀어막고, 가족과 이웃을 버리고 필사적으로 도망쳤다.

"하지만 지금은 아니야!"

소리치는 기사의 팔을 늑대 마물이 물어뜯었다.

하지만 무명의 기사는 망설임 없이 자기 팔과 함께 마물을 찌르고, 한쪽 팔로만 검을 휘둘렀다.

그리고 또다시 다른 무명의 기사가 자신을 고무하듯 포효했다.

"그래, 맞아! 우리가 시간을 끌면 그분이 오실지도 몰라! 그것이 얼마나 든든한 일인지 네놈은 모르겠지! 얼마나 기쁜 일인지, 모르겠지! 구하기 위해서 도망치는 것만이 아니라…… 구하기 위해서 싸울 수 있어!"

누군가가 말했다──'성녀 엘리제에게 기사는 필요 없다.'

그렇다. 정말이지 그 말이 옳다고 모두가 생각한다.

누군가가 말했다── '기사는 있든 말든 달라지지 않는다.'

그렇다. 반박할 수 없다. 정말이지 옳은 소리다.

엘리제는 기사가 지킬 필요가 없다. 지키주지 않아도 될 만큼 강하다.

기사의 역할은 성녀의 방패로, 하지만 정작 성녀는 그 방패를 원하지 않는다.

엘리제만 도착하면 기사는 필요가 없어진다. 있든 말든 달라질 게 없다.

그래도 그들은 자기 역할에 긍지가 있었다.

"멍청하긴…… 네놈들은, 그토록 멍청한가?!"

"그렇다!"

"그토록 어리석은가?!"

"그래, 그렇다!"

"어리석도다! 어리석도다! 올지도 안 올지도 모르는 것에 기대다니!"

"기댈 것조차 없었다! 7년 전까지는 말이야!"

'까마귀'의 조소에, 또 다른 무명의 기사가 대답했다.

시간을 끌면 엘리제가 늦지 않게 와 줄지도 모른다.

이 '그럴지도 모른다'가 얼마나 큰 희망이 되는지, 마물은 이해할 수 없으리라.

엘리제는 반드시 여기에 온다.

여기에 와서, 마물들을 물리쳐 줄 것이다.

하지만 사상 최고의 성녀 엘리제도 전지전능한 것은 아니다. 그

능력에는 정말로 한계가 있다. 혼자서 할 수 있는 일에는 한도가 있다.

성녀의 성에서 여기까지 한순간에 올 수 없고, 도착할 때까지 그만한 시간이 필요하리라.

성녀는 반드시 온다. 하지만 늦을지도 모른다.

그렇기에 기사가 있다. 병사가 있다.

기사의 역할은 '성녀가 마녀에게 패배하게 하지 않는 것'.

그리고 왕도가 함락당해 주민이 몰살당하면…… 그 뒤에 마물을 물리쳐도, 그것은 엘리제의 패배다.

그렇다면 그렇게 되지 않게 하는 것이야말로 기사의 사명이다.

엘리제가 도착할 때까지 아주 조금의 시간이라도! 엘리제 혼자서는 도저히 메울 수 없는 틈새를 메워서, 그 성녀가 승리하게끔 한다. 절대로 패배하게 해선 안 된다.

그러기 위해서 기사가 있다. 병사가 있다.

기사란, 성녀가 승리하는 혈로를 개척하기 위해 있다.

엘리제가 도착하면 이기는 것이다.

그러니까 엘리제가 올 때까지 시간을 끈다. 그러려고 그들은 싸우고 있다.

"엘리제 님이 네놈들 따위에게 지게 할 순 없다. 그러니까 우리가 있다. 그러려고 우리가 있다!"

무명의 기사들이, 무명의 병사들이, 이곳을 죽을 곳으로 정하고 돌격해 마물들을 쓰러뜨린다.

그들은 영웅이 아니다. 용사도 아니다.

역사에 기록되지 않는 무명의 아무개에 불과해서, 여기서 죽은 자들은 후세에 공평하게 '왕도를 지키기 위해 목숨을 바친 용사들'로만 기록되리라. 정확한 인원조차 후세에는 남지 않으리라.

그래도 그들은 긍지를 품고, 결의를 가슴에 안고 돌진한다.

적의 사체를, 아군의 시신을 밟고 넘어가서. 뒤돌아보지 않고, 움츠러들지 않고, 그 목숨을 방패로 삼아 1분 1초라도 더 끌 수 있게끔.

팔을 잃은 기사는 검을 입에 물고 한 걸음이라도 더 앞으로 나아간다.

걸을 수 없게 된 병사가 마지막 힘으로 마물에게 들러붙고, 무기를 잃은 병사가 마물의 목을 물어뜯어서, 이가 빠지는 것도 무시하고 마물의 살점을 찢었다.

역사에 이름이 남지 않을지라도, 그들은 멈추지 않는다. 그 의지는 사그라지지 않는다.

"자, 어떠냐. 덤벼라, 마물들! 덤벼라, 대마! 덤벼라, 절망! 우리는 아직 살아있다! 기사와 병사는 아직 여기 있다! 성녀의 방패는 아직 서 있다!"

이미 이 자리에 멀쩡한 자는 없다. 모두가 만신창이다.

그래도 그들은 서 있다.

기사란 결코 명예롭고 화려한 것이 아니다.

한두 사람이 명예롭게 전사해도 세계는 전혀 변하지 않는다. 아무런 영향도 없다. 세상의 한 줌 티끌에 불과하다.

죽을 때 받는 '명예로운 전사'라는 말은 아무런 전공을 세우지

못하고 명예만 남은 죽음을 뜻하며, 그 태반은 헛된 죽음이다.

기사란 성녀의 방패이자 창, 그리고 희생양이다.

성녀를 살리기 위해, 기사가 있다. 성녀가 패배하지 않기 위해, 기사가 있다.

용사든 전사든 명예로운 죽음이든, 제아무리 미사여구를 늘어놔서 장식해도 그 본질은 변하지 않는다.

기사란 산 제물이다. 기사란 희생양이다. 기사란 버리는 패다.

그래도 그들은──희망을 믿고 오로지 돌진한다.

방패가 주인을 안 믿으면, 누구를 믿으란 말인가?!

그렇기에 그들은 싸운다. 성녀가 패배하지 않기 위해서 헛된 죽음임을 알면서 싸우고, 성녀를 믿고서 웃으며 죽는다.

기사만이 아니다. 병사들도 성녀가 올 것을 믿고 싸워 나간다.

병사란 기사에 못 미치는 자들이다. 기사가 되기를 원했지만 이르지 못한 자. 그것 말고는 살길이 없었던 자. 귀족의 의무로서 전장에 나선 자. 애초에 본래는 전투 요원조차 아니고, 싸움을 위해 징집되어 무기를 들었을 뿐인 농민도 있다.

그저 구색을 갖추기 위해 준비된, 말 그대로 '머릿수만 채우는 인원'.

그렇게 모였으니까 7년 전까지는 도망치는 게 당연했다.

싸울 줄 모르고, 전선이 무너지면 허둥지둥 수많은 병사가 적 앞에서 도주했다. 그리고 뒤에서 마물에 공격당해 죽는 것은 드물지 않은 광경이었다.

──희망 따위, 어디에도 없었다. 믿을 것은 아무것도 없었다.

그 자리에서 아무리 버티고 싸워도 그저 무의미하게 죽을 뿐. 그래서 자신을 지키기 위해서, 가족이 있는 곳으로 돌아가려고 울부짖으며 도망쳤다.

살고 싶다는 본능이 조금이라도 살 확률이 높은 길을 택했다.

하지만 지금은 다르다. 본능을 억누르고, 공포를 꽉 밟고, 자기 목숨을 방패 삼아 시간을 끈다.

무섭지 않은 게 아니다. 당연히 무섭다. 당연히 죽기 싫다.

무섭고 또 무서워서 미칠 것만 같고, 개중에는 공포 때문에 오줌을 지리면서 싸우는 병사도 있다.

그래도 그들은 그 자리에서 머무르고, 온 힘을 다하고, 동료의 죽음을 넘어서 마물을 가로막고 있다.

믿고 있다. 믿을 수 있다.

이 세계에는 희망이 있고, 반드시 올 것이라고 믿는다.

그렇기에 헛된 죽음일지라도, 도망치지 않고 마물에 맞선다.

한 사람 한 사람은 헛되이 죽더라도, 헛되이 죽은 자들의 시체가 산을 이루면 그것으로 1초, 2초라도 마물을 발목을 잡을 수 있을지도 모른다.

그 1초가 있으면 성녀가 늦지 않을지도 모른다.

──명예는 필요 없다.

한 병사가 마음속으로 조용히 중얼거리고, 바닥에 굴러다니는 전우의 검을 차올렸다.

그리고 도약해서…… 자루를 밟고, 그대로 찍어 누르듯이 마물의 머리통에 검을 박는다.

——영광도 필요 없다.

미련은 버리고 왔다. 전부 버리고 왔다. 깔끔하게 모아서, 미래에 맡기고 왔다.

왕도에 가족을 두고, 이 전장에 왔다.

성녀 엘리제가 만들어 줄 것이다. 마물이 없는 세계를. 마녀가 없는 세계를.

그곳에서는 더 이상 마물에 의해 갑자기 죽는 것을 두려워하며 살지 않아도 된다.

먹을 것이 없어서, 모두가 배고픔에 떨면서 몸을 붙이고 울지 않아도 된다.

적은 식량을 두고 싸워서, 며칠 전까지 서로 웃던 이웃을 울면서 죽이지 않아도 된다.

그런 세계에 가족을 보낼 수만 있다면, 여기서 죽어도 후회하지 않는다.

——우리 묘비에 이름은 필요 없다.

무명의 아무개면 된다. 어중이떠중이면 된다.

'성녀 엘리제가 도착할 때까지 최선을 다해 싸운 사람들'의 일부면 된다!

그 결과로 '성녀 엘리제가 만든 평화로운 세계를 살아가는 사람들' 중에 가족이 있으면 된다! 사랑하는 사람이 있으면 된다!

그것만이 보답이다. 그것만이 명예다.

설령 후세에서 헛되게 죽었다고 멸시하고, 비웃더라도——.

"우스꽝스럽다는 말을 듣더라도, 무능하다고 조롱당해도! 그래도…….”

힘이 다하기 직전인 무명의 기사 한 명이 하늘을 쳐다보고, 입꼬리를 올렸다.

빛이 보인다.

하늘에서 빛이 내려와서, 점점 다가오고 있다.

아아, 왔다. 와 주셨다.

이로써 헛수고가 아니게 된다. 한 사람 한 사람은 있으나 마나 달라질 게 없고, 큰 형세에는 아무런 영향도 못 주고, 살든 죽든 결말이 안 바뀌는 헛된 죽음이.

하지만, 그래도…… 내 죽음은 헛될지라도…….

'우리'의 죽음은, 싸움은, 헛되지 않았다.

그렇게 생각하면서 죽을 수 있다. 그러니까…….

“이 싸움은, 우리가 이겼다!”

이 싸움에서 스러져 간 모든 이를 대표하듯 무명의 기사 한 사람이 외치고, 그와 동시에 빛의 기둥이 전장에 내리꽂혔다.

성녀 엘리제가 왕도 습격을 알고 여기에 도착할 때까지 걸린 시간은…… 무려 8분!

그 시간을, 그들은 목숨을 걸고 만든 것이다.

# 제35화 왕도 방위전

빛의 기둥이 하늘에서 내려왔다.

전장에서는 너무나도 선명하고 강렬한 빛에 싸우는 자들이 움직임을 잠시 멈추고, 모두가 그쪽으로 시선을 돌렸다.

그리고 빛이 걷혔을 즈음에 사람들은 희망을, 마물들은 위협을 느꼈다.

전장에 내려선 것은 성녀를 수호하고자 선발된 최정예 기사…… 열한 명의 근위기사들이다.

마법학교 교장인 폭스 자작을 제외한 모두가 이 자리에 집결하고, 매섭게 앞을 노려보고 있다.

그 뒤에 있는 것은 인류의 희망인 성녀 엘리제와 기사가 되고자 마법학교에 다니는 생도들이다. (그리고 잘 모르는 이상한 안경남)

엘리제의 왼쪽에는 수석 근위기사 레일라가 호위하듯이 서 있고, 오른쪽에는 성녀에게 검을 받은 베르네르가 서 있다.

그 광경에 '까마귀'는 언짢은 듯 안광을 빛내고, 자신의 예상이 부족했음을 깨달았다.

"성녀 엘리제…… 너무 일찍 도착했다……. 아니, 그보다……

어째서, 다른 기사도……."

'까마귀'는 엘리제가 동족인 인간들에게 감금당한 사실을 알고 있었다.

어리석은 인간들이 대체 뭘 생각했는지는 모르겠지만, 아무튼 엘리제가 움직일 수 없게 된 것은 마물들에게 좋은 기회였다.

물론 자신들이 나라를 공격하면 엘리제는 말 그대로 날아서 올 테지만, '까마귀'는 그 자리에 기사가 없을 것으로 예상했다.

왜냐하면 기사들은 엘리제를 배신했기 때문이다.

그렇다면 당연한 감정으로서 배신자를 데리고 전장에 가고 싶지 않을 것이고, 애초에 엘리제가 여러 인원을 데리고 장거리를 이동할 수 있다는 이야기는 들은 적이 없었다.

그러니까 엘리제가 온다면 혼자서 올 것으로 여겼고, 엘리제 말고도 더 온다면 이렇게 일찍 오지 않을 터였다.

하지만 그 예상은 완전히 틀렸다.

엘리제는 멀리 떨어진 곳에 다른 사람을 데리고 빠른 속도로 달려갈 수 있고, 기사와의 불화도 전혀 느껴지지 않는다.

정보가 틀린 것일까……. 아니면 화해한 것인가.

좌우지간 현재의 상황은 '까마귀'에게 있어서 최악이나 다름없었다.

예정대로 됐으면 진즉에 전멸하거나 싸울 의지를 상실하고 도망쳐야 할 어중이떠중이가 아직 건재하다. 그렇듯 무시해도 좋은 피라미들 때문에, 왕도에 침입하지 못했다.

"오, 오오…… 성녀님이다!"

"성녀님이 오셨다!"

"게다가 근위기사들도!"

엘리제의 등장으로 빌베리 왕국군이 들썩거리고, 사기가 고조된다.

인류의 희망이자 정의의 상징이기도 한 엘리제는 있기만 해도 아군을 고무하는 것이리라.

"저게 보여……? 왔어. 와 주셨어……. 우리의 싸움은, 네 죽음은, 헛되지 않았다고…….."

먼저 간 전우의 시신을 끌어안으며, 한 기사가 감동에 벅찬 듯이 말했다.

이어서 시신을 바닥에 천천히 눕히고, 친구의 유품인 검을 짊어졌다.

성녀가 오면서 전장의 흐름이 바뀌었다. 승리가 확정되었다.

그렇다면 조금만 더 버티자. 설령 아무런 공적이 되지 않더라도. 성녀가 혼자서 이길 수 있더라도.

그래도 싸우자. 외치자. 우리는 여기 있다고. 기사는 여기 있다고.

"큭…… 이놈!"

어떻게든 이 흐름을 바꾸려고, '까마귀'가 폭풍을 일으킨다.

하지만 엘리제가 눈길을 주기만 해도 바람이 딱 멈추고, 돌개바람이 되어서 마물들에게 역류했다.

바람에 휩쓸린 마물들이 하늘로 날아가고, 마물군에 동요가 퍼진다.

그동안 엘리제는 회복 마법을 발동해서 상처를 입고 쓰러진 모
든── 아직 죽지 않은 전사들을 완치시켰다.

◇

자, 도착했습니다. 빌베리 왕도에.

적의 규모는 요전번 루틴 왕국 때보다 조금 큰 정도일까?

마물을 제법 사냥한 줄 알았는데, 아직 이만큼이나 남았구나.

다만 그래도 이걸로 끝물이려나.

아마도 각지에 남은 마물을 최대한 긁어모아서 마지막 항전을
시도한 거겠지.

마녀가 마법학교 지하에 틀어박혔으니까 말이야. 지상의 마물
은 자기 힘으로 어떻게든 할 수밖에 없다.

뭐, 그 갸륵한 마지막 저항도 내가 온 이상 헛수고가 되겠지만!

마물들에겐 미안하지만, 모처럼 모여 주었으니까 후다닥 쓸어
버리자.

이게 끝나면 대규모 마물 괴롭히기는 할 수 없을 거니까, 분발해
서 화려하게 해 보실까.

이번에는 베르네르 일행도 보니까, 폼잡고 무쌍을 찍고 싶다.

"Aurea Libertas. [황금의 자유.]"

필살, 외국의 멋진 말을 외치면 기술 이름처럼 들리는 시리즈 외
전!

이번에는 격언이 아니라 옛날 폴란드 왕국에서 기능했다고 하는

귀족 공화정 체제의 이름이다.

국왕은 군림하되 통치하지 않는다.

이 체제에서는 국왕이 정점에 군림하면서도 정치에는 일절 간섭하지 못하고, 철저하게 배제되었다고 한다.

까놓고 말해서 이 자리에서는 아무런 관계도 없지만, 이름이 왠지 멋지고 기술명 같아서 적당히 썼다.

발음은 아우레아 리베르타스! 폼나지 않아?

내가 기술 이름을 선언하자마자 하늘을 향해 굵직한 황금색 빔이 날아가고, 그것이 하늘에서 퍼져 무수히 많은 빔이 되어 마물들을 덮쳤다.

아군 병사들을 요리조리 피해서 빔이 차례차례 마물을 꿰뚫고, 점점 적을 줄여 나간다.

"성녀가 멋대로 굴게 두지 마라! 죽여라!"

지휘관으로 보이는 대형 까마귀가 마물들에게 지시를 내린다.

대마가 되다니, 역시 까마귀는 똑똑하구나.

어느 나라의 연구에 따르면 까마귀의 지능은 인간의 7세 아동과 비슷한 수준이라던가?

7세 아동은 제법 자의식이 있을 때잖아.

서너 살쯤의 기억은 어른이 되면 별로 안 남지만, 일곱 살 때의 기억은 의외로 어른이 되어도 남을 정도로 지능이 발달했다고.

적어도 평범하게 대화할 수 있고, 글자도 읽고 쓸 수 있다.

비디오 게임도 했었고, 요즘 어린아이라면 스마트폰을 줘도 쓸 수 있겠지.

더군다나 대마가 되어서 지능이 더 향상되니까…… 아마도 저 까마귀는 인간과 거의 차이가 나지 않을 만큼 머리가 좋을걸.

 똑똑한 까마귀가 지휘하는 조류형 마물이 일제히 이쪽으로 날아왔다.

 아, 응. 그야 하늘에서 오겠지.

 이쪽은 나 말고 하늘을 날 수 없으니까 날아오면 방어를 무시하고 일직선으로 내가 있는 데까지 침입할 수 있다.

 그러므로 나는 가볍게 도약해서 부유하고 새대가리들을 맞이해 싸우기로 했다.

 뭐, 전체 빛 마법을 꽝 하면 끝나겠지.

 "A picture is worth……. [한 폭의 그림은……]"

 "엘리제 님에게 접근하게 두진 않겠다!"

 내가 마법을 발사하려고 했을 때, 빡콧이 점프해서 새를 몇 마리 베었다.

 저기, 방해돼! 하마터면 말려들 뻔했잖아!

 날아다니는 상대에게 단순한 점프로 다가가 베는 건 그냥 생각하면 이상한데, 지금은 레일라의 절묘한 기술을 보여줄 때가 아니야!

 나아가 레일라는 새를 밟고서 다시 도약해 다른 새를 베고, 그것을 발판으로 삼아 뛰고 있다.

 그리고 하늘 높이 뛰어서 회전……하며 급강하, 회전하는 칼날로 변해 새 마물을 서걱서걱 베었다.

 이렇게 다시 보니까 빡콧도 참 인간을 벗어났단 말이지…….

스무 살에 수석 근위기사가 될 만큼은 해.

추가로 다른 근위기사들도 점프하거나 마법을 쏘거나 해서 새를 공격하니까 내가 접근할 수 없다.

렉스는 바람 마법으로 하늘을 박차고 아무것도 없는 곳에서 몇 번이나 반전해 마물을 석둑석둑 썰고 있고, 핀레이는 얼음으로 된 검을 다섯 개 만들고 그것을 바람 마법으로 자유롭게 조작하는 칠 도류라는 영문 모를 전투 방식을 보이고 있다.

그들의 분투 덕분에 마물은 내게 전혀 다가오지 못하지만, 반대로 나도 마물에게 접근할 수 없다.

마물들의 숫자도 결코 적지 않은데, 한 마리도 이쪽으로 오지 못하네.

아니, 응. 그러지 말고 다른 약한 병사나 기사를 지켜주지 않을래? 진짜로.

하는 수 없어서 마법을 바꾸고, 다시 황금 빔을 발사해 멀리 있는 적을 줄여 나간다.

나는 솔로 플레이를 좋아하는데, 그 이유가 이거다.

아군이 많으면 거치적거려서 전체 공격을 쓸 수 없다.

수많은 적을 한 방에 날려 버리는 것이 최고로 상쾌한데, 아군이 있으면 이렇게 시시한 공격만 할 수밖에 없단 말이지.

지금 당장 적진 한복판으로 날아가고 싶어.

그리고 전체 공격을 날려서 청소하고 싶어.

"엘리제 님, 너무 앞으로 나서시면 안 됩니다. 우리 기사들이 지키겠습니다!"

조금만 앞으로 나서려고 하면 이런다.

아니, 지키지 않아도 돼. 난 딱히 지켜야 할 정도로 약하지 않으니까.

이 녀석들, 나를 안 지키면 죽는 병약 공주님인지 뭔지로 착각하는 거 아니야?

"Fortune favors the bold. [행운은 용감한 자의 편이다.]"

뭐, 그렇다면 일단 아군 공격력을 먼저 올릴까.

솔로 플레이를 더 좋아하지만, 아군 유닛이 많이 있는데 활용하지 않으면 손해다. 생각을 바꾸자.

하늘에 빛이 검이 쏟아지고, 마물을 꿰뚫어서 병사들 앞에 떡 자리를 잡았다.

이 검은 마력을 굳혀서 만든 빛의 검으로, 칼날이 망가지지 않는 그럭저럭 우수한 무기다.

작은 버프도 걸려서, 손에 들면 자루에서 전기신호가 흘러 신체 능력의 제한을 강제로 해제한다. 위기 상황에서 괴력을 발휘하는 것처럼.

인간은 평소 본래의 힘을 20~30퍼센트밖에 안 쓴다는 그거다.

그래도 두었다간 몸이 망가지니까 자동회복 치유 마법도 세트로 넣었다.

그러므로 이걸 잡은 병사는 위기 상황에서 괴력을 내는 것처럼 100퍼센트의 힘을 발휘하고, 자기 몸이 상하면서도 재생시키며 싸울 수 있다.

그리고 덤으로 통각 마비 효과도 있거나 한다.

그리고 도파민 같은 신경물질도 나오게 했으니까 공포심이 흐릿해지고 행복한 기분으로 싸우는 용감한 병사가 완성된다.

응. 나도 참, 하는 짓이 거의 악당이네!

일단 지금껏 내 몸으로 실험해 본 느낌으로는 사용자에게 부작용 같은 것이 나타나지는 않았다.

그러니 괜찮아. 당장 영향은 없어.

일단 스스로 변호하자면, 힘이 부족해 밀려서 죽거나 아픔을 무서워해 죽거나 공포로 몸이 움츠러들어 죽거나 하는 것보다는 나을 것이다. 그런 병사는 제법 많다.

실제로 이 검을 주면 사망률이 격감하니까 딱히 나쁘진 않겠지만……. 아니지, 이건 역시 악당이 할 짓이네.

"병사들이여, 검을 드세요!"

그런 도핑 소드를 병사들에게 장비하게 하자 그들은 신나서 마물들을 도로 밀어내기 시작했다.

오오, 기세가 엄청난걸.

아까만 해도 열세였는데, 마물을 팍팍 해치우고 있다.

지금은 모두가 잠재력을 완전히 해방한 베테랑 전사다.

그렇게 강화된 병사들이 애쓰는 것을 보고 있을 때, 어째서인지 근위기사들이 내게 무릎을 꿇었다.

"엘리제 님. 부디 저희에게도 저 빛의 검을 주십시오."

어? 너희 말이야, 저런 도핑 소드를 원해?

그런 걸 안 써도 충분히 강하니까 딱히 없어도 되지 않겠어?

그렇게 생각하지만, 왠지 원하는 눈치여서 아무튼 주기로 했다.

"오오…… 힘이 솟아난다!"

응. 제한을 풀었으니까.

"아아. 그리고 마음이 맑아져."

응. 도파민이 나오니까.

"몸에서 상처가 사라져."

응. 그 효과가 없으면 반대로 몸이 망가지니까.

좌우지간 기사들은 흥분해서 다가오는 조류형 마물을 기운차게 베어 떨어뜨렸다.

끄응. 할 일이 없네.

형세도 완전히 뒤집혀서 빌베리 왕국군이 돌진 모드로 적을 물리치고 있고, 적도 다가오지 않는다.

이래서는 완전히 소화 시합이네. 질 요소가 없어.

이겼네. 이 전투가 끝나면 목욕하러 가자.

"이놈! 하다못해, 성녀만이라도!"

패배를 깨달았는지 까마귀가 하다못해 같이 죽을 것을 각오하고 이쪽으로 돌진했다.

하늘에서 똑바로 날아오는 그 모습은 총구를 떠난 총알 같아서, 박력이 참 대단하다.

기사들이 허둥지둥 막으려고 하지만, 그 속도 앞에서 반응이 제때 이루어지지 않아 까마귀의 부리가 나를 향해 접근했다.

뭐, 나한테는 안 통하지만.

이럴 때는 오히려 도주에 전념하는 것이 더 귀찮으니까, 마침 잘 됐다.

그러므로 나는 두 팔을 벌리고, 날아오는 까마귀를 단단히 붙잡는 자세를 취했다.

아군이 방해되는 이 상황에서 도망쳐 버리면 조금 골치 아프고, 저 속도라면 빔도 회피할 가능성이 있다.

따라서 지금은 아슬아슬하게 유인하고, 움직임을 봉쇄한 다음에 확실하게 해치워 주자.

자, 잘 노려. 나는 여기야. 빗나가지 마.

"엘리제 님…… 무슨 짓을……! 설마, 뒤에 있는 병사를 감싸려고……?!"

빠콧이 뭔가 착각하고 있다.

내 뒤에 병사가 있어? 몰랐어.

그런 건 아무래도 좋다. 오차다, 오차.

자, 까마귀여, 무방비한 내 품에 뛰어들어라!

그리고 필사적인 공격이 통하지 않는 절망에 허우적대라!

"엘리제 님!"

그렇게 생각하고 여유를 부렸는데, 어째서인지 내 앞으로 뛰쳐나온 베르네르가 나를 껴안았다.

그 등에 부리가 박혔다.

어? 저기, 너…….

너 말이야, 뭐 하는 거야?!

# 제36화 자기희생

베르네르가 아무 의미도 없이 나를 감싸고 까마귀에게 찔렸다.

넌 뭘 하는 거니…….

주인공이 그러다가 죽으면 어쩌려고 그래. 네가 죽으면 배드 엔딩이라고, 인마.

하는 수 없어서 까마귀를 대충 빔으로 쏴서 날려 주었다.

"끄아아아아악! 이, 이것으로…… 우리도…… 끝……인…… 가………….."

까마귀가 원통하게 말하면서 소멸하는 것을 지켜보고, 베르네르의 등에 남은 부리를 뽑아서 마법으로 치료&지혈한다.

그나저나 관통하지 않은 게 대단하네.

그 속도라면 인간을 간단히 관통하는 걸 넘어서 부숴도 이상하지 않은데, 베르네르는 얼마나 튼튼한 거야.

아무튼 호흡 확인. 죽지만 않았으면 중상이라도 대부분 어떻게든 할 수 있다.

베르네르에게는 숙주를 살리려고 하는 어둠의 파워가 있어서 어지간한 일로는 안 죽으니까 문제없겠지.

흠…… 호흡 없음. 맥박 없음. 허둥댈 정도는 아니군.

…….

………………….

아니, 이러면 안 되잖아. 죽었잖아…….

어? 아니, 저기, 잠깐, 너…….

너, 너, 너?! 너어어어어어어어!

치, 침착해! 침착해! 침착해!

괘괘괘, 괜찮아. 조금 죽었을 뿐이야. 시체는 아직 신선해. 혼란에 빠질 일이 아니야아아아아…….

"이럴 수가…… 베르? 장난하는 거지……?"

에테르나가 넋을 잃고 눈물을 흘리며 말하는데, 나도 장난이라고 여기고 싶다.

보아하니 어둠 파워라도 이건 안 되나 보다.

뭐, 마물이라면 성녀를 죽일 수 있다는 사실을 아니까……. 그렇다면 똑같이 베르네르도 죽일 수 있겠지.

상처를 고쳤는데도 죽은 것은 아마도 즉사이기 때문이리라.

이렇게, 심장을 푹 하고.

생각하면 할수록 큰일이네……. 주인공이 죽으면 이야기가 끝나잖아.

어, 어…… 어어………… 좋아.

아직 늦지 않았을 것이다. 상처는 다 아물었고. 뇌에도 손상이 없다.

괜찮아. 치명상이야.

그게 아니지. 아직 죽은 지 얼마 안 됐어.

인간의 뇌는 호흡이 정지하고 4분에서 6분에 산소 결핍에 따른 불가역적 상태가 된다.

그렇게 되면 살아날 수 없지만, 반대로 말해서 뇌에 산소를 공급하면 살아날 수 있는 셈이다.

심장 정지는 완전한 사망이 아니다.

진짜 죽음은 뇌가 죽었을 때다.

그러므로 심정지 상태라도 곧바로 심폐소생술로 심장을 움직이게 하면 아직 살릴 수 있다.

물론 심장을 푹 찔리면 어쩔 수가 없으니까 죽는 수밖에 없지만, 그럴 때는 사기 캐릭터인 내가 있다. 심장의 상처는 이미 완치시켰다.

좋아. 그렇다면…… 번개 마법으로 전기를 만들고, 심장을 억지로 움직이게 한다!

나아가 베르네르의 입에 손을 대고 바람 마법. 공기를 불어넣고, 내뱉게 해서 임의로 호흡시킨다.

인마. 돌아와, 베르네르!

"커헉……!"

좋아. 돌아왔드아아!

아슬아슬하게 세이프! 세이프입니다, 엘리제 선수!

만루 역전 홈런의 위기를 어떻게든 넘겼습니다!

간신히 베르네르를 다시 살리는 데 성공했지만, 전투는 아직 진행 중이고 베르네르도 눈을 뜨지 않는다.

이제는 문제가 될 곳이 하나도 없을 텐데, 역시 한 차례 죽은 영향이 큰 거겠지.

나도 죽은 사람을 되살린 것은 이번이 처음이고, 앞으로 어떤 증상이 나타날지 모르므로 더는 놀고 있을 여유가 없다.

그런고로 빔 연사! 안됐지만, 마물은 전부 죽어라.

"레일라, 베르네르를 곧장 가까운 교회로!"

"네, 넵!"

마물을 쓸어버린 나는 뒤처리를 다른 기사에게 맡기고, 레일라에게 베르네르를 옮기게 했다.

이 세계, 사실은 병원이나 진료소 같은 시설이 없다.

쓸데없이 회복 마법 같은 게 있으니까 의료가 전혀 발달하지 않은 것이다.

그 대신에 상처는 교회에서 유상으로 치료받을 수 있다.

돈을 받냐고 생각할지도 모르지만…… 그야 교회를 유지하는데도 돈이 필요하니까 말이야. 그건 뭐라고 말할 수 없다.

그리고 이 세계의 교회는 성녀를 신봉하므로, 표면상 우두머리는 나다.

그러므로 시설을 마음껏 쓸 수 있다.

사실 나는 허수아비고, 총대주교라고 하는 영감이 진짜 수장이지만…….

이유는 지금 와서 말할 것도 없다. 성녀는 언제나 마녀가 되니까, 진정한 수장은 될 수 없는 것이다.

요컨대 교회에 있어서 나는 편리한 상징이고, 우상이다.

뭐, 가짜지만.

좌우지간 나라면 교화를 마음껏 쓸 수 있다.

베르네르를 침대로 옮기고, 나는 직권 남용으로 주방을 빌렸다.

그 이유는, 여기 사람들에게 식사를 차리게 하면 멀쩡한 것이 나오지 않으니까.

교회 사람들은 양극단으로, 아랫사람들은 기본적으로 아무것도 모르고 성녀가 진정한 수장이라고 믿으며 신봉하고 있다.

하루하루를 검소하게 사는 것을 미덕으로 여기며, 그래서 음식도 소박한 것밖에 안 먹는다.

고기나 생선도 먹지 않고, 동물성 음식은 치즈밖에 입에 대지 않으려나?

그래서 아랫사람들에게 요리하게 시키면 청빈과 무성의를 착각한 것을 내놓는다.

나도 일단 성녀니까 몇 번인가 교회에 초청받거나 식사를 대접받은 적이 있는데, 정말 끔찍하다.

딱딱한 빵과 조금 익힌 채소. 그걸로 끝인 것을 요리로 칭하고 내놓는 건 대체 뭘까.

그러나 한편으로 상층부는 권력의 수렁에 푹푹 빠져 있어서, 정반대로 사치스럽게 산다.

고기도 생선도 먹는데, 애초에 아랫사람들에게 그걸 먹지 말라고 하는 것은 단순히 자기들이 챙길 것이 줄어들기 때문이다.

요컨대 자기들만 맛있는 걸 독점하고 싶어서 고기를 먹는 행위가 나쁜 행위인 것처럼 멋대로 정하고, 아랫사람들에게 인내를 강요하는 것이다.

이들에게 초대받았을 때는 아랫사람들의 절약 생활은 대체 뭔가 싶을 정도로 호화로운 요리가 나왔다.

뭐, 입맛에는 안 맞았지만.

즉, 이 주방에는 멀쩡한 재료가 없다.

채소와 품질이 떨어져 보이는 쌀, 몇 가지 과일, 술과 물. 그리고 보존용으로 딱딱한 빵과 치즈.

이걸 병상을 넘어서 관짝에서 막 일어난 베르네르에게 그대로 먹이는 것은 미니토마토보다 작은 내 양심이 아프다.

그런고로 렛츠 심플 쿠킹!

우선 원래라면 버릴 예정인 자투리 채소를 받아옵니다.

아랫사람들과 레일라와 다른 기사는 '이게 설마 환자에게 쓰레기를 먹일 작정인가?' 같은 얼굴을 하지만, 신경 쓰지 않습니다.

다음으로 솥에 물을 넣고, 잘 씻은 자투리 채소를 쓰레기통에 넣듯이 슈우우우웃!

불을 붙이기 전에 술을 들이부은 다음, 점화. 이 과정을 넣으면 채소의 풋내가 제법 사라진다.

그다음에는 약불로 20분 정도 끓인다. 국물에 둥둥 뜨는 건 안 치우냐고? 안 해. 귀찮아.

뭐, 사실 국물에 뜨는 것도 몸에 좋은 것과 해로운 것이 있는데, 이번에 쓴 채소 중에는 해로운 것이 없었다. 그러니 방치해도 좋아!

마지막에는 거름망으로 거른다.

이상으로 끝! 자취생의 친구, 베지브로스 완성!

싸고, 편하고, 빠르다. 그리고 영양소도 있고, 제법 맛있다.

자, 레일라. 맛봐.

"어? 하오나 엘리제 님…… 이건, 저기, 버리려고 한 자투리 채소를 끓인 거니까…… 요컨대, 쓰레기…… 아닙니까?"

말을 심하게 하는 녀석일세.

태생이 귀족인 레일라에게는 역시 거부감이 들겠지.

그러나 내가 스푼을 들이대자 얼굴을 붉히고 먹어 주었다.

"음……?! 이건…… 맛있어?! 자투리 채소를 그냥 끓이기만 한 건데……."

대충 만들어서 미안하네요.

참고로 자투리 채소를 쓰레기라고 하고 버리는 건 귀족뿐으로, 작은 마을에서 사는 농민은 자투리 채소도 그냥 먹는다.

애초에 자투리 채소를 쓰레기 취급하는 것 자체가 특권 계급의 편협된 사고방식이다.

그런 사고방식은 별로 좋지 않으니까, 굶주리는 사람들을 대상으로 베지브로스를 배급하자고 교회의 높으신 양반에게 제안해 두었다.

교회에서 제공하는 것은 어차피 버리려고 했던 자투리 채소니까 아무런 타격이 없다.

그러면서 교회의 인상은 좋아지고, 감사받는다. 감사받으면 기부도 늘어날 테니까 좋은 일밖에 없다.

사실 선의만으로 선행하기는 좀처럼 쉽지 않다.

왜냐하면 타산이 없는 진짜 선행은 베푸는 쪽이 일방적으로 주기만 하는 것이므로, 언젠가는 막다른 골목에 몰려서 파산하고 파탄이 난다.

세상은 주는 게 있으면 받는 게 있어야 하는 법이야. 선행을 베풀 거라면 보답받는 시스템을 만들어야지.

타산과 꿍꿍이와 이해득실이 하나도 없는 순도 100퍼센트 선행은 아름답겠지만, 오래갈 수 있느냐 하면…… 글쎄?

그래서 나는 대가를 바라지 않는 선의만큼 믿지 못할 것은 없다고 여긴다.

인간이란 그렇게 청렴하지 않잖아.

교회의 높으신 양반도 그런 후각이 뛰어나서, 내 제안이 최종적으로 자신의 이득이 된다고 이해한 듯하다.

내일부터 바로 시험해 보겠다며 흥겹게 이야기했다.

이걸로 그 사람의 명성은 치솟을 것이고, 성녀교회는 더더욱 지지받을 것이다.

자, 이걸 그대로 베르네르에게 줘도 되지만…… 조금만 더 손을 써 보실까.

우선 스태미나 강화를 위해서 마늘을 마법으로 갈고 솥에 쏙 숏.

추가로 아까 만든 베지브로스도 넣어서 불을 피운다.

끓기 시작했을 때 쌀을 투입하고, 물기가 사라질 때까지 졸인다.

이제는 소금으로 간을 살짝 보고…… 치즈도 마법으로 긁어서 뿌리면 즉석 베지브로스 리소토 스타일의 무언가가 완성된다.

영양가도 있고, 환자도 먹기 편하다.

자투리 채소와 쌀이 남을 때는 자주 먹었던 요리다.

너무 성의가 없다고? 시끄러워. 남자 요리는 얼마나 간단히 만드냐가 중요하다고.

사실은 여기에 후추도 넣고 싶었지만, 아무리 그래도 후추는 이 세계에서 너무 사치품이니까 베르네르에게 참으라고 하자.

완성한 타이밍에 마침 베르네르가 정신을 차렸다고 기사가 보고했다.

잘됐어, 잘됐어. 이대로 의식이 안 돌아오면 어쩌나 했다고.

아무튼 베르네르에게는 왜 그렇게 멍청한 짓을 했냐고, 다시는 나를 감싸는 쓸데없는 짓을 하지 말라고, 여러모로 잔소리해 주었다.

그래도 아직 '그러면 혼자 싸우는 거나 다름없지 않아?' 같은 말대꾸를 하려고 해서, 애초에 나 혼자 전부 맡아도 문제없다고 딱 잘라 말했다.

뭐랄까, 아무래도 이 녀석들은 내 말을 이상하게 받아들여서 곡해하는 경향이 있는데 말이야……. 그러니까 가끔은 이 정도로 직구로 말해 주는 게 좋겠지.

나 혼자로 충분해! 너는 약하니까 찌그러져 있어!

그런 식으로 말하자 조금은 풀이 죽었는지, 얌전해졌다.

이 정도면 호감도가 떨어졌을까? 아무렴 어때. 죽는 것보단 낫잖아.

일단 마지막으로 자기 몸을 더 소중히 여기라고 보듬어 주었다. 음, 나는 가려운 곳도 잘 긁어주는 나이스 가이야.

◇

    생각하고 행동한 것이 아니다. 어느새 몸이 멋대로 움직였다.

    적인 대마가 엘리제를 죽이려고 날았을 때, 엘리제는 피할 수 있는 그것을 피하려고 하지 않았다.

    그 이유는 뒤에 쓰러진 병사들이다.

    전투에서 의식을 잃고, 엘리제의 회복 마법으로 상처가 나았지만, 아직 기절해서 정신을 못 차리고 있는 자들이 엘리제의 뒤에 여러 쓰러져 있었다.

    '내가 피하면 뒤에 있는 병사가 죽는다' ……라고 생각한 것이리라.

    그래서 엘리제는 피하려고 하지 않고, 두 팔을 벌려서 스스로 병사들의 방패가 되었다.

    베르네르는 그 모습을 보고 생각했다.

    아, 또…… 또 저 사람은, 자신을 내팽개치고 다른 사람들을 지키려고 한다.

    절대로 버리지 않고, 포기하지 않는다.

    언제나 자신을 뒷전으로 두고, 대가를 바라지 않는 선의로 누군가를 구하고, 지킨다.

    그것은 한없이 맑고, 깨끗하고…… 하지만 허망해 보였다.

    세계는 선의로만 살 수 있을 만큼 자상하지 않다.

    사람의 마음은 욕망으로 가득하고, 타산이 넘치며, 깨끗하지 않으니까.

그러니까 마음에 그늘이 없는 착한 사람은 오래 살지 못하고 허망하게 사라지고 만다.

그렇게 생각했을 때는 이미 몸이 움직인 뒤였다.

엘리제가 강하다는 사실은 예전에 직접 그 전투를 봤으니까 잘 안다.

손이 닿지 않을 만큼 높은 곳에 있는 존재다. 알고 있다.

저 대마의 공격도 어쩌면 괜찮을지도 모른다.

딱히 누군가가 감싸지 않아도 여유롭게, 평소처럼 시원한 얼굴로 어떻게든 할지도 모른다.

하지만 그러지 못할지도 모른다. 그것은 베르네르가 움직이기 충분한 이유였다.

마법학교에서, 기사 후보생 모두에게 철저하게 주입하는 것이 있다.

그것은 '성녀에게 위기가 닥쳤을 때는 생각하기 전에 먼저 성녀의 방패가 되는 것'이다.

반사적인 수준에 가까운 속도로 성녀의 방패가 될 때까지, 훈련은 끝나지 않는다. 반대로 이게 안 되는 자는 기사로 뽑히지 않는다.

기사는 성녀의 방패다. 성녀를 죽게 하지 않으려고 기사가 있다.

성녀가 죽으면 전부 끝장으로, 다음 성녀가 태어나 자랄 때까지 기다려야 한다.

그러니까 무슨 일이 있더라도 성녀를 살리는 것이 기사에게 요구되는 역할이었다.

그것은 역대 최고의 성녀 엘리제도 예외가 아니다. 오히려 역대 최고의 성녀 엘리제이니까 그 역할이 더 강하게 요구된다.

물론 엘리제에게는 방패가 필요 없으리라. 누군가가 지키지 않아도 분명 자기 힘으로 알아서 하겠지.

하지만 만약, 뭔가 실수가 있어서, 예외적으로, 예상하지 못한 일이 일어나서, 만에 하나의 확률로…… 엘리제가 죽으면? 그러면 누가 책임을 질 수 있을까? 누가 대신 사명을 다할 수 있을까?

엘리제는 이미 평범한 성녀가 아니다. 이 세계의 희망이다.

만에 하나라도 상실했다간, 세계는 또다시 암흑의 시대로 돌아간다.

그러니까 기사는, 그것이 효율적이지 않고 헛수고일지라도 방패가 되기를 요구받는다.

'분명' 괜찮을 것이다. '아마도' 괜찮을 것이다. '십중팔구'는 지키지 않아도 어떻게든 된다. 엘리제는 자기 힘으로 어떻게든 '하겠지'.

그렇게 불확실한 것에 엘리제의 생명이라고 하는, 대체할 수 없는 것을 내놓을 수는 없다.

만에 하나일지도 모른다. 억에 하나일지도 모른다. 나유타의 하나에도 못 미치는 가능성일지도 모른다.

그래도 '어쩌면'…… 마물에게 죽을지도 모른다.

그 위험을 기사 한 사람의 목숨으로 없앨 수 있다면, 망설이지 말고 그래야 한다. 마법학교에서는 그렇게 가르친다. 몸이 멋대로 움직이게 될 때까지 주입한다.

지킬 필요가 없는 성녀의 방패가 되어서 죽는다. 일단 확실하게 헛된 죽음이다.

그래도 한없이 0에 가까운 위험을 완전히 없애기 위해서, 기사는 헛되이 죽는 것을 요구받는다.

그리고 베르네르는 그럴 수 있었다.

누구보다도 강하게 엘리제를 지키길 바라고, 누구보다도 열심히 훈련한 자이기에.

마법학교에서 받은 하루하루의 훈련이, 머리로 생각하기 전에 먼저 그 몸을 움직였다.

그것이 옳을지 그른지 판단하기도 전에, 베르네르의 몸은 엘리제의 방패가 되기를 택하고 실행에 옮겼다.

냉정해진 다음에 생각해 보면 엘리제를 감싸는 것은 어리석은 행동에 불과하다고, 베르네르도 이해할 수 있었으리라.

충분히 고려할 시간을 받고서 '이 상황에서 감싸는 것은 정답인가 아닌가'를 묻는다면, '감싸도 방해만 된다'는 정답을 도출하리라.

엘리제가 이미 배리어 전개를 마친 것도 알았으리라.

하지만 그럴 시간은 없고, 판단을 내리는데 주어진 시간은 고작 몇 초여서…… 베르네르는 오답을 선택하고 말았다.

다른 누구보다도 엘리제를 지키기 위해 훈련에 매진한 베르네르니까, 움직이고 말았다.

등이 꿰뚫리는 격통은 한순간으로, 다음 순간에는 이미 시야가 깜깜해졌다.

다만 왠지 모르게⋯⋯ '아아, 나는 죽는구나.' 라고 실감했다.

"살았어⋯⋯."

눈을 뜨고 처음으로 느낀 것은 의문이었다.

살아남은 기쁨은 있었지만, 그보다도 베르네르의 마음을 차지한 것은 자신이 왜 살았냐는 단순한 의문이었다.

스스로 생각해도 안다. 그건 즉사였을 것이다.

살이 꿰뚫리는 감촉. 등뼈가 부서지는 감각⋯⋯ 심장이 터지는 감촉.

그래도 엘리제에게 도달하게 할 수 없다고 힘을 주고, 근육으로 '까마귀'의 부리를 어떻게든 막은 것은 간신히 기억하고 있다.

멀어지는 의식과 죽음의 기운.

그것을 확실하게 느꼈다.

아무리 생각해도 살아날 리가 없었다.

그래도 이렇게 살아났다면⋯⋯ 그런 일이 가능한 사람은 한 명밖에 없다.

"아, 다행이에요⋯⋯. 베르네르, 정신이 들었군요."

그야말로 지금 막 생각하던 성녀가 방에 들어와서, 베르네르는 가장 먼저 엘리제가 무사하다는 사실에 안도했다.

다음으로 엘리제가 그릇을 든 것을 의식하고, 냄새를 맡자 급속히 위장이 공복을 호소했다.

배에서 울리는 소리에 엘리제가 살며시 웃고, 이어서 베르네르의 앞에 있는 테이블에 그릇을 내려놓았다.

"간단한 음식이지만, 소화가 잘되는 걸 만들었어요. 지금은 먹을 수 있을 것 같나요?"

"아, 네. 그야 당연히……. 저기, 이걸, 엘리제 님께서 만드신 겁니까?"

"그래요."

엘리제가 직접 만든 음식……. 그 말을 듣기만 해도 베르네르는 정말 기뻤다.

물론 먹지 않을 리가 없다.

그릇에 담긴 그것은 채소의 단 향기를 내는, 조금 특이한 빛깔을 띤 쌀이었다.

조금 오렌지색에 가까울까.

곧장 그릇을 들자 식욕을 돋우는 마늘 향기가 코를 찌른다.

나무 스푼으로 떠서 바로 입에 넣는다. 그러자 쌀의 단맛과 섞여서 단단히 가두어진 온갖 채소의 맛이 입 안으로 넘쳐흘렀다.

조금 담백한 맛을 잘 잡아주는 것은 적당하게 뿌린 소금과 콧구멍을 뚫고 들어가는 마늘 향기.

그리고 그것을 치즈의 순한 맛이 감싸 돋보이게 한다.

엘리제가 만들어 주었다는 주관적 평가를 빼더라도 맛있다.

"마, 맛있어……. 이거, 진짜 맛있어요!"

"입맛에 맞아서 다행이에요."

좋아하는 베르네르를 보고 엘리제가 기쁜 듯 미소를 짓는다.

그리고 한동안 베르네르가 정신없이 먹는 소리만이 났다.

마침내 베르네르가 다 먹었을 즈음에 조용히…… 그러면서도 꾸짖듯이 엘리제가 말을 꺼냈다.

"베르네르, 왜 그런 짓을 했죠?"

그런 짓이란 역시 엘리제를 감쌌을 때를 말하는 거겠지.

이유를 물어도, 사실 베르네르도 잘 모른다.

그저 몸이 멋대로 움직였다고 말할 수밖에 없기 때문이다.

지켜야만 한다, 고 생각했다……. 그게 전부다.

"모르겠어요……. 다만 무의식중에 몸이 움직여서. 아무튼 엘리제 님을 지켜야 한다고……."

"그 마음은 기뻐요. 하지만 그런 짓은 다시 하지 마세요. 당신이 몸을 바칠 정도로…… 아니요. 당신만이 아니라, 누구라도. 나를 대신할 필요는 없어요."

누군가가 자신을 대신해서 상처받는 것.

그것은 분명 이토록 너무 자상한 소녀에게는 자기 몸이 다치는 것보다도 괴로운 일이 분명하다.

하지만 그것은 베르네르도 마찬가지다.

자신이 다치는 것보다, 이 소녀가 다치는 것을 원하지 않는다.

누군가를 소중히 여기는 마음은 똑같을 텐데, 엇갈리고 만다.

"하지만, 그래선…… 엘리제 님 혼자……."

"그러면 돼요."

그러면 엘리제 님 혼자 상처받는다.

그렇게 말하려던 베르네르의 말을 가로막고, 엘리제는 굳은 결의가 느껴지는 표정으로 말했다.

"처음부터 나 혼자면 돼요. 내가 전부 맡으면 다른 모두가 괜히 다치지 않아도 돼요. 기사들도, 레일라도…… 그리고 당신도. 그러니까…… 자기 몸을 바쳐서 나를 구하려는 짓은, 앞으로 다시는 하지 마세요.”

모든 아픔을 자기 혼자서 받아내면 된다.

망설이지 않고 그렇게 단언하는 성녀의 모습은 한없이 고귀하고, 한없이 자신을 돌보지 않는 것이다.

그리고 이 역대 최고의 성녀라면 정말로 가능하겠지.

누군가를 감싸고, 지키고, 혼자 상처받으며 전진한다……. 분명, 죽을 때까지.

베르네르는 그것이 슬펐다.

엘리제는 누구보다도 강하고, 누구보다도 높은 경지에 있다.

그에 반해서 베르네르는 너무나도 약하고, 곁에 있기에 너무 부족하다.

최근에는 레일라와 폭스 교장이 비밀리에 특별 훈련을 맡아 주어서 실력이 훨씬 늘었지만…… 그래도 이번 전투를 보고 확실하게 깨달았다.

강해지기는 했지만, 그걸로 끝이다. 엘리제가 있는 경지에는 전혀 다다르지 않았다.

그 차이를 예로 들자면, 구름보다 높은 산꼭대기에 다가가려고 지금껏 지면을 걷던 자가 2층 가옥 높이로 올라간…… 그 정도의 변화에 불과하다.

“제가 약한 건 알고 있습니다. 그래도 저는…… 당신을 지키고 싶어서…….”

“그럴 수 있을 만큼, 베르네르는 강하지 않아요. 확실하게 말하죠……. 당신이 나를 감싸도, 나로서는 방해만 되고…… 걸리적 거리기만 해요."

따끔하게.

베르네르의 망설임을 끊는 것처럼, 엘리제는 베르네르가 약하다고 단언했다.

옳은 말이다. 정말이지 찍소리도 낼 수 없다.

엘리제는 더 말할 수 없게 된 베르네르에게 등을 돌리고 문고리에 손을 댔다.

하지만 이대로 나가는 것이 마음에 걸렸는지, 평소처럼 자상하게 말한다.

"목숨을 건지긴 했지만, 한동안 안정을 취해 주세요. 부디 무리하지 마세요."

그 말만 하고, 엘리제는 방에서 나갔다.

분했다.

엘리제에게 약하다는 말을 들어서가 아니다.

엘리제가 그렇게 말하게 한 자신의 한심함이 분했다.

자신이 약하니까 위험에서 멀리 떨어뜨려 놓으려고, 엘리제는 엄격하게 말한 것이다.

그것을 아니까, 그저 한없이 분해서 참을 수 없다.

엘리제에게 있어 자신은 의지하는 남자가 아니라, 단순히 지켜야 할 대상…… 남자로서 이토록 한심한 일이 더 있을까?

지금보다도 훨씬 더 강해지고 싶다…….

베르네르는 오로지 그것만을 강하게 생각했다.

# 제37화 화면 너머

내 지식에 없는 감금 이벤트에서 시작된 일련의 소동이 끝나고, 나는 다시 마법학교로 돌아왔다.

그 뒤로 기사와 병사와 빡콧이 넙죽 엎드리거나, 예전보다도 더욱 충성을 바치겠다거나 했지만, 딱히 신경 쓰지 않는다고만 말해 주었다.

속으로는 배신기사라고 불렀지만, 나는 가짜니까 엄밀하게 말하자면 그들의 행동은 딱히 배신도 뭐도 아니다.

애초에 섬겨야 할 상대가 잘못된 것이다. 충성을 바칠 상대는 내가 아니다.

그런고로 그들은 그 사건 뒤에도 기사를 계속하고 있지만, 빡콧은 어째서인지 수석 근위기사의 증표인 검을 쓰지 않고, 지금은 그 대신에 새로 산 그럭저럭 좋은 검을 쓰고 있다.

본인이 말하기로는 '지금의 제게 그 검은 너무 무겁습니다.' 라나 뭐라나. 사실은 그 검이 제법 무거워서 다루기 불편했던 것 같다.

마법학교에 돌아온 뒤로는 별다른 소동도 없이 동계휴가 때까지 평화롭게 지낼 수 있었다.

개학하고 나서는 학년별이 아니라 전교생을 대상으로 한 투기대회가 열리고, 그 뒤에는 드디어 마녀와의 결전이다.

내 수명 문제도 있고, 게임 지식도 1년 치밖에 없으니까 올해 중으로 결판을 내고 싶다.

그때까지는 베르네르 일행을 최대한 강화하고, 지하에 돌입할 때 죽을 위험을 줄여야지.

흡수 작전 전에 마녀의 MP를 줄이는 역할……. 이것만큼은 나 말고 다른 사람이 애쓸 수밖에 없다.

그건 그렇고, 큰일인걸…….

나는 요전번에 베르네르에게 '나 혼자면 충분해(단호)'라고 말한 참이잖아.

혼자서 전혀 충분하지 않잖아. 다른 사람이 마녀의 MP를 깎아주지 않으면 도망치잖아.

악, 악, 실수했다. 이걸 어쩔 거야.

지금 와서 '역시 혼자선 안 됐습니다. 헬프미.'라고 말하면 무지 쪽팔리잖아.

베르네르를 빼고 해 볼까?

솔직히 베르네르가 없어도 불가능하진 않다.

요컨대 내가 지하에 있는 마녀를 안다는 사실을 들키지 않고, 마녀의 MP를 텔레포트가 불가능할 정도로 깎은 다음에 마력 흡수 작전을 발동하면 되는 것이다.

그러니까 필요한 것은 '정규 기사가 아니고', 나아가 '마녀가 힘을 소모할 만큼 강한' 자를 보내는 일이다.

그것이 가능한 자를 생도와 교사 중에서 고르면 되지만…….

베르네르의 실력은 이미 정규 기사 수준이다.

그야 당연하지. 정규 기사와 동급이라고 하는 마리를 꺾었으니까 그 정도는 된다.

레일라에겐 뒤처지지만, 애초에 레일라는 수석 근위기사니까 비교하는 게 이상하다.

나아가 마녀에게도 피해를 주는 어둠의 힘이 있으니까 빼는 건 타격이 크다.

베르네르를 빼면 마녀에게 타격을 입힐 사람이 에테르나 정도밖에 없지만…… 에테르나는 그다지 지하 돌입에 넣고 싶지 않단 말이지. 최종 보스가 될 불안도 있으니까.

현재는 나 때문에 공기가 된 느낌도 들지만, 이대로 공기처럼 있는 게 행복할 것 같기도 하다.

에테르나가 존재감을 발휘하는 때는 대체로 죽을 징조란 말이지…….

좌우지간 베르네르를 빼면 타격이 크다. 마녀에게 아무도 피해를 줄 수 없다면, 애초에 마녀가 MP를 많이 쓰지 않을 가능성을 키운다.

역시 이건 베르네르에게 사과할 수밖에 없나.

하지만 지금 와서 무슨 낯짝으로 그걸 말할 거야.

짐짝인 것처럼 말한 입술이 마르기도 전에 역시 협력해 주세요는 좀…….

그런 생각을 하면서, 나는 운동장으로 걸음을 옮겼다.

운동장은 학교 건물 밖에 있는 교정 같은 장소로, 거기서는 생도가 달리기 연습을 하거나, 모의전을 하거나, 혹은 적으로 가정한 허수아비를 검으로 때리거나 한다.

여기 들른 건 혹시 전망이 좋은 녀석이 있으면 발굴하기 위함인데⋯⋯. 응, 보면 볼수록 베르네르와 유쾌한 동료들이 우수하다고 확실하게 알 수 있어.

이놈이고 저놈이고 엑스트라A 이하. 말이 안 되네.

그러나 모두가 틀려먹은 건 아니다.

힘차게 검 휘두르기 연습 중인 저 생도는 그럭저럭 가망이 있어 보인다.

내가 베르네르에게 준 것과 똑같은 검을 들고, 검의 무게에 굴하지 않고서 휘두르는 모습은 마치 베르네르 같다.

아니, 베르네르였다. 좋아, 철수하자.

"기, 기다려 주세요. 엘리제 님!"

그러나 안타깝게도 들켜서 따라잡히고 말았다.

오오, 발이 빠른걸.

경이로운 속도로 거리를 좁힌 베르네르는 진지한 얼굴로 나를 보고 있다.

이건 그거네. 요전번 일로 화내는 걸까.

그야 짐짝 취급을 당하면 기분이 좋지 않겠지.

하는 수 없다. 이번만큼은 어른스럽게 사과해 주자.

어른이고 나발이고, 애초에 전부 내 잘못이지만 말이야.

"요전번엔 죄송했습니다!"

어라? 난 아직 사과하지 않았는데?

사과하려고 했지만, 먼저 베르네르가 머리를 숙이고 사죄했다.

그런데 사죄하는 이유를 모르겠다.

요전번 사건을 정리하면, 우선 내가 유폐당해서 국가반역죄를 각오한 베르네르가 구출하러 왔다.

물론 사건 뒤에는 내가 각 나라 국왕에게 잘 말해서 베르네르 일행은 무죄가 되었지만, 그래도 상당한 위험을 무릅쓰고 구출하러 온 것은 맞다.

그리고 그 뒤에는 빌베리 왕도가 습격당해 허겁지겁 지원하러 가고, 까마귀의 돌격 때 몸을 바쳐서 가드.

실제로는 그러지 않아도 문제가 없었지만, 베르네르 시점으로는 그렇게 안 보였던 것이리라.

그렇게 말 그대로 목숨을 걸고 구하려고 한 베르네르에게, 나는 방해만 된다고 단언했다.

다시 생각해 봐도 쓰레기 같은 소행이다.

음…… 역시 베르네르가 사죄할 이유는 하나도 없지?

"그 뒤로 에테르나와 모두에게 들었습니다……. 저는 그때 정말로 죽었다고……."

오냐. 그랬지.

마음껏 고마워하라고.

그건 진짜 위험했으니까 말이야.

"제가 구하려고 했는데 구해주시고…… 그런데도 저는 멋대로 지킨 줄로만 알아서……. 이래선…… 실망하는 게 당연합니다."

음.

뭔가, 아무래도 베르네르는 자기 잘못으로 받아들이는 기질이 있나 보네.

더 직설적으로 '구해줬는데 태도가 그게 뭐야!' 라고 화내도 되는걸?

객관적으로 보면 누구 잘못인지 모두가 알 수 있는 일이다.

내가 한 행위를 해설하자면, 용사가 납치당한 공주님을 구출하려고 목숨을 걸고 마왕의 성에 침입했는데, 당사자인 공주는 멋대로 나와서 마왕을 두들겨 팬 끝에 용사에게는 고맙다는 말 하나 없이 '넌 레벨이 너무 낮아서 필요 없어.' 라고 말한 거나 다름없다.

그래도 용사는 꺾이지 않고 갸륵하게 공주님을 지키고, 그 결과로 적의 공격에 맞아 쓰러졌는데, 공주란 것은 하필이면 '와, 이 정도로 죽어? 진짜 쓸모없네. 용사는 그냥 때려치우지?' 라고 지껄인 것이다.

이건 게임 디스크를 깨뜨릴 안건이다.

아, 그렇지. 그러고 보니 아직 고맙다는 말을 안 했네.

전생에서도 그랬지, 나는.

말하지 않았는데도 말한 기분으로, 고맙다는 말을 빼먹은 적이 많단 말이지.

아마도 마음속 어딘가에 '말하지 않아도 감사의 마음은 전해질 거야' 라는 식의 뻔뻔함이 있었을 것이다.

그러니까 전생에서는 애인이 생겨도 금방 헤어졌는데, 전혀 반성하지 않았네.

좋아. 타이밍은 조금 어긋났지만, 지금 말할까.

"아니요. 나야말로 사과해야 해요. 베르네르와 다른 여러분은 목숨을 걸고 구출하러 와 줬는데, 나는 당신에게 무심한 말을 퍼 붓고 말았죠. 정말 나쁜 말을 했다고, 깊이 반성하고 있어요. 부디 용서해 주세요."

기분은 마치 사죄 회견.

카메라를 의식하고, 굽실거리며 미사여구를 선보인다.

사죄 메일이나 사죄 회견의 정형문. 그 이름하여 '깊이 반성하고 있습니다'.

그리고 최종병기인 '머리 숙이기' 콤보다. TV에서 종종 본다.

머리를 숙이는 것이다. 격식이 있는 전통은 지켜야 한다.

참고로 나는 사죄 회견 같은 자리의, TV 앞에서 머리를 숙이며 이렇게 말하고 진짜로 반성하는 녀석을 거의 모른다. 그 이전에 그런 녀석이 진짜로 있기는 해?

솔직히 이건 '긍정적으로 검토해 보겠습니다'와 동등하거나 그 이상으로 신용할 수 없는 말이라고.

"그럴 리가요! 엘리제 님께서 사과하실 일은 아무것도……."

베르네르, 너 너무 착한 녀석 아니야?

이럴 때는 '그러면 용서해 줄까' 정도가 딱 좋다고.

"그리고 구하러 와 주어서…… 기뻤어요. 고마워, 베르네르."

기뻤다는 말은 아주 조금 진심이다.

까놓고 말해서 아무도 구하러 오지 않을 줄 알았으니까.

솔직히 구출하러 왔을 때는 분위기 파악하라고 생각했지만, 그래도 이런 나를 위해서 누군가가 움직여 주었다는 건 순수하게 기쁜 일이다.

그러므로 그 점에는 솔직하게 고맙다고 말하자.

그러자 베르네르는 고개를 푹 숙이고 뭔가 생각하기 시작했다.

어, 왜 그래?

조금 기다리자 고개를 들고, 진지한 얼굴로 말한다.

이 녀석은 쭉 진지한 얼굴이네.

"엘리제 님…… 저도 지금은 아직 약하지만…… 반드시, 지금보다 더 강해지겠습니다. 언젠가 당신의 기사가 될 수 있도록…… 반드시 강해지겠습니다!"

어, 응. 그래?

하지만 그렇게 힘을 주지 않아도 실기 성적은 현시점에서도 1등이니까, 앞으로는 필기만 어떻게든 하면 평범하게 기사 내정을 받을 수 있을 거야.

뭐, 그때 내가 아직 가짜 성녀로 있을지는 모르겠지만.

아니, 아마도 안 할 테지만.

뭐, 그때는 에테르나가 성녀일 테니까 열심히 해 보라고.

"꼭 강해질 거예요, 베르네르라면."

그러므로 아무튼 적당히 격려해 주었다.

뭐, 이 녀석은 레벨을 잘 올리면 혼자서 마녀를 물리칠 정도는 되니까 말이야.

그렇게 되면 나도 편해지니까 부디 강해지길 바란다.

좋아. 이걸로 화해는 끝났네!

아, 다행이야. 그대로 있었으면 어떻게 협력해 달라고 할지 몰랐을 거야.

앞으로는 베르네르 일행을 강화해서 지하에 돌격시키면 된다.

좋아. 승리는 눈앞에 있다.

◇

——그런 식으로 생각하고 있겠지. 엘리제는.

PC 화면에 뜬 이벤트 CG를 보면서, 그는—— 후도 니토는 저편에 있는 또 하나의 자신, 엘리제의 속마음을 헤아리며 무심코 웃음이 끓어오르려는 것을 필사적으로 참고 있었다.

내용물이 자신이라는 사실만 모르면 이건 완전히 주인공과 히로인이 맹세하는 장면이다.

석양을 배경으로 학교 운동장에서 강해지겠다고 맹세하는 베르네르와 미소를 지으며 그 맹세를 듣는 엘리제의 모습은 왕도를 가는 이야기처럼 여겨진다.

하지만 그는 알고 있다. 엘리제의 내용물이 자신의 반쪽…… 아니, 이쪽에 있는 자신이 애초에 환생하다 남은 찌꺼기임을 생각하면 엘리제가 본체라고 해야 맞겠지만…… 좌우지간 그런 히로인과는 거리가 먼 존재라는 사실을.

"지금껏 본 루트에는 없는 빠른 유폐와 베르네르의 사망에는 조금 놀랐지만…… 뭐, 어떻게든 넘어선 느낌이군. 그나저나 이 루트에서 에테르나의 공기 취급은 너무한걸."

후도 니토는 쓴웃음을 지으며 본래 메인 히로인이어야 하는 에테르나의 희박한 존재감에 기분이 복잡해졌다.

미소녀 게임이니까 루트에 따라서는 존재감이 흐릿해지는 히로인이 있어도 딱히 이상하지 않다.

실제로 히로인 중 한 명으로 병약소녀인 '리나 토마스' 라는 서브 히로인이 있어야 하는데, 이 소녀는 엘리제가 병을 고친 이후로 일절 등장하지 않으며 공기가 되었다.

미소녀 게임의 금자탑으로 불리는 게임에서는 진행 상태에 따라서 처음부터 등장하지 않는 히로인도 있다.

그걸 생각하면 초기 멤버라는 이유만으로 일단 전투 멤버에 들어가는 에테르나는 우대받는 축이라고 할 수도 있으리라.

그러나 에테르나의 존재감이 흐릿하다는 것은 그만큼 성녀로서 필요해지는 상황이 전혀 생기지 않았다는 뜻이며, 그런 의미에서 에테르나를 살려서 해피 엔딩을 만들겠다는 엘리제의 목적은 일단 달성한 셈이다.

"뭐…… 내용물이 나니까 그것도 어쩔 수 없지만……. 그렇게 똑똑하게, 전부 잘 풀리도록 행동할 수 있다면 현실에서 벌써 성공했겠지."

엘리제가 허술한 것 정도는 진저리가 날 정도로 잘 안다.

엘리제가 멍청한 것은 지금 와서 설명할 필요도 없이 잘 안다.

왜냐하면, 그건 나다.

오히려 '내가 한 것치고는 잘했다' 는 것이 후도 니토의 솔직한 평가다.

그렇다. 잘하고 있다. 겉으로 보면 아무도 할 수 없는 위업을 달성한 대단한 녀석으로 보인다.

하지만…… 군데군데 허점이 보인다. 뭐든지 너무 가볍게 생각하는 것처럼 보인다.

이번 이벤트를 예로 들어 보자. 시간이 거의 남지 않았을 텐데 왜 얌전히 감금당해서 사로잡힌 공주님 행세를 했는지.

그야 일주일 정도 마법학교를 비운다고 해서 마녀가 엘리제의 부재를 눈치챌 가능성은 거의 없으리라.

하지만 거의 없을 뿐이지 아예 없는 건 아니다. 그렇다면 엘리제는 당장 학교로 돌아가야 했다.

결과적으로 전부 원만하게 해결되었지만…… 이건 정말로 결과론이다.

자칫 잘못했으면 다 망칠 가능성도 있었다.

이것도 영혼이 분리된 영향인가…….

"에테르나의 존재감이 없는 것도 당연하겠지. 이 게임의 정보가 얼마나 올바른지는 모르겠지만, 적어도 에테르나 루트와 엘리제 루트가 공존할 수 없다는 걸 시사하는 셈이니까."

저쪽 세계의 바보는 까맣게 잊은 모양이지만, 사실 엘리제가 마법학교를 방문한 순간에 에테르나 루트는 이미 소멸했다.

왜냐하면 게임에서 엘리제 루트는 '1회차' 한정으로만 진입할 수 있는데, 에테르나 루트는 '2회차' 이후가 아니면 출현하지 않는 루트이기 때문이다.

즉, 엘리제 루트로 한 번 진입하면 중간에 에테르나 루트로 갈아타는 건 절대로 불가능하다. 그 반대도 마찬가지다.

그가 몇 차례 플레이해서 실험한 결과, 엘리제 루트가 출현해도 중간에 호감도를 조절해서 마리 루트나 레일라 루트로 진입할 수는 있었다.

하지만 아무리 애써도 에테르나 루트로 갈아탈 수는 없다.

즉, 저쪽 세계의 바보가 생각하는 '에테르나와 베르네르를 짝지어서 해피 엔딩'은, 슬프게도 이미 실현할 수 없다는 뜻이다.

이 게임 정보가 올바르다면…….

후도 니토는 생각한다.

이 게임의 내용은…… 진짜로 모두 올바른가?

이렇게 생각하게 된 이유는, 그 이벤트를 봤기 때문이다.

왕도 방위전의 한 장면…… 이 전투는 먼저 베르네르 일행으로 보스인 '까마귀'와 싸우며, 상대의 HP를 0으로 만들면 이벤트가 진행되어서 '까마귀'가 엘리제에게 돌격하고…… 베르네르가 엘리제를 감싸다 사망한다.

그때 엘리제가 베르네르를 되살리는데…… 엘리제의 호감도를 일정 이상으로 올리면 엘리제가 베르네르와 입을 맞추고 인공호흡을 한다.

──내가 그런 짓을 할까?

그것밖에 방법이 없다면 당연히 하겠지.

인명구조의 일환이다. 운전면허를 딸 때도 심장 마사지와 인공호흡 교육을 받는데, '상대가 남자라면 안 해도 돼!'라고 가르치는 멍청이는 없다.

하지만 그것 말고 방법이 있다면 남자와 입을 맞추는 것을 선택하진 않는다. 후도 니토는 남자이고, 같은 남자와 입을 맞추는 취미는 없으니까.

그런데 게임 속 엘리제는 호감도에 따라 그렇게 한다.

그러지 않아도 마법으로 공기를 넣을 수 있을 텐데, 마치 본인이 원한 것처럼…… 오히려 인명구조를 핑계로 '하는 수 없으니까' 해 버린다.

이 장면은 인터넷에서도 화제를 모았다. 영상에서도 코멘트가 가득 달렸다.

그래, 숨겨진 사정을 모르면 보기 좋은 장면처럼 느껴지겠지. 엘리제의 내용물을 모르면 감동적이겠지.

참으로 왕도적인 이벤트 CG다.

하지만 후도 니토에게 이 장면은 작위적인 가짜로 여겨졌다.

미소녀 게임이란 장르에 맞춰 원래라면 달라야 하는 장면을, 제작자의 사정으로 왜곡한 가짜로만 보인다.

"콜록…… 커헉……."

무언가가 목구멍을 막은 것처럼 사레가 들리고, 재빨리 손으로 입을 막았다.

기침이 잦아들고 손바닥을 보자 찐득하고 빨간 액체가 묻어 있었다.

그것을 미리 책상에 두었던 물에 적신 손수건으로 닦으며, 후도 니토는 입꼬리를 올렸다.

"이건 오래 못 버티겠는데……. 그래도 저쪽에 가기 전에 할 일은 해야지."

　의자에서 일어나 비틀거리며 현관으로 간다.

　여기서 할 일은 이미 많지 않다.

　일단 저금은 3000만 정도 있고, 이것은 전부 찾아서 상속세 신고를 마쳤다.

　계좌에 그대로 두면 동결이니 뭐니 해서 여러모로 귀찮아지니까 먼저 전부 빼서 어머니와 동생에게 분배한 셈이다.

　생명보험도 들었으니까 자신이 죽고 나면 수천만 정도가 가족에게 남을 것이다.

　하지만 그보다도, 그가 지금 생각하는 건 저쪽 세계와 이쪽 세계의 접점이다.

　마치 연동되는 것처럼 보인다.

　엘리제의 행동에 맞춰 게임 내용이 바뀌는 건 확실하다.

　그러나 게임은 고작해야 게임이다.

　까놓고 말해서 글과 그림과 배경음과 프로그램. 그런 것으로 구성된 기록에 불과하다.

　화면 너머의 세계는 없다. 모니터 화면 속에는 편광 필터나 기판 같은…… 화면을 구성하는 부품밖에 없다.

　지금 와서 더 생각할 것도 없다. 누구나 안다.

　(데이터는 끽해야 데이터야……. 3차원 인간이 2차원 세계에 들어가는 건 있을 수 없어. 게임 세계란 것은 절대로 존재하지 않아. 하지만 실제로 내 반쪽이 『영원의 산화』의 세계에 환생하고, 나도 그걸 확인했지. 실제로 엘리제와 만나서 대화했어. 최소한

그 녀석은 CG 같은 게 아니야. 그렇다면 그 녀석이 지금 있는 세계는 게임 세계가 아니라, 오히려 게임이 그 세계를⋯⋯.)

의문이 끊이질 않는다.

『영원의 산화』의 세계가 엘리제가 들어간 것인지.

그게 아니면 『영원의 산화』와 비슷한 세계에 엘리제가 환생한 것인지.

혹은 전제가 반대로, 원래 그런 세계가 있어서 『영원의 산화』란 게임이 그 세계의 영상을 재생하는 것에 불과한 것인지.

이것들은 비슷한 것 같으면서도 전혀 다르다.

가장 이해할 수 없는 점은, 엘리제의 행동으로 게임 내용을 넘어서 세계의 인식 자체가 바뀐다는 것이다.

처음부터 그런 내용의 게임이었다고⋯⋯ 모두가 그렇게 인식하고 있다.

이건 대체 어떻게 된 일인지.

신의 존재는 전혀 믿지 않지만, 그래도 이런 게 가능한 자가 있다면 신이나 악마로 불리는 존재 말고는 있을 수 없으리라.

그리고 만약 그것을 아는 자가 있다면⋯⋯ 그것은 제작자 말고는 없을 것이라고, 후도 니토는 생각했다.

"제작은⋯⋯ '아티모 게임 제작 프로젝트'. 주소는⋯⋯ 전철을 타고 세 시간 정도 걸리나."

죽기만 기다리는 몸으로도 할 수 있는 일이 있다.

저쪽에 있는 자신이 바보 나름대로 애쓰고 있으니까, 이쪽도 할 수 있는 일을 해야만 한다.

그렇게 생각한 후도 니토는 몸에 퍼지는 극심한 통증을 의지의 힘으로 무르고, 끓어오르는 구역질을 삼키며 코트를 찾았다.

어찌 된 일인지 평소 걸어두는 곳에는 없고, 멀리 떨어진 바닥에 널브러져 있다.

"저런 데 둔 기억은 없는데 말이지……. 이상하군. 기억력은 아직 문제가 없을 텐데……."

어째서인지 코트가 이동했다는 신기한 현상에 고개를 갸우뚱하면서도, 자기가 치우고 까먹은 것으로 결론을 내리고 코트를 걸쳤다.

의사에게 받은 진통제는 안 먹었다.

그걸 먹으면 졸음이 심하게 쏟아져서 정상적으로 생각할 수 없어진다.

안 먹으면 고문받는 듯한 고통을 항시 맛봐야 한다……. 하지만 그래도 후도 니토는 여유롭게 웃는다.

"후…… 낯짝이 참 끔찍하군."

거울에 비친 자기 얼굴을 보고 비웃었다.

낯빛은 시체 같고, 뺨은 야위었다.

눈 주위도 푹 꺼져서 완전히 좀비다.

일단 면도는 했고, 세수도 하고 머리도 감았지만…… 그래도 별로 청결하게 보이지 않으리라.

하지만 눈만큼은 할 수 있는 일을 찾아낸 기쁨으로 빛나고 있다.

그저 다가오는 죽음을 기다리기만 하던 때와는 다르다. 어떤 형태로든 할 일이 생긴 것은, 그에게 삶의 원동력이 된다.

"자…… 슬슬 신과 대면하러 가 보실까. 무슨 이야기를 가져올지 기대하라고, 엘리제."

아직 켜진 PC 화면…… 거기 비친 엘리제에게 그렇게 말하고, 후도 니토는 집을 나섰다.

목적지는——『영원의 산화』를 제작한 게임 회사다.

# 제38화 후도 니토

옛날부터 무언가 남들과 달랐다.

후도 니토는 어릴 적부터 어딘가가 망가져 있었다.

무엇이 이상하고, 무엇이 다른지, 그것을 한마디로 표현하기는 어렵다.

결코 한눈에 알 수 있는 부분이 아니고, 적어도 일상에서 살 때는 평범하게 보인다.

특별히 감정이 희박한 건 아니지만, 풍부한 것도 아니다. 착한 사람은 아니지만, 엄청나게 나쁜 사람도 아니다.

법에서 크게 일탈하지는 않지만, 속으로는 자신의 이해득실을 생각한다.

자신보다 잘사는 사람을 시기하고, 자신보다 못사는 사람을 깔보며 칙칙한 우월감에 빠진다.

그렇게 어디에나 있을 것처럼, 평범한…… 조금 못된 쪽에 가깝지만, 흔한 사람으로 보인다.

겉으로는 칙칙하고 성실해 보이지만, 사실 속으로는 여러모로 유쾌한 생각을 한다……. 하지만 그것도 딱히 이상한 건 아니다. 남들 앞에서만 큰소리치는 사람, 인터넷에서만 목소리가 큰 사람도 이 세상에는 쓰레기처럼 많다.

적어도 처음 봐서 알 정도로 뚜렷하게 비정상적인 부분은 없다.

벌레나 작은 동물을 괴롭히며 즐거워하는 취미는 없다. 만화나 애니메이션, 게임, 외국 영화와 같은 가상의 세계를 즐기는 등, 지금 세상에서는 당연한 취미도 있다.

괴짜일지는 모르지만, 그것도 평범한 괴짜다.

'조금 이상한 사람이지만, 그런 사람은 흔하잖아.' 라고 할 정도에 불과하다.

하지만 역시 무언가가 달랐다.

예를 들면, 어린 시절의 이야기.

통학로 도중, 차에 치인 고양이였던 것이 무참하게 도로에 나뒹굴고 있었다.

친구들은 그것을 무서워했고, 똑바로 보지 않으려고 했다.

하지만 후도 니토는 공포나 혐오를 느끼지 않았다. 똑바로 봐도 불쾌하다고 여기지 않았다.

고양이가 불쌍하다고 여겼고, 치어 죽인 운전사가 나쁜 짓을 했다고 조금 분개했다.

하지만 다른 모두가 지닌 '무언가' 가 없었다.

예를 들면, 중학생 시절의 이야기.

아무런 잘못도 없는 동급생 여자애가 그저 눈에 거슬린다는 이유로 같은 반 남자애들에게 괴롭힘을 당했다.

남자들이 떼로 몰려가서 한 여자애를, 그저 자신의 즐거움만을 위해 장난감으로 삼는다.

무의미한 폭력을 쓰고, 울리고, 그 꼴사나운 모습을 휴대전화로 촬영하고…….

솔직히 속이 답답했고, 이러면 안 된다고 정의감이 생겼다.

그래서 똑같이 갚아줬다.

딱히 후도 니토 자신이 괴롭힘당한 건 아니고, 피해를 본 여자애와도 딱히 친한 사이는 아니었다.

괴롭힘을 주도하는 그룹과도 일단 겉으로는 평범하게 급우로서 접하고 있었다.

하지만 매일같이 답답한 광경이 반복되는 것이 마음에 안 들었고, 그렇다면 자신이 만족할 만한 것으로 바꾸자고 생각했다.

그래서 우선 괴롭힘을 주도하는 그룹의 리더를 설득하고, 그게 안 되어서 때렸다.

당연히 반격당했지만, 후도 니토는 전혀 아랑곳하지 않았다.

통각이 없는 건 아니고, 아픔과 고통도 느꼈지만, 전부 무시하고 받은 폭력을 배로 갚아줬다.

쉬는 시간이든, 수업 중이든, 등하교 중이든 관계없이, 눈에 띄는 즉시 덤볐다. 몇 번이고, 몇 번이고, 울 때까지 때렸다.

교사가 야단을 치든 말든, 부모님이 학교로 와서 야단치든 말든, 아랑곳하지 않고 반복했다.

그것을 상대가 학교에 오지 않게 될 때까지 하고…… 다음에는 다시 다른 나쁜 녀석을 괴롭히기 시작했다.

아, 즐겁다.

그렇구나. 남을 괴롭히던 놈들이 왜 이렇게 속이 답답한 짓을 하는지 이유를 잘 알겠다.

이건 즐겁다. 무척 즐겁다. 중독된다.

자기보다 약한 자를, 정의의 사도가 된 기분으로 짓밟는 건 정말 유쾌하다.

이때의 후도 니토는 사람들 눈에 무시무시하게 보였으리라.

그러나 그때도 후도 니토의 마음속은 평소와 똑같았다.

때리고, 맞으면서, 마음속은 흥분 상태, 마치 게임 생방송을 하는 것처럼, 보이지 않는 누군가에게 해설하면서, 속으로 이것저것 유쾌한 생각을 전개하고 있었다.

자, 후도 니토 선수 혼신의 일격! 효과는 굉장했다!

어이쿠, 반격을 맞았다! 위기입니다!

하지만 움츠러들지 않습니다! 여기서 메가톤 펀치! 성공! 낮은 명중률을 뚫고, 잘 맞혔습니다!

자, 펀치 뻥!

KO! KO입니다! 해냈습니다, 후도 니토 선수! 나 진짜 세!

그 마음속을 말로 표현하자면, 이런 느낌이다.

주먹다짐을 벌이는 이상한 현장에서, 그 마음은 이상할 정도로 평소와 같았다.

친구와 게임을 할 때나 만화를 볼 때와 똑같이, 밝고 유쾌한 후도 니토였다.

그리고 그 짓을 저지를 때는 결코 분노나 증오 같은 표정을 짓지 않았다.

어느 때는 자신에게 취해 가슴 아파하는 얼굴을, 또 어느 때는 자비가 느껴지는 미소를 지으며 했다.

그렇게 괴롭힘을 주도하던 그룹이 모두 학교에 오지 않게 될 때까지 괴롭히고, 구세주가 된 마음으로 괴롭힘을 당하던 여자애에게 말을 걸었다.

이제 괜찮아. 너를 괴롭히던 나쁜 놈들을 조용히 시켰어.

그렇게 말하면서, 후도 니토는 어쩌면 이걸로 연애 루트가 열리지 않을까, 나한테 반하면 곤란한데 등, 평범하면서도 정상적이지 않은 생각을 하고 있었다.

"싫어……. 가까이 오지 마! 무서워!"

그러나 기다린 것은 거절이었다.

전부 끝나고 주위를 보면, 모이는 것은 공포에 질린 시선뿐.

그를 보통 학생으로 접하던 교사는 문제아를 보듯 싸늘한 눈빛으로, 부모와 형제도 쓰레기를 보는 눈빛으로 봤다.

학교에서는 한동안 정학 처분을 받았고, 지나친 행동이었는지 언론에도 조금 보도되고 말았다.

당연한 결말……. 바보가 아니라면 누구나 알 수 있다. 바보만 모른다.

얼마 전에 『영원의 산화』의 엉터리 2차 창작을 본 적이 있다. 그 주인공은 '괴롭히는 녀석을 혼내주는 나는 인기인이다!' 같은 글을 썼는데…… 실제로는 그렇게 되지 않는다.

그렇게 이상한 녀석은 사람들 눈에 찍힐 뿐이다.

주위에서 비난하고, 험담해서, 후도 니토는 생각했다.

"아…… 그렇구나. 괴롭힘은 나쁜 짓이니까 말이야. 아, 망했네. 괴롭히는 애를 괴롭히면, 나도 똑같은 거지. 혼나는 건 당연해. 아, 실수했어. 반성해야겠는걸."

그렇다. 평소와 똑같은 투로 말하는 그 모습은 과연 주위 사람들에게 어떻게 보였을까?

물론 친구나 교사, 가족들이 싸늘하게 보는 것은 슬펐다. 하지만 어쩔 수 없는 일이라고 납득해 버리면, 딱히 신경 쓸 일도 아니게 되었다.

그래도 주위의 반응에서, 자신이 뭔가 이상하다는 사실 정도는 알았다.

그러니까 그는 평소와 비슷하게 가벼운 느낌으로 어렴풋이 자각한 것이다.

──아하, 그렇구나. 나란 녀석은…… 흔히 말하는 인간쓰레기구나.

뭐, 쓰레기라면 쓰레기답게 주위에 맞춰서 평범하게 살아가면 되겠지.

괜찮아, 문제없어.

힘내힘내할수있어할수있어.

부족했던 것은…… 현실감.

그는 언제나 마치── 게임 캐릭터를 움직이는 것처럼, 현실감이 희박했다.

게임을 하면서 정말 나쁜 녀석이 있으면 그 적에게 분노를 느낄 때도 있으리라.

등장인물들이 불행해지는 슬픈 전개가 있으면 가슴이 답답해질 때도 있을 테고, 어떻게든 하고 싶다고 생각하는 것도 이상하지 않다.

그렇게 게임 속 악당에게 분노를 느끼고 '참 나쁜 놈이다' 라고 생각했던 사람이, 다음 날에는 게임 속 주인공을 조작해 무의미하게 통행인을 총으로 쏘거나 차로 치어 죽이고, 건물을 부수거나 하는 등, 본인이 어제 분노를 느꼈던 악당이 멀쩡하게 보일 정도의 쓰레기 짓을 하면서 즐겁게 웃는 경우도 있다.

그건 이상한 일이 아니고, 그 인물의 양심이 망가진 것도 아니다.

강한 양면성을 지닌 것도 아니다. 그 인물은 매우 정상이다.

왜냐하면 현실이 아니니까.

가상의 세계 속에서, 허용되는 범위에서 최대한 가능한 즐거움을 모색해 실행한 것에 불과하다.

하지만 그 감각을 현실에 가져오는 사람이 있다면, 명확하게 정상이 아니다.

후도 니토란, 그런 유형이었다.

언제나 3인칭 시점으로, 제 일을 마치 남 일처럼 생각한다.

마치 자기 자신이 게임 속 캐릭터인 것처럼.

그리고 그것을 조작하는 다른 자신이 어딘가에 있는 것처럼.

현실인데 현실이 아니다. 그렇게 기묘하게 어긋났다.

그는 정상적이지 않은 자신을 어른이 될 무렵에는 자각했고, 자제하기도 했다.

그래서 사람과 되도록 엮이지 않고 사는 길을 택하고, web라이터처럼 집에서 혼자 할 수 있는 돈벌이를 찾아냈다.

현실과 가상의 경계가 애매모호한 그는 본인의 죽음이 다가오는데도 심각하게 생각하지 않고, '인생은 원래 그런 거지.' 라며 달게 받아들이고…… 한편으로, 게임 속 사건에 진심으로 감정을 이입해 빠져들었다.

엘리제도, 후도 니토도, 그 근본은 똑같다.

하나같이 어딘가 어긋난 채로 살고 있다.

진지해지는 부분이 뭔가 이상하다. 진지해져야 할 상황에서 남일처럼 여기고 만다.

하지만 후도 니토는, 엘리제가 뭔가 변화하고 있음을 눈치챘다.

다른 사람의 몸이라서 그럴까? 아니면 뇌가 달라서 그럴까?

엘리제는 근본이 자신과 같으면서도, 조금씩이긴 하지만…… 자신과 떨어지고 있는 것 같다.

지금 단계에서는, 단순한 예감이다. 확증이 아니다.

하지만 조금은 기대했다.

저쪽 세계라면…… 어쩌면 이런 자신도 바뀌는 게 아닐까?

달라진 자신을 볼 수 있을지도 모른다.

그런 기대감을 품으면서, 갈라진 또 하나의 자신을 위해, 후도 니토는 행동을 개시했다.

전철을 갈아타고, 후도 니토는 게임 패키지 뒤에 적힌 주소지를 방문했다.

잘나가는 게임 회사라고 해서 더 큰 건물을 상상했는데, 아무래도 주상복합 건물의 한 칸을 쓰기만 하는 작은 회사인 듯하다.

건물 옆쪽에 간판이 달렸고, 그곳에 해당 게임 회사 이름도 보인다.

장소는 5층인 듯하다.

후도 니토는 바로 건물 안으로 들어가 엘리베이터를 타고 5층으로 올라간다.

그리고 자신이 찾던 회사를 발견하고, 바로 안내 데스크에 있는 사람에게 말을 걸었다.

"안녕하세요. 오늘은 무슨 일로 오셨나요?"

"전화로 미팅 약속을 잡은 프리라이터 후도 니토입니다. 이쥬인 씨 계십니까?"

"아, 네. 잠시 기다려 주세요……. 이쥬인 씨! 오늘 미팅하는 분 오셨어요!"

안내 데스크에 있는 여성은 후도 니토의 외모를 보고 조금 이상하게 여기는 얼굴을 하지만, 일단은 프로다.

특별히 신경 쓰는 기색도 없이, 사내에 있는 남자에게 말을 걸었다.

후도 니토는 여기 오기 전에 미리 전화로 미팅 약속을 잡았는데, '이쥬인'이란 『영원의 산화』를 제작한 프로젝트 리더를 말한다.

일반적으로는 이런 web라이터를 상대하지 않겠지만, 후도 니토가 전화로 이렇게 말하자 이 남자가 낚였다.

그 말이란…… '엘리제, 102'.

이것만으론 뭐가 뭔지 모르겠지만, 102란 엘리제의 원래 체중이다.

후도 니토의 영혼 반쪽이 환생한 뒤 엘리제는 44킬로그램 정도가 되어서, 지금은 누구든 엘리제의 체중을 물어보면 이것으로 대답할 것이다.

'엘리제는 몸무게 102킬로그램의 비만'이라고 말했다간 팬들에게 두들겨 맞을지도 모른다.

즉, 바뀌기 이전의 게임 내용을 모르면 반응하지 않는 말이다.

그 말에 낚인 것인 이 남자, 이쥬인이다.

틀림없다. 이 남자는 알고 있다.

그렇게 확신하고, 후도 니토는 여유롭게 웃었다.

# 제39화 제작자와의 대화

"커피 하나. 팬케이크 하나. 후도 씨도 주문하겠습니까?"

"아뇨. 식욕이 없어서."

문제의 게임 회사를 찾은 후도 니토는 다음으로 장소를 바꿔 근처 카페에 갔다.

맞은편에 앉아 커피와 팬케이크를 주문한 사람이 이번 미팅에 응해 준 '이쥬인 하루토' 다.

그가 바로 『영원의 산화』의 프로젝트 리더로, 그 게임의 신이라고 불러야 할 존재다.

겉으로 봐서는 젊은데, 30대 정도일까?

짧게 친 검은 머리. 검은 눈. 각진 안경을 써서 지성적인 느낌을 준다.

물론 안경을 쓰면 똑똑해 보인다는 것은 한 세대 전의 편견이니까 실제로 어떨지는 잘 모른다.

스마트폰과 PC가 보급된 현대 사회에서는 안경이나 콘택트렌즈가 필수일 정도로 시력이 떨어진 사람이 전혀 드물지 않다.

"자…… 바로 본론으로 들어가서, 말씀해 주시겠습니까? '엘리제, 102' 는 대체 무슨 의미로 한 말인지를."

"엘리제란 캐릭터의 원래 체중입니다."

이쥬인 하루토의 질문에 후도 니토는 감추지 않고 대답했다.

그러자 이쥬인 하루토가 코웃음을 쳤다.

"그건 이상한데요. 엘리제의 체중은 공식 설정에서 44킬로그램 입니다. 혹시 게임을 해 본 적도 없는 겁니까?"

"그렇게 생각했다면 당신은 미팅을 잡지 않았겠죠. 짚이는 구석 이 있으니까, 이런 프리 web라이터와의 미팅을, 일부러 귀중한 시간을 쪼개서 잡은 겁니다. 안 그렇습니까?"

시치미를 뚝 떼는 이쥬인 하루토에게, 후도 니토는 확신한 투로 물어봤다.

만약 이쥬인 하루토가 방금 말한 대로 생각했다면, 이번 미팅 자 체가 성립하지 않는다.

'바빠서 약속을 잡을 수 없습니다.' 라고 쳐내는 것으로 끝이다.

왜냐하면 후도 니토는 유명 잡지의 기자도 아니다.

단순한 프리 web라이터……. 상대가 시간을 내서 이렇게 만나 이야기할 의미가 없다. 시간 낭비다.

그래도 그는 이 미팅을 받아들였다.

그 시점에서 이미, 마음에 짚이는 구석이 있다고 말한 것이나 다 름없다.

침묵하는 이쥬인 하루토에게, 후도 니토는 더 말한다.

"엘리제란 캐릭터는 원래…… 그런 캐릭터가 아니고, 더 불쾌 한 요소를 노골적으로 전면에 드러낸, 에테르나를 부각하는 악 역, 미움받는 역할입니다. 어떤 루트에서도 2장…… 하계휴가가 끝나고 동계휴가가 시작하기 전에 악역으로서 제멋대로 날뛰고, 퇴장하는…… 그런 역할이었을 겁니다."

"…………흠. 당신은 정말로 아는 것 같군요."

후도 니토의 이야기를 듣고, 이쥬인 하루토는 희미하게 고개를 끄덕였다.

그와 동시에 커피와 팬케이크가 나와서, 그는 커피에 연유를 두 개 넣고 스푼으로 휘저었다.

"후도 씨…… 당신 말이 맞습니다. 엘리제란 캐릭터는 원래 마녀가 본격적으로 등장하기 전 이야기의 트러블 메이커…… 혼란을 일으키기 위한 악역이었을 겁니다. 그런데 어찌 된 영문인지, 지금의 엘리제는 원조 성녀보다 더 성녀답다고 하는, 원래의 엘리제와는 180도 다른 캐릭터가 되고 말았죠. 그리고…… 세상 사람들은 모두가 원래부터 그랬다고 인식합니다. 게임을 만든 개발팀이나, 회사 사람들조차. 솔직히 나는 내 머리가 이상해진 게 아닐까 의심했습니다."

"이 변화에, 당신들은 관여하지 않은 겁니까?"

"관여를…… 할 리가 없잖습니까? 물론 우리라면 엘리제의 성격을 바꾸거나 리메이크 작품을 낼 수 있습니다. 하지만 이미 출시한 게임을 '원래부터 그랬다'고 사실과 과거를 왜곡할 순 없죠."

이쥬인 하루토는 팬케이크에 시럽을 끼얹고 나이프로 자른다.

그러고 나서 포크로 한입 먹고, 커피를 조금 마셨다.

"나는 오히려 당신이 뭔가 아는 게 아닐까 기대하고 미팅 약속을 잡은 건데요."

"안다……고 하면 알고는 있습니다. 그러나 너무 황당무계해서 믿기지 않을 텐데요."

"믿을지 말지는 듣고 나서 판단하죠."

일이 참 이상해졌다고, 후도 니토는 생각했다.

정보를 찾으러 왔는데, 오히려 정보를 주는 일이 될 것 같다.

하지만 이야기함으로써 뭔가 길이 열릴지도 모른다.

아무리 그래도 '내가 엘리제다!' 라고 말해서 믿을 리는 절대로 없으니까, 어느 정도 사실을 숨기고 이야기해야 하겠다고, 후도 니토는 판단했다.

"그 엘리제 본인이 유령 같은 상태로 가끔 이쪽으로 넘어옵니다. 게임의 변화는 엘리제가 그쪽에서 행동한 결과로, 그것에 맞춰서 세계의 인식도 덧씌워지고 있는 거죠. 아직 볼 수 없는 부분은, 엘리제가 있는 세계에서 이야기가 거기까지 진행되지 않아서…… 확정되지 않은 세계여서, 뭘 해도 보이지 않는 거라고 나는 고찰하고 있습니다."

"…………정말이지 황당무계하군요. 증거는 있습니까?"

"실제로 그 모습을 보여주는 게 제일이지만…… 언제 나타날지 모릅니다. 다만 나타나는 장소는 주로 내가 있는 곳입니다. 그 접점이 있어서 나도 예전 게임 내용을 기억할 수 있죠."

이쥬인 하루토는 생각에 잠긴 듯 눈과 눈 사이를 주물렀다.

그러고 나서 뇌를 활성화하기 위해선지 팬케이크를 먹고 당분을 보급해 곱씹는다.

"후도 씨는 지금 어디 삽니까?"

"스네카지리에 있는 후사이 아파트에 삽니다."

"흠. 거기 빈집은 있습니까?"

"있죠. 아마 옆집이 비었을 겁니다."

"마침 잘됐군요."

후도 니토의 대답을 듣고, 이쥬인 하루토는 뭔가 느낀 것처럼 끄덕였다.

그리고 커피를 마시고, 결정 사항인 것처럼 말했다.

"나도 한동안 그 빌라에서 살죠. 만약 엘리제가 오면 시간과 상관없이 바로 불러줬으면 합니다."

"네? 하지만…… 괜찮겠습니까? 일이 그렇게 한가하진 않을 것 같은데."

"그야 한가하진 않죠. 하지만 그보다 이 수수께끼를 해명하지 않으면 마음이 편하지 않습니다. 내가 만든 것이 내 손을 떠나서 자꾸 바뀌니까. 가만히 두기엔 너무 으스스합니다."

그렇군. 후도 니토는 이해했다.

그야 이쥬인 하루토가 보면 이번 일은 으스스할 것이다.

예를 들자면 본인이 그린 그림이 자기 멋대로 움직이는 것과 비슷하다.

그러니 원인을 파헤치고 싶은 마음은 후도 니토보다 훨씬 강할지도 모른다.

그리고 이쥬인 하루토에게 '증거'를 보여줄 날은 예상보다 일찍 찾아왔다.

◇

　베르네르와 무사히 화해(?)하고, 얼마 후.

　동계휴가를 목전에 둔 밤에, 나는 어느새 예전 세계의 빌라로 돌아와 있었다.

　내 존재를 눈치챘는지, 후도 니토가 이부자리에서 느릿느릿 일어난다.

　"그래, 왔어?"

　『그래요. 또 왔어요.』

　그나저나 나도 참 끔찍한 몰골이다.

　뭐라고 할까, 이건 완전히 좀비네.

　피부는 거의 흙색이고, 뺨과 눈 주위는 푹 들어갔다.

　눈 아래에는 다크서클이 깔렸고, 몸은 바싹 말라서 해골 같다.

　이건 오래 못 가겠네.

　후도 니토는 천천히 스마트폰을 들고 뭔가 문자를 입력하기 시작했다.

　"엘리제, 이제부터 한 사람 더 올 거다. 나와 네 관계를 말하면 귀찮고, 설명하는 것도 번거로워지니까 숨길 거야. 그러니 쓸데없는 소리는 하지 말라고."

　『그래요……. 외부인을 데려와도 괜찮은 건가요?』

　"외부인이 아니야. 『영원의 산화』의 개발 리더다."

　듣자니 후도 니토는 어느새 게임 개발자와 접촉한 듯하다.

　나 주제에 참 적극적으로 움직이네.

게임 개발자라고 하면…… 역시 이쪽과 저쪽의 연결점을 찾기 위해서인가.

실제로 평범하게 생각해 봤을 때, 게임 세계에 환생하는 건 이상하다.

『영원의 산화』는 끽해야 패턴이 풍부한 스탠딩 CG와 이벤트 CG, 배경 그림, 음악과 프로그램으로 짠 데이터에 불과하다. 그 밖에는 전투 장면이나 효과 등등이 있겠지.

좌우지간 그걸로 세계가 만들어질 리가 없다.

그렇다면 내가 사는 저 세계는 대체 뭘까?

게임과 비슷한 세계일까?

아니면 저쪽이 원조고, 게임이 저 세계를 모방한 걸까?

내 행동으로 게임 내용도 바뀌는 걸 보면, 아무래도 후자일 것 같단 말이지.

"오, 왔나 보군."

밖에서 누군가 뛰는 듯한 발소리가 울렸다.

후도 니토는 그걸 듣고 현관에 다가가 구멍으로 밖을 한 번 본 다음에 문을 열었다.

그러자 검은 머리에 안경을 쓴 30대…… 아니, 40대? 정도의 남자가 들어왔다.

오호, 저게 게임 개발자인가.

그 남자는 나를 보더니 몸을 굳히고 눈을 휘둥그레 떴다.

"말도 안 돼……. 진짜로 있잖아……."

『아…… 안녕하세요, 엘리제예요.』

아무튼 가볍게 인사하자.

게임 개발자라면 지금의 내가 봤을 때 하느님 같은 존재다.

어쩌면 저 사람의 기분에 따라서 세계가 통으로 사라질지도 모르니까, 너무 기분을 상하게 해서는 안 되겠지.

그러니 일단 우호적으로 대하자.

"아, 그래…… 잘 부탁하네. 이쥬인 하루토다. 일단, 『영원의 산화』의 개발 리더를 맡고 있지."

흠흠, 이쥬인 씨군.

OK. 외웠어.

『그래서 이번엔 뭘 이야기하는 거죠?』

"그야 뻔하지. 그쪽 세계와 이쪽에 있는 게임의 연결점이다. 그쪽에서 네가 행동하면 이쪽에서는 처음부터 그랬던 것처럼 돼…… 이 수수께끼를 해결하고 싶어."

내 질문에 후도 니토는 당연한 걸 물어보지 말라는 듯한 얼굴로 대꾸했다.

『그 수수께끼의 답을, 거기 계신 이쥬인 씨가 안다는 건가요?』

"아, 아니…… 나도 몰라. 나를 빼고, 개발팀 사람들은 내용이 변한 것조차 몰라. 다들 처음부터 그랬다고 인식하고 있지."

나는 이쥬인 씨가 뭔가 알지 않을까 기대했지만, 본인의 대답은 참으로 부실했다.

보아하니 그도 이 기묘한 변화에 대해 아무것도 모르는 듯하다.

그 세계의 신이라고도 할 수 있는 사람이 아무것도 모른다면, 솔직히 다 포기해야 하지 않을까?

"아, 하지만 역시 이 수수께끼를 풀 열쇠는 『영원의 산화』에 있겠죠. 그러니까 늦은 감이 있지만, 『영원의 산화』가 어떤 게임인지, 처음부터 확인해 봅시다. 그러면 분명 뭔가 단서를 찾을 수 있을 겁니다."

후도 니토의 말에 이쥬인 씨가 고개를 끄덕이고, 나도 덩달아 끄덕였다.

이쥬인 씨가 있으면 제작 비화 같은 것도 알 수 있을지도 모른다. 그러니까 모종의 단서가 숨겨져 있을 가능성이 없지는 않으리라.

이쥬인 씨는 후도 니토에게 재촉받아 설명하기 시작했다.

"『영원의 산화』…… 정식 명칭은 『영원의 산화~Fiore caduto eterna~』.

출시는 4년 전이고, 판매량은 현시점에서 42만 패키지.

제작사는 아티모 게임 제작 프로젝트.

개발팀 6명으로 개발한, 우리 회사의 제일가는 히트작이다.

속편과 인기 캐릭터 마리를 주역으로 삼은 스핀오프 작품도 개발 중이지만, 이쪽은 현재 진행이 지연되고 있어."

『왜 지연되고 있죠?』

"시나리오 담당의 일 속도가 느리거든. 거참…… 아무리 기다려도 시나리오를 보내주지 않아. 이러니까 프로 의식이 없는 인터넷 작가는……."

『영원의 산화』는 언젠가 속편이 나올 거라고 했지만, 몇 년이 지난 지금도 나오지 않았다.

아무래도 시나리오를 담당한 인물이 이유인 듯하다.

그야 시나리오가 없으면 어쩔 수가 없지.

그런데…… 인터넷 작가?

『시나리오 담당은 어떤 분이죠?』

"사실 나도 잘 몰라. 직접 만난 적이 없으니까…… 복면 작가라는 거야. 일단 인터넷상으로 대화한 적은 있지만, 얼굴은 모르지."

『직접 만나지 않나요? 같은 제작자인데.』

"원래 『영원의 산화』란 게임의 시작은 메이저 소설 사이트와 연계해서 실시한 콘테스트에 투고된 소설이었어. 그 콘테스트는 서적 출간을 보장하는 대상과 금상 말고도 게임 제작을 약속하는 게임 부문상이 있는데…… 그 게임 부문상을 탄 것이 『영원의 산화』였지. 그 작가…… 닉네임 『피오리의 거북이』는 직접 얼굴을 보는 일 없이 인터넷으로만 연락하는 걸 조건으로 해서……. 뭐, 요즘 세상에선 드문 일도 아니지. 몇 번인가 회식 자리에 초대해 봤는데, 대답은 언제나 NO더군. 그래서 시나리오 담당만 우리 사원이 아니야."

이쥬인 씨의 이야기를 듣고, 나는 이해했다.

즉, 인터넷에서 기회를 얻어서 성공한 초보 작가인 셈인가.

"남자인지 여자인지는 모르겠지만, 어떤 의미에서는 그 사람이 진짜 창조주라고 할 수 있지. 우리는 끽해야 그 작가가 보낸 문장에 그림과 음악을 붙였을 뿐이야. 캐릭터의 외형 등을 그리는 건 다른 일러스트 작가지만, 특징을 세세히 지정하는 건 시나리오 작가지."

"그렇다면 그 사람에게 물어보지. 어디 살고, 이름은 뭐지? 아무튼 본명은 알 거잖아?"

"그래. 완성한 게임 견본을 발송할 때는 주소와 본명을 알아야 하니까. 그 점은 문제없어. 잘 알아. 작가의 본명은…… 본명은…………."

이쥬인 씨는 그렇게 말하고, 이어서 이마를 짚었다.

그리고 한동안 끙끙거리다가, 마침내 고개를 들고 난처한 듯이 말했다.

"미안, 까먹었어."

어이어이, 이 사람 괜찮은 거 맞아?

그야 사원도 아닌 사람의 본명을 일일이 외울 필요는 없겠지만 (인터넷에서 연락을 주고받을 때도 닉네임으로 부르겠지), 이럴 때는 정신을 똑바로 차렸으면 좋겠다.

벌써 불안해지는걸.

# 제40화 단서를 찾아서

"침착해, 이쥬인 씨. 회사에 가면 자료 정도는 있을 거잖아."

시나리오 담당의 이름을 잊었다는 이쥬인 씨가 차분해지도록, 후도 니토가 말을 걸었다.

이름을 깜빡 잊었다고 해도, 지금껏 자료를 주고받거나 완성한 게임 견본을 상대 주소로 보낸 것은 사실이다.

그리고 시나리오 담당처럼 중요한 자리에 있는 상대의 이름과 주소를 설마 사람의 기억에 의지하는 일은 없겠지. 반드시 어딘가에 기록한 사본이 있을 것이다.

친한 사이라면 모를까, 그렇지도 않고 업무상 교류만 있는, 그것도 얼굴도 모르는 타인의 이름과 주소를 통째로 암기하는 일이 더 드물다.

그 사실을 후도 니토가 지적하자 이쥬인 씨는 납득하며 고개를 들었다.

"그 말이 맞군. 회사에 피오리의 거북이 씨의 본명과 주소를 기록한 자료가 있을 거야. PC 메모장에도 있지. 괜찮아. 그걸 보면 알 수 있어."

인간은 망각하는 동물이다.

제아무리 기억한 줄 알아도, 평소 쓰지 않는 것 말고는 기억 속 서랍에 넣어서 꺼내지 못하게 되는 법이다.

　그래서 사실은 메모하는 습관이 중요하다.

　아, 다행이야.

　이제 시나리오 담당과 만날 수 있겠는걸.

　그렇다고는 해도 그것은 이쥬인 씨가 회사에서 자료를 가져왔을 때의 이야기이고, 나는 가끔 여기 있는 거니까 후도 니토와 이쥬인 씨에게 맡겨야 하겠지만.

　그보다도 조금 궁금한 게 있다.

　『그나저나 피오리란 이름은…… 우리가 사는 저쪽 세계의 이름이죠?』

　그렇다. 시나리오 담당의 이름이다.

　피오리란 『영원의 산화』의 무대가 된 세계의 이름이다.

　베르네르의 유쾌한 동료 중에 '피오라' 라고 하는 소녀가 있는데, 그것도 세계의 이름에서 딴 것으로, 저쪽에서는 대중적인 이름이다.

　일본인 중에는 '야마토' 라는 이름이나 성을 가진 사람도 꽤 있을 텐데, 피오라의 이름도 그런 부류에 속한다.

　그렇다……. 저쪽 세계라면 이름이 피오리와 겹쳐도 이상하지 않다.

　하지만 여기는 다른 세계다. 그 부분에서 나는 자꾸 불길한 예감이 들었다.

　설마, 하고 생각한다.

시나리오 담당의 정체가 세계, 라는 건 아무래도 지나친 생각이다.

하지만 원래 기억을 덧씌우는 행위는 신이 아니면 불가능하다.

『영원의 산화』의 원래 시나리오와 모두가 싫어하는 쓰레기 성녀 엘리제를 아무도 기억하지 않고, 엘리제라고 하면 모두가 나를 떠올리는 지금 상황……. 생각할수록 논리적으로 설명할 수 없다.

"그것 자체는 딱히 이상한 일도 아니야. 닉네임을 자작 소설의 주인공 이름으로 쓰는 작가도 많아."

"하긴 그럴지도 모르지만…… 이번에 한해서는, 꼭 그렇다고도 할 수 없잖아?"

이쥬인 씨가 게임 세계의 이름에서 닉네임을 지은 것은 별로 드물지 않다고 하고, 이에 반박하듯이 후도 니토가 다른 의견을 내놓았다.

그나저나 처음에는 서로 서먹서먹하게 존댓말을 썼으면서, 어느새 편한 말투가 되었다.

뭐, 아무래도 상관없나.

"이쥬인 씨. 『영원의 산화』 설정에서는 성녀가 태어나는 건 마녀의 탄생을 세계가 인식하고, 그래서 새로운 성녀를 태어나게 하는 거였지?"

"그래. 정확하게는 세계가 인식하고, 그 의지를 받은 마나가 성녀를 만들지. 즉, 마녀와 성녀는 모두 세계가 만든 시스템이야."

후도 니토와 이쥬인 씨가 이야기하는 건 스토리 배경 설정이다.

마녀를 낳는 것도, 성녀를 낳는 것도, 똑같이 세계의 의지에 따른 것이다.

이건 공략본에 실린 제작자 인터뷰에서 설명하는 숨겨진 설정 같은 것으로, 작중에서는 밝혀지지 않지만…… 마녀와 성녀는 모두 세계가 만들었다고 보면 된다.

다만 왜 세계가 그런 걸 만드는지는 모른다.

그 수수께끼는 속편에서 밝혀진다고 했는데, 그 속편은 4년을 기다렸는데도 아직 나오지 않았기 때문이다.

"어째서 세계가 그런 걸 만드는지…… 너는 알겠지?"

"일단 설정은 들었지. 마녀란 본디 오만해진 인간을 심판하기 위해 세계가 마련한 대리인이라고 해. 인류를 영원히 통치하고, 지나친 파괴가 이루어지지 않게 하는 억제 장치였던 거야. 하지만 그 마녀가 모종의 이유로 폭주해서 인류를 멸하려고 했고, 그것도 모자라서 자연도 파괴하기 시작한 탓에 세계는 마녀를 포기하고 다음 대리인을 준비했지. 그게 이름밖에 안 나오는 초대 성녀 알프레아야. 그러나 마녀를 물리쳐도 그 원념과 힘이 성녀에 깃들어 다음 마녀가 되었고, 알렉시아가 힘과 영혼의 일부를 분리해서 베르네르에게 줬잖아? 그걸 힘과 영혼 전부에 했다고 보면 돼. 그렇게 대행자를 잃은 세계는 다시 다른 대행자를 준비하고…… 그때부터는 그 반복이다……라는 설명을 들었어."

헤에, 그런 설정이 있었구나.

즉, 원흉은 최초의 마녀인 셈이네.

그 녀석이 폭주하지 않았다면 이런 일은 안 생겼다는 거고.

거참 민폐일세.

"한 가지 더 물어봐도 될까? 성녀의 탄생을 예언자가 예언한다는 건 이 게임 플레이어라면 누구나 아는 사실인데…… 애초에 예언자가 뭐지? 그 녀석은 왜 성녀의 탄생을 예지할 수 있는 거야? 이건 작중에서도 놀라울 정도로 그냥 넘어가는데."

다음으로 후도 니토가 의문을 제기한 건 성녀의 탄생을 예지한다고 하는 예언자다.

하긴, 이 녀석들…… 아니, 개인인지 집단인지는 모르겠지만. 아무튼 여러 명이 있다는 전제로 이야기를 진행하자.

아무리 그래도 수백 년 단위로 똑같은 녀석이 예언자로 있을 리는 없으니까…….

좌우지간, 이쪽도 참 영문을 모를 녀석이다.

게임에서는 성녀의 탄생을 예언자가 예지하고, 나라의 높으신 분들이 데리러 간다는 설명이 있는데, 애초에 그걸 예지할 수 있는 녀석은 대체 뭐냐는 말이다.

하지만 중요한 듯한 이 예언자는 게임에서 웃길 정도로 그냥 넘어간다. 등장하지도 않는다.

복선도 없고, 정말로 일절 언급하지 않는 것이다.

"그건…… 모르겠군. 물어봐도 얼버무리던데. 뭐, 단순히 무대 장치라서 아무것도 생각하지 않았을 거라고 여겼지만……."

이쥬인 씨가 팔짱을 끼고 후회하듯 인상을 썼다.

아마도 억지로 물어보는 게 좋았다고 생각하는 거겠지.

그는 나를 보고 조심스럽게 말을 꺼냈다.

"저기…… 엘리제…… 씨, 라고 부르면 될까? 당신은 뭔가 아는 게 없습니까? 그쪽 세계에 있다면 우리가 모르는 사실을 알아도 이상하지 않을 텐데요……."

『아뇨. 나는 딱히…… 그저 그런 역할을 지닌 자가 있다는 이야기만 들었어요. 그래도 아이즈 국왕이라면 뭔가 알 것 같아요. 저쪽으로 돌아가면 물어보죠.』

아이즈 아저씨는 요전번 사건 이후로 내게 협조적인 태도니까 물어보면 뭔가 정보를 얻을 수 있겠지.

역시 사람은 높으신 분과 연줄이 있어야 한다.

실제로 아이즈 아저씨라면 확실하게 예언자와 면식이 있겠지.

그야 4대에 걸쳐 성녀를 본 인물이다.

가짜인 나를 빼도 성녀를 세 명이나 봤다. 그런데도 모른다는 일은 없을 것이다.

"다음에 할 일이 정해졌군. 나와 이쥬인 씨는 시나리오 작가인 피오리의 거북이를 찾지. 엘리제는 저쪽에서 예언자를 찾아. 분명 어딘가에 이 세계와 저쪽을 잇는 힌트가 있을 거야."

후도 니토의 말에 이쥬인 씨와 내가 고개를 끄덕였다.

저쪽 세계에서 원래 있던 시나리오를 바꾸면, 어째서인지 이쪽 세계의 게임 내용도 바뀌며, 나아가 우리 말고 다른 사람들 모두의 인식까지 바뀐다.

이게 대체 어떤 이치로 성립하는지 아무도 짐작할 수 없고, 애초에 사람이 이해할 수 있는 이치가 없을지도 모른다.

그래도 어느 정도의 해답은 얻을 것이다.

"그나저나 한 가지…… 물어봐도 될까?"

결론을 정리했을 때, 후도 니토가 나를 봤다.

뭐랄까. 아직 신경 쓰이는 게 있는 듯한 얼굴인데.

그는 PC의 전원을 켜고 말없이 마우스를 클릭해 동영상 사이트를 띄웠다.

화면에서는 『엘리제』가 국왕에게 유폐되거나, 베르네르 일행이 이를 구출하러 가거나 하고 있다.

그게 끝나고 나면 왕도 습격인데…… 보아하니 게임에서는 전투 멤버에 『엘리제』가 들어가지 않고, 베르네르 일행만으로 까마귀와 싸우는 듯하다.

실제와는 다르지만…… 뭐, 게임이니까.

그리고 전투가 끝나자 이벤트로 『엘리제』가 적을 쓸어버리고, 최후의 발악으로 까마귀가 돌격했다.

그러자 베르네르가 『엘리제』를 감싸 치명상을 입고…….

『엘리제』가, 베르네르에게 인공호흡을 했다. 입으로.

아니, 그래. 인공호흡은 당연히 입으로 하는 게 맞지만…….

…………

뭐어어어어어어어어엉?! 넌 대체 뭘 하는 거야?!

아니, 한 적 없거든! 그런 적 없거든!

아무리 그래도 이건 '실제와는 다르지만, 게임이니까'로 넘어갈 수 없어!

동영상 화면에서는 '왔다!'라거나 '베르네르 나와 바꿔'라든가 '엘리제 나와 바꿔'라거나 '마법으로 뭐든 되면서 왜 일부러 입으로 하는 걸까요?' 처럼 이런저런 소리를 듣는데, 잠깐만, 진짜 잠깐만.

나는 마법으로 대처했는데? 입에 손을 대고 직접 공기를 불어넣었잖아?

왜 화면에 나온 나는 마우스 투 마우스인데?

넌 진짜 뭐 하는 거야?!

더군다나 이벤트 CG까지 띄우다니…….

『여기서 엘리제의 호감도가 50 미만이면 대충 손으로 공기를 불어넣지만, 50 이상이면 키스로 보상받습니다. 그러니까 여기서 죽을 필요가 있었던 거군요.』

방송자가 뭔가 멋대로 떠들고 있는데, 호감도가 높아도 안 하거든?!

나는 대체 뭘 보는 거야……. 이게 정말로 나라고?

베르네르에게 홀딱 반한 평행세계라도 보는 건가? 그게 무슨 고문이야.

화면 속 광경이 믿기지 않는 내가 어버버버 하고 있을 때, 후도니토가 히죽히죽 웃으며 물어봤다.

"그래서 말인데. 너, 진짜로 했어?"

『할 리가 없잖……아요! 입을 맞댈 필요도 없는데 왜 일부러 인공호흡을 택할 필요가 있나요!』

아차, 이쥬인 씨가 있는데 본성이 드러날 뻔했어.

좌우지간, 이런 건 안 한다. 절대로 안 한다.

그야 뭐? 그것 말고 방법이 없다면…… 하긴 할 건데?

심폐소생은 시간이 가장 중요하다고 하니까, 꼭 필요한 상황에서 '남자니까 싫어!'라고 말할 여유는 없다.

하지만 그것밖에 방법이 없을 때 이야기다.

다른 방법이 있는데 일부러 고를 이유는 없다.

"그렇겠지……. 그렇다면 역시 이건 원래 존재하지 않지만 '게임의 분위기를 띄우기 위해' 만들어진 날조 장면이라는 설이 유력한가. 네가 그쪽에서 행동한 것으로 게임 내용이 바뀐다는 가설도 조금 의심스러워지는걸……. 뭐, 단순히 네가 어딘가의 평행세계에서 허둥댄 나머지 자기가 할 수 있는 일을 잊고 저질렀을 가능성이 아예 없지는 않지만."

후도 니토는 한숨을 쉬고, 미심쩍은 눈치로 PC를 봤다.

여태까지는 이 게임에 표시된 것이 실제로 저쪽에서 있었던 일, 혹은 있었을지도 모르는 일이라고 생각했었다.

하지만 지금 와서 확실하게 날조된 장면을 본 것이다.

이렇게 되면 지금껏 세운 가설이 흔들린다.

하지만 알 수 있는 것은 그게 전부다.

앞으로의 일을 생각하려면 단서가 부족하다.

즉…… 역시 더 나아가려면 시나리오 담당이든 예언자든, 새로운 단서를 추가해야 하는 셈이다.

동계휴가 중에 저쪽에서 할 일이 정해졌군.

슬슬 저쪽에서 깨어날 느낌이 가까워지고 있으니까, 이번엔 여기까진가.

잘 있어, 후도 니토, 잘해 보라고.

나도 나름대로 노력해 볼 테니까.

그리고 그 장면은 잊어. 알았지?

◇

그런고로 목적도 생긴 차에 상쾌하게 기상했습니다. 내용물이 쓰레기인 가짜 성녀 엘리제입니다.

'저쪽'으로 돌아가면 왠지 하이텐션이 된단 말이지.

최고로 하이! 라고 할까, 기분이 상쾌하다고 할까…… 억지로 설명하자면 지금껏 자각하지 않았던 피로가 풀린 듯한 기분이다.

게다가 힘도 확실하게 커지고, 마력도 늘어났다.

뭔가 잘 모르겠지만 파워업! 절호조!

아, 미안. 사실은 알아.

아마도 저쪽의 나한테서 영혼을 가져온 만큼 컨디션이 좋아졌을 것이다.

그래서 내 컨디션이 좋아진 만큼, 저쪽의 나는 더욱 쇠약해지고 있다.

이제는 저쪽에 더 가지 않는 게 좋을지도 모르겠는걸.

그렇다고는 해도 내 의지로 가는 게 아니니까 어쩔 수가 없지만.

뭐, 고민해도 소용없다.

아무튼 앞으로의 일을 생각하자.

지금은 마법학교도 동계휴가에 진입해서, 이게 끝나면 드디어 3장에 들어가 이야기가 종반에 가까워진다.

이제부터는 마녀와의 결전까지 롤러코스터 진행이다.

단, 그건 내가 아는 원래 게임에서의 이야기.

원래라면 어느 루트에서도 이 시점에서 엘리제가 퇴장하고, 에테르나가 진짜 성녀라는 사실이 발각된다.

그 뒤로는 에테르나가 진짜 성녀의 사명에 겁먹거나, 베르네르가 격려한 다음에 결의하거나 하는 이벤트가 이것저것 있고, 루트와 공략 중인 히로인에 따라서 이벤트가 나뉜다.

하지만 알다시피 나는 퇴장하지 않았고, 에테르나도 자기가 진짜 성녀라는 사실을 모른다.

그러니 이 3장에서는 예전보다도 내 지식이 도움이 안 되리라.

그래도 일단 정리해 보자.

우선, 마녀전 전에 몇 가지 이벤트가 있지만, 큰 이벤트는 마법학교 방위전이 있다.

이건 마녀가 모은 마물 무리가 중간에 있는 루틴 왕국을 멸망시키고 학교로 진격해서 생도와 교사들이 막는 건데, 엑스트라가 대량으로 죽는다.

최종적으로는 에테르나가 성녀의 힘을 각성해서 베르네르 일행과 함께 적의 대장…… 예전에 내가 흠씬 두들겨 패서 괴롭힌 귀신 같은 원숭이를 해치우고, 그것으로 통제를 잃은 마물들이 뿔뿔이 도망쳐 학교가 구원받는다.

그러나 이 세계에서는 그 이벤트가 발생하기 전에 내가 먼저 마물 무리를 샌드백으로 만들었으니까 이건 없을 것으로 봐도 된다.

다음으로 변태안경남의 히로인 스토킹&감금 이벤트.

이건 반드시 그때 호감도가 가장 높은 히로인을 대상으로 발생하는데, 알렉시아 루트에 한해서는 그 시기가 조금 어긋나 알렉시아가 동료가 되고 나서 발생한다.

그리고 마녀전.

마녀전은 크게 나눠서 3장 중반에 발생하는 패턴과 종반에 발생하는 패턴, 애초에 마녀전 자체가 발생하지 않는 세 가지 패턴이 있다.

싸우지 않는 루트는 에테르나의 대화 이벤트를 진행해서 성녀의 사명을 결의하게 한 다음에 다른 히로인을 선택하고, 나아가 에테르나의 호감도가 일정 수치 이하&레벨이 40 이상일 때 발생한다.

성녀의 사명을 결의한 에테르나는 베르네르를 향한 마음이 결실을 보지 않는 것을 알면서도 베르네르의 행복을 위해 마녀를 토벌할 것을 결의해서 기사들과 함께 싸움에 나선다.

참고로 이때 고르는 선택지와 레일라의 호감도에 따라서 레일라가 죽는다.

물론 이 루트에서는 에테르나가 마녀가 되어서 최종 보스다.

다음으로 중반에 싸우는 패턴.

사실 이게 가장 많고, 의외로 마녀는 끝까지 남지 않는다.

대체로 중간에 아직 날짜가 남았는데도 최종전 같은 분위기를 내면서 마녀와의 싸움에 돌입해 해치우게 된다.

이건 주로 에테르나 루트 이외에서 발생하고, 마녀를 해치운 다음에는 이벤트로 에테르나가 숨통을 끊어서 잠시 해피 엔딩 같은 전개가 되는데…….

그런데 다음으로 엘리제가 남긴 지뢰가 발동해서 성녀에게 원한이 있는 멍청한 것들이 엘리제와 에테르나를 구분하지 않고 에테르나가 태어난 고향을 습격해 부모와 친구를 모조리 죽이고 만다.

이건 엘리제에서 에테르나로 성녀의 자리가 넘어간 지 얼마 되지 않은 까닭에 사실이 퍼지는 것이 늦어진 탓도 있는데, 애초에 습격한 바보는 성녀의 이름도 몰랐다.

평범한 농민인 그 바보는 그저 '성녀는 용서할 수 없다.' 라는 삐뚤어진 분노로 엘리제의 악행을 에테르나의 소행으로 오해한 채로 '그 마을은 성녀가 태어난 마을이다' 라는 정보를 얻었고, 최악의 뻘짓을 저지른다.

그 결과, 에테르나는 인류에게 절망해서 그 바보를 죽이고 돌이킬 수 없게 된다.

뭐, 마녀를 해치운 시점에서 어차피 늦은 거지만, 고작 5년의 평화조차 에테르나는 기다리지 못한 것이다.

참고로 알렉시아 루트에서만 마녀가 죽지 않고 뻔뻔하게 아군이 된다.

물론 나는 가입하자마자 장비를 전부 빼앗고 자금으로 바꿨다.

종반에서 싸우는 패턴은 에테르나 루트 한정.

이 루트에서는 에테르나 관련 이벤트가 늘어나고, 결전 시기가 종반으로 바뀐다.

그리고 마녀를 해치우고, 에테르나도 베르네르의 품에 안겨 죽는다.

다른 결말과 비교하면 행복한 최후지만, 어차피 보답받지 못한다는 사실에는 변함이 없다.

이 아이, 너무 불행해.

이건 진짜 화면에 안 나오는 게 가장 행복하지 않을까.

그리고 뭐…… 결론을 먼저 말하자면 말이야. 역시 이런 지식은 도움이 안 돼.

기본적으로 이건 에테르나가 성녀라는 사실이 발각되면서 발동하는 이벤트다.

마물 무리는 이미 두들겨 팼으니까, 아직 기회가 남은 건 변태안 경남의 감금 이벤트 정도이리라.

그러므로 앞으로는 예전보다도 앞이 안 보이는 길을 나아가야 한다.

진짜 앞으로 어떻게 될지, 전혀 모르겠다.

하지만 어떻게든 해 보자. 무엇보다도 내 기분을 위해서.

# 제41화 예언자를 찾아서


마법학교는 동계휴가에 들어가서, 평소의 떠들썩함이 거짓말인 것처럼 조용해졌다.

운동장에서는 열심히 자주 단련과 모의전에 매진하는 생도도 있지만, 평소와 비교하면 참으로 조용하다.

그런 학교에서, 나는 현재 손님 한 명을 맞이하고 있었다.

아니지…… 한 명이라고 하면 어폐가 있을까.

그 인물이 호위를 왕창 데려와서 정확하게는 수십 명이다.

평소에는 내 개인의 방으로 쓰는 마법학교 5층 내빈실에서, 나와 그 인물은 테이블을 사이에 두고 대면하고 있었다.

"오시느라 고생하셨어요, 아이즈 국왕. 그나저나 일부러 찾아오지 않아도 내가 그쪽으로 갔을 텐데요."

"아닙니다. 당신께서 내가 필요하다면 어디든지 달려가죠. 물론, 그 정도로 내 죄는 사라지지 않겠지만……."

나와 대면 중인 인물은 지난번 유폐 사건의 주동자인 빌베리 국왕, 아이즈다.

예전과는 다르게 이 아저씨는 현재 미묘하게 우호적이다.

아니, 예전에도 겉으로는 우호적이었지만.

좌우지간 그 사건 뒤로 나는 이 아저씨가 한 짓을 일절 따지지 않고 무죄 방면했다.

뭐, 이 아저씨도 베르네르 일행의 죄를 묻지 않은 상황에서 내가 굳이 유죄! 라고 했다간 분위기 파악하라는 소리나 듣겠지.

그리고 아이즈 아저씨가 가장 걱정하는, 마녀 토벌 뒤에 내가 마녀가 되는 것에 관해서도 그런 일은 생기지 않는다고만 말해 두었다.

이 아저씨에게 모든 사정을 말하면 에테르나에게 피해가 갈 것 같아서 말하지 않았지만, 어째서인지 신용해 주었다.

괜찮겠어? 넌 이렇게 불확실한 이야기를 믿는 성격이 아니었잖아. 대체 무슨 일이 있었어.

이번에도 내가 아저씨와 직접 대화하고 싶다고 편지를 부쳤더니 놀랍게도 답장을 넘어서 본인이 직접 찾아왔다.

임금님인데 너무 가볍게 돌아다니는 거 아니야?

"그래서…… 당신께서 이 늙은이의 지식을 원한다는 이야기를 들었습니다. 무엇이 알고 싶니까?"

"내가 알고 싶은 건 '예언자' 로 불리는 자에 관해서예요."

내가 예언자를 화제로 내놓자 아이즈의 눈썹이 움직였다.

이 반응은, 역시 뭔가 아는 듯하다.

"예언자는 대대로 성녀의 탄생을 예언해서 당시의 권력자에게 성녀가 태어나는 곳을 전한다고 하는데…… 신기하게도 나는 어떤 인물인지, 어디 있는지…… 전혀 몰라요. 애초에 예언이 뭔지 잘 모르겠군요. 나도 마법에 관해서는 조금 정통했다고 자부하지만, 미래를 내다본다니…… 그런 게 가능한 마법은 없어요. 그러니까 모르겠군요. 예언자란 대체 뭐죠?"

"후…… 당신께서 초금이라면, 당신 말고 모두가 마법의 초보겠구려."

내 말에 아이즈 아저씨가 농담하듯 웃는다.

아, 역시 그래? 참, 나는 너무 천재니까 말이지. 정확하게는 내가 아니라 이 몸이 그런 거지만.

하지만 겸손은 미덕이잖아?

사실은 내가 이 세계에서 최고로 마법에 정통한 건 알지만, 그건 듣기 좋으라고 한 말이야.

"말씀하셨다시피, 미래를 내다보는 마법은 없습니다. 그건 그자도 마찬가지이지요. 그자는 선지자가 아니라 예언자…… 미래를 예지하는 게 아닙니다. 신의 뜻을 듣고, 그것을 대변하는 자를 예언자라고 부릅니다. 성녀가 신의 대행자라면, 예언자는 신의 대변자. 그 존재는 대대로 왕위를 이은 자에게만 전해지고, 소재지도 극비로 삼았습니다."

아저씨의 설명을 들으며 나는 고개를 연신 끄덕였다.

그렇군. 뉘앙스가 다른 건가.

미래를 '예지' 하는 것이 아니라, 신…… 아마도 성녀를 낳는 세계와 같은 거겠지.

그 뜻을 듣고, 성녀의 탄생을 알릴 수 있다는 건가.

그렇다면 '미래를 안다' 는 것보다 훨씬 이해하기 쉽다.

그야 성녀와 시작점이 같으니까. 아는 게 당연하겠지.

문제는 그렇게 중요한 녀석을 왜 숨기냐는 거다.

"왜 숨어 지내는 거죠? 그토록 중요한 분이라면 왕실에서 맞이해 엄중히 보호해야 한다고 보는데요."

"그 이유는, 실제로 만나면 알 겁니다. 나도 처음에는 깜짝 놀랐지요."

만나면 알 거라고?

그렇게 말한다면 실제로 만나 봐야지.

물론 허가가 난다면 말이지만.

"가르쳐 주실 수 있나요?"

"그럼요. 다만 당신만이 동행할 수 있습니다. 다른 자는 동행할수 없지요. 솔직히 당신을 데려가는 것만으로도 아슬아슬하게 계약을 어기는 셈이니 말입니다."

나만 가는 건가? 뭐, 문제는 없다.

애초에 나는 호위가 필요 없으니까 말이야.

그나저나 국왕을 상대로 계약하고, 그것을 준수하게 하다니…… 어쩌면 예언자는 성녀보다 실질적으로 높은 신분일까?

성녀는 겉으로는 세계 최고의 권력자지만, 실태를 보면 산 제물이니까.

"기, 기다려 주십시오. 두 분만 가시는 건 아무래도…… 하다못해 저를 호위로……."

내 곁에서 대기하던 레일라가 뭔가 말했다.

야, 빡콧. 너 말이야. 이야기를 듣기는 했어?

아이즈 아저씨도 레일라를 싸늘하게 쳐다보고, 엄숙히 말했다.

"아니 된다. 오로지 왕위를 계승한 자만이 예언자의 장소를 알 수 있다. 원래라면 엘리제 님조차 모실 수 없는 장소다. 예외는 더 인정할 수 없다."

"하오나……."

"레일라."

아저씨가 타일러도 자꾸 반론하려고 드는 레일라의 말을 가로막는다.

여기서 이러쿵저러쿵 떠들어도 소용없고, 레일라가 자꾸 떼를 써서 아저씨가 '이제 그만두자'라고 해서 예언자가 있는 곳으로 데려가지 않게 되면 곤란하다.

그러니 지금은 레일라가 입을 다물게 하자.

"나는 괜찮아요. 믿고, 기다려 주세요."

"으……."

필살, '믿어라' 공격.

이걸 하면 레일라는 입을 다물 수밖에 없다.

왜냐하면 주인인 내가 이렇게 말했는데도 더 말하면 '믿지 않는다'고 말하는 것과 똑같기 때문이다.

하지만 수석 근위기사로서 나를 섬기는 레일라는 신분상 그런 불신을 겉으로 드러낼 수 없다.

"알겠습니다……. 엘리제 님께서 그리 말씀하신다면……."

레일라는 아직 더 말하고 싶은 얼굴이지만, 아무튼 조용해졌다.

이걸로 됐어.

그러면 바로 예언자가 있는 곳으로 안내해 주실까.

다행히 지금은 동계휴가다. 눈에 띄는 이벤트는 없다.

베르네르는 히로인과 개별 이벤트가 있을 테지만, 살벌한 이벤트는 하나도 없으니까 건드릴 필요가 없겠지.

◇

예언자가 산다고 하는 장소로 가는 수단…… 뜻밖에도! 그건 '기차' 다!

이 세계에도 기차가 있다는 건 알았지만, 사실은 이번에 처음 타 본다.

평소에는 대체로 스스로 날거나 마차를 타니까 왠지 신선하다.

나는 아이즈 아저씨와 마주 보는 자리에 앉아서, 할 일이 없어서 창밖을 구경하고 있었다.

그러나 그것도 심심해져서, 좌우지간 화제를 꺼내 봤다.

"극비라고 하는 장소에, 노선이 깔려 있군요……."

"그렇습니다. 물론 그곳으로 가는 기차는 왕족 전용차밖에 없습니다. 일반인은 절대로 갈 수 없지요."

그렇구나……. 기차라…….

뭐, 잘 생각해 보면 당연할지도 모른다.

예언자가 있는 곳에는 왕위를 이은 자만이 간다.

그렇다면 당연히 마부가 필요한 마차는 이용할 수 없고…… 그렇다고 해서 설마 임금님 혼자 걸어서 갈 리도 없겠지.

세계는 현재 대체로 평화로워서 길을 따라 걸어도 마물과 마주칠 확률이 옛날의 0.1퍼센트 이하로 떨어졌다는 말을 듣는데, 반대로 말하자면 옛날에는 지금의 1000배가 넘는 확률로 마물과 마주친 셈이다.

그렇게 위험한 곳을 임금님 혼자서 걸을 리가 없다.

하지만 기사가 있어도 위험한 건 위험한 법이다.

마물이 기차에 올라탈 가능성이 아예 없지는 않겠지.

애초에 노선을 마물이 파괴할 가능성도 충분히 있다.

"하지만 기차가 있어도 국왕이 혼자 여행을 떠나다니, 참으로 위험한 일을 하는군요."

"혼자서 여행할 줄도 모르는 자는 왕이 될 그릇이 아니다……. 대대로 그렇게 전해져, 혼자서 예언자를 만나고, 예언을 듣는 것이 왕이 되기 위한 시련이자 의식이 되었습니다. 나도 과거에는…… 왕위를 잇고 릴리아를 구하기를 꿈꾸고, 이 시련을 받았지요. 그리고 내 아들도 한때 이 기차에 탔습니다."

쓸쓸하게 말하는 아저씨에게, 나는 아무 말도 하지 못했다.

우울해……. 왜 지금 그렇게 우울한 이야기를 하는데, 아저씨.

이건 그거잖아. 애써서 임금님이 됐는데 릴리아와 알렉시아라고 하는 이전 성녀를 구하지 못했다는 이야기잖아.

그 사람은 진실을 가르쳐 줬더니 마물에게 돌진해서 비참하게 죽은 사람이지?

그리고 아들도 탔다니……. 하지만 지금도 댁이 임금님이잖아.

왕위를 잇기 위한 시련을 아들이 받았는데 아직도 왕위에 있다는 건…… 즉, 그 아들이 죽었다는 거지?

시련에서 실패했는지, 아니면 성공한 다음에 죽었는지는 모르지만.

분위기가 울적해지니까, 그런 이야기는 하지 말았으면 좋겠는데…….

"그나저나…… 국왕이 아닌 자가 예언자가 있는 곳을 알아서는 안 된다고 했는데, 이 기차를 움직이는 사람들은 괜찮나요?"

"문제없습니다. 이 기차의 승조원은 모두 예언자를 섬기는 일족에서 뽑힌 자들입니다. 우리는 '수호자'라고 부릅니다."

아저씨 말로는, 이 기차를 움직이는 사람은 애초에 왕국 사람이 아니라고 한다.

수호자라……. 멋대로 상상한 거지만, 뭔가 풀을 엮어서 아래만 가리고 위는 알몸으로 창을 들고서, 얼굴에는 이상한 문양을 그려 놓고 내가 하는 말은 통하지 않을 것 같은데.

뭐, 기차를 움직일 수 있다면 그럴 리는 없나.

"수호자……인가요. 어떤 사람들이죠? 만나는 게 기대돼요."

뭐, 내가 상상하는 것처럼 숲의 사람일 리는 없겠지.

분명, 똑똑하고 허를 잘 찌르는 듯한 모습일 것이다.

어쩌면 의외로 우리보다 문명이 발달한, 선진적인 차림새일지도 몰라.

내가 그렇게 생각하고 있을 때, 갑자기 문이 열리고 무언가가 나타났다.

"다이물마! 다한격공서에늘하이물마!

?!

"님녀성님금임! 다니킵지가리우!"

?!

문을 열고 나타난 건…… 이게…… 뭐야?

동물의 털가죽 같은 것을 입은, 털이 수북한 원숭이 같은 무언가였다.

아니지, 원숭이가 아니네. 원숭이보다 인간에 가까워. 아니, 하지만 이건 원숭이 맞잖아.

더군다나 무슨 소리를 하는지 전혀 모르겠어…….

내가 확인을 요구하듯 아이즈 아저씨를 보자, 아저씨는 조용히 고개를 끄덕였다.

"수호자입니다."

웃기지 마! 이건 아무리 봐도 원인(原人)이잖아!

그야 내 허를 찌르긴 했지만, 다른 의미로 찔렸어!

왜 내가 상상한 것보다 훨씬 지능이 떨어져 보이는데! 숲의 사람을 넘어서 원시인이잖아!

저 손에 든 무기는 뭐야. 나무 막대에 돌을 붙였는데?!

"저기…… 뭐라고 하는 거죠?"

"모릅니다. 다만 몹시 당황한 것 같군요."

듣자니 아저씨도 말을 이해하지 못하는 듯하다.

그러나 수호자들은 나와 아저씨를 에워싸듯 서고, 무기를 들고 원진을 짰다.

이건…… 일단 지켜 주려고 하는 건가?

"해험위는처근문창! 져어떨!"

뭔가를 우리에게 호소하고 있는데, 역시 무슨 소리를 하는지 모르겠다.

그러자 나와 아저씨의 손을 잡고 창문에서 멀리 떨어뜨리기 시작했다.

뭐야? 무슨 일이야?

그렇게 생각했지만, 다음 순간에 나와 아저씨를 창문에서 멀리 떨어뜨리려고 한 녀석이 창문으로 다가온 거대한 새의 발에 붙잡혀 끌려갔다.

아…… 그렇구나. 창문 근처는 위험하다고 전하려고 한 거야.

"보아하니 마물이 습격한 것 같군요."

창밖에서 몸길이가 3미터쯤 되는 거대한 새가 날고 있다.

날개 부분은 검고, 나머지는 희다.

얼굴은 귀엽고, 애교가 있다.

새는 이쪽을 보더니 한차례 울었다.

"바보!"

참으로 짜증 나는 울음소리였다.

아, 생각났어. 저건 바보새다.

게임에도 등장하는 피라미 몬스터다.

"마지쓰경신는나! 라켜지을분두!"

붙잡힌 수호자가 뭔가 소리치지만, 여전히 무슨 소리를 하는지 모르겠다.

뭐, 아마도 '빨리 구해달라고! 너희 때문에 내가 붙잡혔잖아!' 라고 말하는 거겠지.

원숭이를 구하는 취미는 없지만…… 이대로 가다간 내 꿈자리가 뒤숭숭해진다.

잠깐 다녀와 보실까.

나는 창틀에 발을 대고 날아올라 순식간에 바보새의 머리 위로 이동했다.

그리고 빛의 검으로 후려치고, 떨어지는 수호자를 안고서 기차로 돌아왔다.

"해장꿩! 해강!"

"님녀성! 다췄해구를포동!"

기차에 돌아오자 다른 수호자들이 야단법석을 떤다.

아마도 기뻐하는 거겠지.

이어서 내가 구출한 수호자가 내 손을 쥐고 울면서 뭔가 말하기 시작했다.

"워마고! 워마고! 인은의명생!

무슨 소리를 하는지 전혀 모르겠지만, 아마도 고맙다고 말하는 것 같다…….

원숭이가 고마워해도 말이지…….

# 제42화 예언자

그 이후로 어째서인지 원숭이들이 잘 따랐다.

마물이 습격하고 수십 분이 지났는데, 그동안 수호자들은 내 주위에서 계속해서 뭔가 말하고 있었다.

게다가 문 너머에서 다른 수호자가 오는가 싶더니, 그 녀석은 뭔가 나무 꼬챙이에 새를 구운 듯한 고기를 꿰어서 가져왔다.

그것을 둘 그릇조차 없이, 놀랍게도 이파리를 그릇 대용으로 삼았다.

이것들이 어떻게 기차를 움직이는 거야?

이 기차, 진짜로 괜찮은 거 맞아?

"님녀성! 기고은좋장가! 요세드!"

뭔가 말하면서 내게 고기를 들이댔다.

뭐? 혹시 구해준 보답이려나?

아니, 그냥 구운 고기는 별로 먹고 싶지 않은데.

게다가 그거, 아까 해치운 새잖아. 더더욱 필요 없어.

애초에 이 몸이 된 뒤로는 그다지 많이 먹지 않는다.

전생에는 병에 걸리기 전에 다른 사람들과 비슷하게 먹었지만, 엘리제가 된 뒤로는 오히려 에너지 소비가 줄었다.

마력 순환을 배운 뒤로는 그런 경향이 더 짙어져서, 지금은 5일 동안 먹거나 마시지 않고도 여유롭게 지낼 수 있고, 화장실도 별로 가지 싶지 않아진다.

원래의 엘리제는 오히려 대식가였을 텐데 말이야.

그건 그렇고, 내게 고기를 내민 수호자 자신이 그 고기를 탐내듯이 보며 침까지 흘리고 있다.

"드세요. 사양하지 말고 당신들끼리 나눠 먹어요. 나는 지금 배가 안 고프니까요."

"님녀성! 해상자!"

내가 너희끼리 먹으라고 말하자 무척 기뻐하며 고기를 물어뜯기 시작했다.

아무래도 좋지만, 이 녀석들은 왜 나를 '님녀성'이라고 하는 이상한 호칭으로 부르는 걸까?

그 뒤로 원숭이들 상대로 진저리를 치며 지내고 있을 때, 상대로 마침내 기차가 숲 앞에서 정차했다.

보아하니 목적지에 도착한 듯하다.

"다니습왔다. 요세주려내서해심조."

수호자가 내리라는 듯한 몸짓을 보여서, 나와 아이즈 아저씨는 기차에서 내렸다.

그 타이밍에 맞춰서 수호자들도 기차에서 우르르 내리고, 나와 아이즈 아저씨를 지키듯 에워쌌다.

"다니됩면가더서기여. 님녀성, 요세하십조을닥바."

님녀성이란 단어가 들어간 걸 보면 아마도 나한테 하는 말 같지만, 무슨 소리인지 모르겠다.

선두에 선 수호자가 걷기 시작하고, 같은 타이밍에 나와 아저씨도 숲속으로 이동했다.

숲속은…… 의외로 평화로웠다.

다람쥐가 나무 사이사이를 뛰어다니고, 내 어깨에 올라탔다가 다른 나무로 뛰었다.

나무에 앉은 새가 지저귀고, 나무 사이에서 호랑이 크기만 한 고양이가 얼굴을 내민다.

저게 뭐지……? 고양이가 진화해서 호랑이 크기가 된 건가? 아니면 호랑이가 순해져서 고양이 같은 얼굴이 된 건가? 뭐, 어느 쪽이든 상관없나.

좌우지간 지구에는 없는 고양이다.

생각해 보니 마물은 내가 빈번하게 사냥해서 이것저것 봤지만, 이 세계의 야생동물은 별로 본 적이 없네.

"다니습왔다의거."

수호자가 멈추고, 앞으로 가라는 듯이 손짓한다.

이 앞에 예언자인지 뭔지가 있는 건가.

그러면 슬슬 대면해 보실까.

나와 아저씨는 수호자를 남기고 나아가려고 했다.

하지만 그때 마침 안쪽에서 목소리가 들려왔다.

"기다리고 있었다……. 여기서부턴 엘리제만 와라."

이 목소리의 주인이 예언자일까?

아직 말하지 않은 내 이름을 아는 건, 성녀의 탄생을 예지할 수 있어서……가 아니겠지.

만약 성녀의 이름을 안다고 해도, 나는 가짜다. 그러니까 이 상황은 설명할 수 없다.

아저씨가 걱정스러운 눈치로 나를 봐서 안심시키듯 고개를 끄덕이고, 안쪽으로 나아갔다.

마침내 나아간 곳에는 나무에 에워싸여 부자연스럽게 탁 트인 공간이 있었다.

그곳에는 호수가 하나 있을 뿐, 그 밖에는 아무것도 없다.

뭐지? 예언자인지 뭔지가 어디에도 없어.

아니면 이 호수에 뛰어들어야 하나?

그렇게 생각하고 호수를 살펴보려고 했을 때, 물이 솟구치면서 무언가가 얼굴을 보였다.

나타난 건—— 거북이였다.

크기로 보면 등딱지만으로 5미터는 될까.

사람을 태우고 헤엄칠 것처럼 큰 거북이다.

그렇구나. 이걸 타고 호수로 들어가라는 걸까?

왠지 용궁에 가는 느낌이네.

"잘 왔다. 진짜를 넘어선 가짜 성녀여. 네가 오기만을 오랫동안 기다리고 있었다. 나는 프로페타…… 사람들은 나를 예언자라고 부른다."

타려고 했는데, 놀랍게도 거북이가 입을 열고 말하기 시작했다.

예언자가 있는 곳으로 안내하는 줄 알았는데, 설마 했던 거북이가 예언자였다.

그렇군. 아저씨가 '만나면 안다'고 한 이유가 이건가…….

예언자라고 해서 멋대로 인간을 상상했는데, 애초에 사람이 아니었구나…….

그나저나 말하는 동물은 마물 아니야? 오히려 대마잖아.

이 녀석은 사실 마녀의 수하가 아닐까?

"마물……인가요?"

"껄껄껄, 그렇게 여기는 것도 어쩔 수 없지. 하지만 나는 마물이 아니야. 그저 세계의 말을 대변하는 자로 세계에 선택받은 거북이일 뿐이지."

세계에 선택받은 거북이는 왠지 모르게 파워 워드인걸.

일단 무슨 말을 하려는 건지는 알겠다.

성녀란, 말하자면 세계에 선택받은 인간이다.

이 프로페타처럼, 세계가 선택한 존재이리라.

하지만 왜 거북이인지. 이걸 잘 모르겠다.

"거북이인 이유를 알고 싶어? 대단한 이유는 아니지. 단순히 인간보다 수명이 길기 때문이야. 내 종족인 밀레니엄 터틀은 오래 사는 개체라면 천년 넘게 살 수 있어. 더 오랜 세월을 살아서 성녀의 탄생을 예언하라는 세계의 의지겠지."

그렇구나. 즉, 세대교체의 번잡함을 줄인 것이다.

하지만 의문인 건, 그렇다면 성녀도 인간이 아니면 되잖아?

애초에 인간이란 근본적으로 전투에 적합하지 않다. 제대로 붙으면 집고양이한테도 지는 완전 피라미라고 한다.

이쪽 세계에서는 훈련하면 초인 같은 움직임이 가능해지고, 마법도 있으니까 반드시 그렇다고는 할 수 없지만, 그래도 기본 스펙은 역시 짐승이 인간을 능가한다.

그렇다면 인간보다 훨씬 강한 곰이나 호랑이를 성녀(?)로 삼고 마법과 지성을 주면 역대 성녀보다 훨씬 강해지리라.

물론 나 정도는 안 된다는 확고한 자신감이 있지만.

그러니까 강한 동물을 성녀(?)로 삼으면…… 삼으면…………으면──.

아, 안 되겠네. 마녀에게 갈 수가 없어.

성녀가 마녀와 대결하려면 우선 마녀의 수하인 마물과 대마를 처리해야 한다.

즉, 기사와 병사를 희생하면서 돌진할 필요가 있는데, 예를 들어서 곰이 성녀라면 애초에 인간이 지키려고 들지 않겠지.

마물과 구별할 수 없는걸.

예언자가 '이 곰은 성녀입니다.' 라고 해도, 과연 기사들이 곰을 위해 목숨을 내던질까?

지켜야 할 대상이 곰인데?

그렇다고 해도, 인간의 조력을 얻지 못하면 똑같은 전법을 쓸 수 없다.

제아무리 그 곰 성녀의 지능이 높아도, 다른 동물은 그냥 동물이다. 그 녀석을 위해서 방패가 되지는 않는다.

즉, 인간이 아닌 동물을 성녀로 삼으면 그 시점에서 고군분투 확정이다.

제아무리 강해도 그래선 무리다. 마물의 물량 공세에 치여서 죽는다.

"나를 가짜 성녀라고 했죠? 그렇다면 당신은 내 정체를……."

"그래. 알아. 너는 성녀가 아니야. 그저 성녀와 똑같은 마을에 태어난, 재능이 많은 다른 사람이지."

흠. 역시 알고 있었나.

뭐, 이 녀석은 다름 아닌 성녀의 탄생을 예언하는 존재다.

그야 성녀와 성녀가 아닌 녀석은 구분할 줄 알겠지.

하지만 이해할 수 없는 건, 어째서 내 이름을 아는지. 그리고 어째서 내가 올 것을 알았는지다.

"자, 뭘 물어보고 싶지? 나는 대화에 굶주렸어. 물어보면 어지간한 건 가르쳐 주지. 저 원숭이들과는 대화가 성립하지 않으니까."

"어째서 내 이름을 알죠? 게다가 내가 오늘 여기 오는 것도 미리 알았다는 듯이 말했는데……."

"껄껄껄. 물론 알지. 나는 말이야, 여기 있으면서 세계에서 일어난 여러 가지를 알 수 있어. 그러니까 너희 이야기도, 나는 전부 보고 있었지."

와, 지독한 능력일세. 사생활이고 뭐고 없잖아.

하지만 그렇다면 내 이름이나 오늘 여기 오는 것을 알아도 이상하지 않다.

원래 예언자란 신…… 세계의 의지를 대변하는 자라고 들었다.

세계라면 확실히, 모든 것을 파악하고 있겠지. 그야 자기 위에서 일어나는 일이니까.

그리고 그 세계의 의지를 수신하는 예언자라면 모든 것을 파악할 수 있다……는 것이리라.

그렇게 납득한 시점에서, 프로페타에게 새 질문을 던진다.

"오랫동안 기다리고 있었다는 건?"

"그래, 오랫동안 기다리고 있었어. 이야기하는 걸 기대하고 있었지. 너는, 특이점이니까."

특이점? 대체 무슨 소리람.

뭘 말하고 싶은지 통 모르겠다.

"미안하지만, 무슨 뜻인지 모르겠어요. 조금 더 자세히 설명해 주면 좋겠는데요."

"아, 그렇지. 먼저 설명해 줘야 알아듣겠지. 다만 지금부터 할 이야기는 황당무계할 거야. 믿든 말든 그건 네 자유지."

황당무계라.

마법이 존재하고, 세계에 의지가 있어서 마녀나 성녀나 뭐든지 만드는 이 세계에서, 지금 와서 그럴 일은 없겠지만…… 뭐, 일단 들어나 보자.

어쩌면 내가 예상하지 않았던, 흥미로운 이야기를 들을 수 있을지도 모른다.

"방금 말했다시피 나는 이 세계의 모든 것을 볼 수 있지. 하지만 어느 날…… 아마도 수명이 다 되어서 영혼이 세계에서 떨어지려던 참이라서 그런 것 같지만, 여기와는 다른 '지구'라는 세계를 볼 수 있게 되었다."

시작부터 깜짝 놀랐다.

놀랍게도 이 거북이는 지구도 엿볼 수 있나 보다.

그는 느릿느릿하게 머리를 흔들며 이야기를 계속했다.

"그곳에는 신기하게도, 이쪽 세계에서 일어난 일을 기록한 '게임'이란 게 있어서…… 『영원의 산화』라고 하는데, 마치 누군가가 이쪽 세계를 엿본 것처럼, 이쪽 세계에 매우 흡사한 이야기가 베르네르라고 하는 청년을 중심으로 묘사되더군……. 그림은 조금 독특했지만. 눈이 이상하게 크고, 코가 점처럼 보였으니까 말이야……."

이, 이상하다고? 이 거북이, 지금 2차원 그림을 이상하다고 지껄였어?

2차원 그림은 수많은 선구자가 연구와 연마를 거듭한 끝에 도달한 모에 문화의 예술이다. 이상하지 않아.

모에 그림은 디포르메 문화다. 현실적으로 그리면 안 된다고, 이 거북이 자식아!

아…… 그게 아니지.

보아하니 이 녀석은 게임 지식이 있나 보다.

"하지만 한 가지, 뚜렷하게 이상한 부분이 있었지……. 그게 바로 너다, 엘리제."

"내가…… 말인가요."

"그래. 너는 가짜 성녀지만…… 진짜를 넘어선 가짜야. 과거에 너 정도의 위업을 달성한 성녀도, 너 정도로 성녀의 이름에 어울린 자도 없었지. 우습군……. 가짜가 가장 진짜 같다니 말이야. 이렇게 실물을 봐도, 가짜 성녀라는 게 믿기지 않을 정도야. 하지만 어찌 된 영문인지, 그 게임의 『엘리제』는…… 너와 도무지 닮지 않은, 너무나도 추악한 여자로 묘사되더군."

프로페타가 말하는 게임 내용에, 나는 숨을 집어삼켰다.

나와는 전혀 다른, 너무나도 추악한 여자인 엘리제……. 그것은 바로, 진짜 엘리제다.

내면을 말하자면 나도 진짜 엘리제와 별반 차이가 없지만, 진짜 엘리제는 겉모습도 꾸미지 않았다.

보아하니 이 거북이도 나를 겉모습만 보고 성녀 같은 가짜 성녀라고 인식한 듯하니까, 역시 이 녀석이 말하는 『엘리제』란 내가 아는 원래의 엘리제가 맞겠지.

그러나 어째서 프로페타는 변화하기 전의 세계만을 관측했는지…… 이건 모르겠다.

별과 비슷한 걸까?

우리가 밤하늘에서 보는 별은, 실제로는 현재의 별이 아니라 과거의 별이라는 그거다.

예를 들어 태양의 빛은 8분이면 지구에 도달하니까, 우리가 보는 태양도 실제로는 8분 전의 태양인 셈이다.

별도 그것과 똑같다. 하나같이 현재의 모습이 아니다.

몇 년일지, 몇십 년일지, 어쩌면 몇백 년일지…… 아주 오래전에 낸 빛이 한참 지나서 지구에 도달하고, 우리는 별의 과거 모습을 본다.

그것과 마찬가지로 지구와 이 세계의 거리 같은 무언가가 먼 게 아닐까?

그래서 프로페타는 과거의 지구밖에 관측하지 못했고, 변화한 뒤의 시나리오를 모른다……는 건 어떨까? 이걸로 설명하는 건 조금 무리수인가?

응. 완전 무리수네.

애초에 과거를 운운하자면, 나 자신이 어떻게 보면 과거로 날아간 셈이다.

나는 『영원의 산화』를 끝까지 플레이했다.

만약 『영원의 산화』란 게임이 이 세계를 관측한 누군가가 쓴 거라면, 나는 본디 이야기가 다 끝난 미래에 있었을 것이다.

그런데 환생한 나는 엘리제의 인생을 살고 있다.

이건 과거로 돌아갔다고 해도 될 현상이다.

아까 별 이야기를 했는데, 옛날부터 SF 장르에서는 빛보다 빨리 이동하면 과거로 돌아갈 수 있다는 이야기가 있다.

설마 영혼이 광속보다 빠르게 날아가는 일은 없겠지만, 환생할 때의 나는 17년 정도 과거로 날아간 게 아닐까?

하지만 실제로 이쪽과 저쪽을 오가고 있지만, 시간차는 별로 발생하지 않은 느낌이었다.

저쪽의 후도 니토는 지구와 이쪽 사이에서 시간차가 있을 거라고 말했지만…… 적어도 확실하게 어긋난 시간은 환생 당시의 17년뿐으로, 그 이후로는 몇 번인가 왕복했는데도 큰 차이는 느끼지 않았다.

예를 들어 이쪽에서 일주일을 보내고 저쪽으로 가도 일주일이 지난…… 그런 느낌이려나.

저쪽의 며칠이 이쪽의 17년이 될 정도의 큰 차이가 있다고는 생각할 수 없다.

게다가 나는 환생하다가 남은 영혼을 회수하려고 저쪽으로 돌아간 거라고 하는데…… 그것도 왜, 최근까지 일어나지 않았지?

이건 이쪽에서 17년이 지나면서 간신히 내가 원래 시간축으로 돌아간 것 아닐까?

원래 시간축으로 돌아가서 나는 저쪽으로 갈 수 있게 되었고, 이쪽과 저쪽의 시간도 차이가 줄어들었다……는 건 어떨까?

뭐, 현재 상황에서는 억측에 불과하니까 또 저쪽에 갔을 때 확인해 볼까.

하지만 만약, 만에 하나라도 이 억측이 옳다면…… 세계를 걸쳐서 환생하면 10년 단위로 과거에 날아가는 게 된다.

다만 관측만으로 그친다면 너무 오래된 과거를 보는 것도 아니려나……?

적어도 프로페타는 『영원의 산화』가 출시된 뒤의 지구를 보고 있는 거니까.

『영원의 산화』는 4년 전에 나왔으니까, 적어도 그보다 나중에 지구를 관측한 셈이다.

관측하기만 하면 며칠 전이나 몇 년 전을 보지만, 환생하면 차원의 벽 같은 뭐시기가 거시기하고, 나아가 시간차가 발생하는 무언가…… 그게…… 즉………… 요컨대………… 안 되겠네. 모르겠다.

이젠 됐어. 고찰 끝.

원래부터 바보니까, 이것저것 생각하면 혼란스러울 뿐이다.

그런고로 나머지는 저쪽 세계의 나와 이쥬인 씨에게 떠넘기자.

# 제43화 뜻밖의 협력자

정답인지 아닌지 알 수 없는 고찰을 그만두고, 나는 다시 거북이와의 대화로 의식을 돌렸다.

예상이 다소 비껴가기는 했지만, 아무튼 알고 싶은 것을 알 수 있었다.

성녀의 탄생을 전하는 건 예언자로, 그게 가능한 이유는 세계의 대행자인 성녀와 세트를 이루는 대변자니까.

그리고 그 정체는 오래 사는 거북이.

결국 가장 궁금했던 '어째서 이쪽 세계에서 일어난 일이 저쪽 세계의 게임에 반영되는지'는 모르는 채로 끝났지만, 그쪽 조사는 저쪽 세계의 나와 이쥬인 씨에게 맡기자.

"내가 관측한 '이야기'와 현실 사이에서, 어째서 그토록 차이가 나는지 모르겠군. 그러니 너는 미래를 바꿀 수 있는 존재라고 생각한다. 내가 관측한 '이야기'에서는 진짜 성녀인 에테르나가 마녀가 되고, 토벌되는 것으로 끝났지. 그 밖에는 마녀와 같이 죽는 패턴도 있었군……."

거북이가 말하는 건 내가 이미 아는 내용이다.

이해할 수 없는 건, 이 녀석이 마치 그 미래를 바꾸고 싶은 것처럼 들린다는 점이다.

이 녀석에게 에테르나는 성녀지만, 생판 남이다.

그런데 그 미래를 바꾸고 싶다고 생각할 이유를 모르겠다.

나도 바뀌길 바라는 마음이지만, 그건 내가 개인적으로 감정이
입했기 때문이다.

하지만 이 거북이는…… 이렇게 말하고 싶진 않지만, 오히려 게
임대로 되는 게 더 좋지 않나?

마녀가 된 에테르나가 성녀가 아닌 자에게 죽으면 마녀의 힘이
갈 곳을 잃어서 마녀와 성녀의 연쇄가 끝난다.

즉, 세계 전체로 보면 그 결말은 별로 나쁘지 않다.

에테르나에게 감정이입한 플레이어가 보면 틀림없는 배드 엔딩
이지만 말이야.

"껄껄껄, 왜 내가 이 결말을 바꾸고 싶은지 모르겠다는 얼굴인
데? 딱히 바꾸고 싶은 건 아니야. 그저 다 아는 결말은 시시할 뿐
이다. 그런 점에서 너를 보면 지루하지 않을 것 같군. 앞으로 어떻
게 될지 나도 몰라."

거북이의 말에, 나는 어느 정도 납득했다.

그렇군. 이건 이해하기 쉽다. 요컨대 자기가 즐기고 싶으니까 미
래를 바꾸고 싶은 셈이다.

거북이는 입꼬리를 인간처럼 올리고, 씩 웃는 표정을 만들었다.

"그래서 제안하는 건데, 나를 데려가 주지 않겠어? 성녀보다 성
녀다운 가짜가 만드는 이야기가 흥미가 있는데. 너라면 천년 이어
진 이 세계의 순환을 바꿀 듯한 예감이 들어. 여기서도 볼 수 있지

만, 기왕이면 가까이서 즐기고 싶어."

"취향이 참 특이하군요. 하지만 내게는 당신을 데려갈 이유가 없어요."

뭔가 동행을 요청하는데, 이건 정중하게 거절하자.

왜 내가 거북이를 근처에 두어야 하는데.

예언자라고 해도 거북이는 거북이니까 솔직히 냄새나고, 애초에 나는 거북이를 별로 좋아하지 않으니까.

애초에 이렇게 커다란 거북이를 어디 두면 되냐고.

내 방이 있는 내빈실? 장난해?

그런고로 무리. 방해돼. 따라오지 마.

"그렇게 말하지 말고. 나는 도움이 될 거야. 예를 들면······ 그렇군. 예언자는 성녀와 다르게 후계자를 직접 지명할 수 있어. 그때 내 생명과 남은 수명 전부를 상대에게 주고 내가 죽지. 그러니까 쓸 마음은 전혀 없어."

"이만 가 볼게요."

"기, 기다려! 그러면 이건 어때? 앞으로 30초 뒤에 작은 지진이 일어나. 그리고 네 옆의 나뭇가지에 있는 다람쥐가 떨어져."

거북이는 그렇게 말하며 턱짓으로 나무 하나를 가리켰다.

정말로 그 가지 위에는 다람쥐가 있어서, 나무 열매를 오독오독 먹고 있다.

그걸 보고 있자 정확히 30초가 됐을 때 지면이 흔들려서 다람쥐가 떨어졌다.

딱히 다람쥐가 어떻게 되든 알 바가 아니지만, 아무튼 손바닥으로 받아서 도로 가지 위에 올려줬다.

아이누 사람이라면 치타탑으로 만들어 먹었겠지.

그건 그렇고, 이 거북이는 어떻게 지진이 있을 줄 알았을까?

사실은 이 녀석이 흙 속성 마법으로 흔든…… 건 아닐 것 같네. 그랬다면 내가 눈치챘다.

"예언자란 세계의 대변자이지, 미래를 예지하는 힘은 없다고 들었는데요……?"

"맞아. 나한테는 그런 능력이 없어. 하지만 천년이나 살고, 세계의 온갖 것을 봤으니까…… 어렴풋이 아는 거야. 현재의 온갖 요소를 바탕으로, 앞으로 일어날 일을 꽤 정확하게 예측할 수 있지. 마음만 먹으면 베르네르라고 하는 아이가 마리, 에테르나라는 아이와 사랑에 빠질 경우의, 있을지도 모르는 미래도 예측할 수 있어. 물론 고작해야 예측이고 예지가 아니니까 빗나갈 때도 있고, 자세한 부분이 달라질 때도 있지만 말이야."

그게 뭐야. 대수롭지 않은 것처럼 말하는데, 이 거북이는 진짜 위험한걸.

지금 일어나는 일을 전부 알면 미래도 알 수 있다니…… 그럴 리가 없잖아.

뭔가 옛날에 책에서 그런 걸 봤던가.

모든 사건이 원인과 결과의 인과율로 묶인다고 가정하면, 지금 일어난 일을 바탕으로 미래도 확정할 수 있다나 뭐라나. 인과적 결정론이라고 했던가?

하지만 그건 현대 과학에서 완전히 부정했을 텐데…….

뭐 본인(본거북?)도 빗나갈 때가 있다고 했으니까, 어디까지나 엄청나게 정밀한 예측에 불과하겠지.

"100% 적중한다고 하진 않겠지만, 나는 네 힘이 될 수 있어."

"본심은 뭐죠……?"

"까놓고 말해서 무슨 소리를 하는지 모르는 원숭이들에게 추앙받으면서 여기서 쓸쓸히 혼자 사는 게 힘들어. 데려가 줘. 너라면 어렵지 않은 일이잖아?

뭔가 대단한 척해서 본심을 물어봤더니 쉽게 자백했다.

응, 알았어.

이 녀석은 나한테 힘을 빌려줘도 이득이 없는걸.

이득이 없는데도 도움이 된다고 선전해서 동행하려는 걸 보면, 그만큼 지금 환경이 나쁘다는 뜻이다.

대화에 굶주렸다고도 했으니까.

이걸 생각하면 이 녀석의 생각이 '따라가도 된다'가 아니라 '오히려 여기 있기 싫어'인 것쯤은 금방 알 수 있다.

"알겠어요. 하지만 먼저 아이즈 국왕과 상의할 필요가 있겠네요. 그리고……."

"나도 알아. 네 정체를 섣불리 말하는 짓은 안 해."

당부하려고 했을 때, 그보다 먼저 대답했다.

그렇구나. 예측 능력……인가.

내가 다음에 할 말을 이미 간파한 거냐.

조금 껄끄럽지만, 써먹기에 따라서는 도움이 되겠지.

"그 밖에도 몇 가지……."

"미안하지만, 사는 데는 마법으로 학교 근처에 연못을 만들어 주면 좋겠어. 생도가 섣불리 들어오지 않게 출입금지로 해 주면 더 좋고. 식사는 송사리와 가재가 좋아. 그리고 채소도 원해. 귀뚜라미와 지렁이는 됐어. 그건 질렸으니까. 전투력에 관해선 일단 어지간한 마물 정도는 물어서 죽일 수 있는 치악력과 어지간한 공격은 안 통하는 등딱지의 방어력. 그리고 물 마법을 쓸 수 있는데, 너에 비하면 대단하지 않아. 기대하지는 마."

"그래요……."

거참, 정말 껄끄럽네.

물어보려고 했던 주거 문제와 먹이 문제, 전투력 확인을 전부 먼저 대답해 버렸다.

왠지 분하니까 조금은 반격해 볼까.

" '내가 뭘 생각하는지 맞혀 봐.' 라고 말하려고 하는 거지? 그리고 지금, 너는 이 자리와 전혀 관계없는 걸 생각하고 있어. 아쉽게도 그 내용은 모르겠지만…… 어때?"

"대단하네요……."

제길. 이것도 선수를 쳤네.

이 녀석이 말했다시피, 나는 지금 막 그걸 말하려고 했다.

참고로 생각한 건 옛날에 한 게임의 적 캐릭터의, 쓸데없이 길고 폼나는 영창이다.

마음에 안 드는 거북이다.

마음에 안 들지만…… 사실 이 거북이 덕분에 한 가지 알아낸 게 있다.

내가 진심으로 배리어를 치면 세계조차 그 내부를 확인할 수 없다는 사실이다.

이 녀석은 나를 보고 '성녀에 어울린다'고 했다.

하지만 잊어선 안 된다. 나는 예전에 배리어 안에서 일어났을 때 '우뚝 선 쓰레기 산, 가짜 성녀'라고 자기소개한 적이 있다.

이걸 알면 진즉에 내 본성을 눈치챘을 것이다.

하지만 이 거북이는 그걸 눈치챈 기색이 없다.

즉, 내 배리어는 세계도 속일 수 있는 셈이다.

이 정보가 무슨 도움이 될지는 모르겠지만…… 뭐가 도움이 될지는 나중에야 아는 법이다.

기억해 두어서 손해 볼 일은 없겠지.

아무튼 먼저 아저씨를 여기 부를까.

일단 예언자를 데려가는 거니까, 잘 상의해야지.

아이즈 아저씨에게 설명하고 나서, 나는 마법으로 거북이와 아저씨를 데리고 마법학교로 귀환했다.

예전에 빌베리 왕도에 날아갔을 때와 똑같은 마법이다.

그러고 나서 폭스 교장에게 말하고, 학교 근처에 연못을 파기로 했다.

"그나저나 놀랍군요……. 예언자님의 모습도 그렇지만, 설마 예언자님이 사는 곳을 떠날 줄이야."

폭스 교장이 거북이를 보면서 말했다.

당연히 놀라겠지.

등딱지 크기만 5미터이고, 몸높이도 인간보다 훨씬 크다. 2미터는 확실하게 넘어간다.

이건 완전히 괴수네.

언젠가 다리를 집어넣고 하늘을 날 것 같다.

"껄껄껄. 당대의 성녀는 지금껏 없었던 타입이니까. 더 가까이에서 보고 싶어진 거야."

"그렇군요……. 엘리제 님은 예언자님이 봐도 특별한 겁니까."

"그래, 특별하지. 과거에는 한 번도 이런 패턴이 없었어. 아니, 정확하게는 있었지만, 이 정도로 완벽하게 성녀를 관철한 적은 없었지."

아이즈 아저씨와 거북이가 이야기하고 있지만, 나는 벌써 이 녀석을 데려온 게 실수가 아니었나 후회하기 시작했다.

야, 거북이. 진짜 쓸데없는 소리는 하지 마.

최종적으로 가짜 성녀인 걸 들키고 추방당하는 건 문제없지만, 지금 당하면 최악이다.

아무튼 더 쓸데없는 소리를 하기 전에 후다닥 연못을 파자.

우선 흙 마법으로 지면을 파헤치고, 반경 25미터 정도의 구덩이로 만들었다.

깊이는 20~30미터면 되겠지. 아마도.

그리고…… 물에서 사는 거북이는 육지에서 몸을 감출 은신처가 필요하던가?

그렇다면 흙을 써서 육지로 통하는 슬로프를 만들고, 바닥에 옆으로 구멍을 뚫어서 숨을 곳을 만들어 둘까.

다음으로 바닥에 자갈과 돌을 깔고, 물 마법을 뿅 하고 써서 연못으로 바꾼다.

엉성하지만, 이거면 되겠지. 아마도.

"이런 느낌이면 어떨까요?"

"그, 그래…… 충분해. 다음은 내가 입맛에 맞게 고치지……. 그나저나 알고는 있었지만, 가까이서 보면 굉장한걸. 아무렇지도 않게 했는데, 이만한 일이 가능한 성녀는 옛날에도 없었어."

거북이가 놀라는 모습에 나는 겉으로 태연한 척했지만, 속으로는 깔깔 웃고 싶은 기분이었다.

아까는 자꾸만 선수를 쳐서 내가 일방적으로 놀랐으니까, 이제야 속이 시원해졌다.

아이참, 잘 아시네요?

그 뭐냐, 난 진짜 천재니까요.

이 정도는 힘들이지 않고 간단하게 척척 할 수 있다고요.

뭐, 사실은 간단하지 않지만.

구멍을 뚫는 건 그렇다 쳐도, 이만한 물을 만드는 건 사실 조금 지친다.

MP로 표현하면 이 작업만으로 5000 정도는 소모했으려나.

마녀라면 주위의 마력을 흡수하면서 애쓰면 수십 분 정도로 될까 말까 한 작업이다.

어차피 이 거북이는 내가 얼마나 소모했는지 알겠지만.

제길. 왠지 분해. 속 터져. 진 것 같아.

이참에 진지하고 성실하게 훈련해서 깜짝 놀라게 해 줄까 보다,
젠장…….

# 제44화 성녀 탄생제

거북이가 마법학교에 온 지 일주일이 지났다.

몸이 으스스한 추위에 숨을 내쉬고, 창밖을 본다.

창밖으로 보이는 건 온통 하얀 세상. 계절은 완전히 겨울이 되어서, 하얀 눈이 하늘에서 펄펄 내려서 지면에 쌓이고, 하얀 설원을 만든다.

날씨가 추우면 거북이는 겨울잠에 든다고 하니까, 하는 수 없이 연못 주위에 냉기를 차단하는 배리어를 쳐 주었다.

배리어 만능설, 있을 것 같습니다.

냉기 말고는 전부 통과시키게 적당히 만든 배리어니까 가성비도 좋고, 유지 시간은 대체로 하루.

매일 다시 쳐야 하는 건 조금 귀찮다.

겨울은 이 세계에서 별로 반가워하지 않는 계절이다.

난방을 완비한 현대 사회와는 다르게 이 세계의 문명 수준에서는 겨울 추위가 진짜로 생명에 직결되니까.

작물을 수확할 수 없으니까 잘 비축하지 않으면 겨울을 넘기지 못하고 굶어 죽는다.

사람들은 겨우내 집 안에서 난로 앞에 모여 이야기하거나, 수공

예를 하면서 버틸 수밖에 없다.

그러나 그토록 힘든 겨울인데도, 어찌 된 영문인지 밖은 축제 분위기로 떠들썩하다.

아이들이 밖에서 눈덩이를 뭉쳐 던지고, 어른들은 꼬치에 꿴 감자를 손에 들고서 어깨동무하고 있다.

"엘리제 님, 슬슬 퍼레이드 시간입니다."

레일라의 말을 듣고, 나는 다시 창밖을 봤다.

현재 내가 있는 곳은 마법학교가 아니라 빌베리 왕도의 시내다.

아니, 성안이다.

학교와 왕도의 거리는 대충 10킬로미터 정도로, 덜컹거리는 마차로 한 시간이면 도착한다.

그나저나 왜 그런 데 학교를 지은 걸까. 그냥 왕도면 되잖아.

중세 판타지 게임에서 가끔 보는 광경인데, 시내에서 떨어진 필드 구석에 학교만 덜렁 있는 건 진짜로 영문을 모르겠어.

이걸 현대식으로 말하면 도심에 학교를 지으면 될 것을 어째서인지 산꼭대기에 짓는 거나 다름없다고.

그렇다고는 해도, 지구에서도 제법 이상한 데 학교가 있는 사례는 드물지 않다.

옛날에 다큐멘터리 방송인가 뭔가에서 봤는데, 외국에서는 통학을 위해 높은 곳에서 난간도 없는 나무판자 위를 걷거나, 부서진 다리에 매달려 등교하거나, 강을 걸어서 건너거나, 절벽 가장자리를 몇 시간에 걸쳐서 걷는 등…… 목숨을 걸고 학교에 다니는 아이들도 있다고 한다.

그것과 비교하면…… 응, 마법학교는 그나마 양심적인 곳에 세웠다고 할 수도 있다.

뭐, 굳이 이유를 생각하자면…… 훈련용으로 교내에서 마물을 키우거나 해서 그럴까.

도망치지 않게 단단히 가뒀다고는 해도 무조건 탈주하지 않는다고 단언할 수는 없고, 시내에 사는 사람들도 왕도에 마물을 들이고 싶지 않겠지.

그리고 마녀의 수하가 노릴 가능성도 있으니까…….

기사는 마녀에게 있어서 성가신 존재로, 당연히 공격받을 가능성이 있다.

그런 시설을 왕도 안에 두기 싫다고 생각하는 걸지도 모른다.

게다가 나로서도 학교가 고립된 것이 오히려 낫다.

만약 왕도에 있었다면 그만큼 마녀가 도망치기 쉬워지니까 말이야…….

고립된 위치니까 마녀의 행동 공간을 학교 지하로 제한할 수 있는 것이다.

그렇게 탈선했다.

좌우지간 나는 현재 이상한 곳에 세워진 학교를 떠나 빌베리 왕도 시내에 와 있었다.

그 이유는 오늘 열리는 행사에 귀빈으로 출석하기 때문에.

행사의 이름은 '성녀 탄생제'라고 해서…… 뭐, 내 생일이다. 일단은.

원래 성녀의 생일은 마녀가 출현한 날이기도 하니까 기념할 날이 아니지만, 어째서인지 나만 특별히 기념일로 대우받고 있다.

아니, 됐어. 딱히 축하하지 않아도……. 애초에 난 가짜인걸?

너희는 지금 가짜의 생일을 축하하는 거야. 그래도 돼?

나보다 초대 성녀 알프레아의 생일을 기념하라고.

뭐, 알프레아는 초대 성녀이기도 하고, 그 시대에는 아직 성녀를 보호하는 움직임이 없었으니까 아무도 생일을 모르겠지만.

레일라에게 안내받으며 성을 나선 뒤, 준비된 가마를 보고 질색했다.

그 가마에는 호화로운 의자가 달렸는데, 나는 지금부터 기사들이 짊어지는 이 촌스러운 가마에 앉아 시내를 돌아야 한다.

이게 뭐야, 벌칙 게임?

창피하니까, 아직 안 탔어도 먼저 내려도 될까?

"자, 타시죠. 성녀님의 모습을 한번 보려고 다들 모였습니다."

한 기사가 그렇게 말하면서 내게 의자를 권한다.

아니, 모이지 않아도 되거든…… 진짜로…….

나는 왜 자기 생일에 이런 수치 플레이를 경험해야 해?

사실은 사람들이 나를 미워하는 거 아니야?

더군다나 이걸 매년 해야 한다고. 어떤 바보가 이런 이벤트를 고안한 거야.

포기하고 의자에 앉아 기사들이 가마를 들어서 시내를 걷기 시작한다.

길에는 사람들이 많이 있고, 여전히 감자를 손에 들고서 소란을 떨고 있었다.

그나저나 가마를 멘 기사 중 하나가 변태안경남으로 보이는 데…… 아니, 설마. 비슷하게 생긴 다른 사람이겠지.

아무리 변태안경남이라도 설마 기사를 습격해서 바꿔치기하는 멍청한 짓은 안 하겠지.

안 하겠지……?

변태안경남을 똑 닮은 기사는 일단 무시하고, 왜 사람들이 감자를 들고 있냐면…… 내 탓이다.

이 세계는 겨울에 작물을 거두지 못하고, 비축이 부족해서 농민이 픽픽 죽어 나갔거든.

아무래도 그건 좀 아니어서 겨울을 넘기는 비축용으로 뭔가 좋은 게 없을까 생각했더니, 놀랍게도 평범하게 감자가 있었다.

단, 귀족만 소유하는 귀한 관엽식물로.

아니, 먹으라고…… 평범하게 있잖아……. 겨울을 넘길 식량이…….

그렇게 생각한 나는 조금 남쪽으로 날아가 감자를 찾아서 가져와 땅을 빌려서 흙 마법과 물 마법으로 이래저래 손을 써 감자를 늘리고, 싹을 제거하고 익히면 먹을 수 있다는 것을 가르쳐 주었다.

그랬더니 감자가 순식간에 여기저기로 퍼지고, 지금에 와서는 어디서든 볼 수 있게 되었다.

이로써 굶어 죽는 사람도 확 줄어들었는데…… 그러는 바람에 내 생일은 어쩌다 보니 감자에 고마워하는 축제라는 측면도 띠게 되었다.

결과적으로 사람들은 내 생일이 되면 감자에 감사하며 1년의 끝을 기념하게 되었고, 그리하여 영문도 모를 혼돈의 행사가 완성되고 말았다.

이게 대체 뭐야. 독일 작센의 감자 축제에 크리스마스와 설날과 송년회를 뒤섞은 혼돈의 축제 같잖아.

더군다나 눈으로 뭔가 이것저것 만들기도 하니까, 눈 축제도 섞였다.

이건 무조건 후세에 놀림감이 되는 그거잖아.

"성녀님, 우리에게 축복을!"

뭔가 사람들이 제멋대로 말하고 있다.

알았어. 호잇…….

적당히 회복 마법을 뿌려서 다치거나 병든 사람들을 치료해 주었다.

여기 사람들은 바보라서 이런 걸로도 고마워한다.

"오오…… 다시는 빛을 보지 못할 줄 알았던 눈이……!"

"아아! 걷질 못했던 우리 아이가 자기 다리로 섰어!"

"더는 나지 않을 줄 알았던 내 머리가 풍성해지다니……!"

"신성해!"

왠지 모르게 기뻐하니까, 이러면 되겠지.

아…… 귀찮아.

퍼레이드 빨리 안 끝나나…….

◇

겨우 해방되었다.

아, 힘들어라. 진짜 죽겠네.

계속 흔들리는 가마 위에서 앉으면 그냥 움직이는 것보다 훨씬 피곤해.

사람들이 많이 보니까 함부로 움직일 수도 없고, 얼굴에는 미소를 고정해야 해.

드레스 안쪽에서 등이 가려워도 얼굴에 미소를 유지한 채로 참아야 한다고. 무슨 고행이냐.

그렇듯 고문 같은 행사가 겨우 끝나고, 나는 바람을 쐬고자 시내로 나섰다.

일단 변장용으로 가리개(윔플)를 써서 눈 근처까지 싹 가렸으니까 문제없겠지.

언제나 그렇듯 호위로 레일라가 따라오지만, 이건 어쩔 수 없다.

참고로 퍼레이드가 끝난 뒤에 원래 가마를 멜 예정이었던 기사가 갑옷을 빼앗긴 상태로 창고에 갇힌 것이 밝혀져, 범인으로 추정되는 안경 변태가 쫓기고 있었다.

시내는 여기저기 온통 활기가 넘치고, 눈덩이를 던지고 있다.

길가에서는 모두가 불을 피우고 감자를 구워 버터를 발라 먹고 있었다.

버터감자는 전파한 적이 없을 텐데, 자기들이 알아서 도달한 것일까?

이세계 사람들…… 의외로 얕볼 수 없을지도 모르겠어.

여담이지만, 빌베리 왕국에서는 버터와 치즈가 서민들 사이에도 평범하게 보급되고 있다.

소는 가축으로서 여기저기서 사육하고 있는데, 그 이유는 우유가 아니라 버터나 치즈를 만들기 위해서라고 한다.

우유를 마신다는 발상은 거의 없다고 한다.

그래서 내가 과자를 만들 때 우유를 가져오라고 레일라에게 말했을 때는 신기해하는 표정을 지었다.

참고로 버터와 치즈는 화폐 유통량이 부족한 이 나라에서 세금 대신이 되는 일도 있다나 보다.

치즈가 세금이라니, 참신한걸.

요새는 감자도 세금으로 받는다는 이야기를 레일라에게 들었는데…… 그거 혹시 웃기라고 하는 소리야?

그러면 뭐야? 쟤네는 지금 세금을 먹는 거야? 굉장한걸.

그나저나 뭐라고 할까…… 축제치고는 뭔가 허전한걸.

구체적으로는 노점이 없다.

얼마 전까지 전체적으로 식량난이었던 세계에 그걸 말하는 건 이상할지도 모르지만, 역시 축제라고 하면 쭉 늘어선 노점이지.

유일하게 비슷한 건 교회 정도로, 요전번에 내가 알려준 베지브로스를 사람들에게 대접하고 있었다.

"아, 엘리제 님. 게다가 레일라 씨도."

시내를 걷다 보니 베르네르와 유쾌한 동료들과 마주쳤다.

보아하니 얘들도 이 축제를 즐기러 온 듯하다.

뭐라고 할까, 너희도 참 사이좋구나.

그렇게 끼리끼리 다닐 멤버가 있다면 잘된 일이다.

변태안경남이 끼지 않은 것도 참으로 좋다.

이러니저러니 해도 베르네르는 역시 주인공인 거겠지.

처음에는 외톨이 루트를 향해 폭주했는데, 어느새 멀쩡하게 친구가 생겼다.

그런데 나는…… 친구가, 이쪽 세계에는 없단 말이지…….

외톨이잖아, 나.

아니지. 잠깐만. 일단 베르네르는 친구 카테고리에 넣어도 될 거야. 응.

"당신들도 눈덩이 던지기에 참가하나요?"

생각하면 뭔가 점점 비참해지니까, 적당히 화제를 꺼내자.

더 말할 것도 없겠지만, 눈덩이 던지기란 여기저기서 벌어지고 있는, 눈덩이를 뭉쳐서 서로 던지는 놀이다.

뭐, 눈싸움이네.

딱히 이기고 지고 하는 건 없이, 모두가 멍청하게 눈덩이를 던져대고 있지만, 저런 야단법석 분위기는 싫지 않다.

다만 내가 참가하면 모두가 눈치를 봐서 분위기가 싸해지니까 구경만 할 수 있다.

"아, 네. 저는…….''

"참가는 우리만 할 거예요. 그렇지, 얘들아?"

베르네르가 뭔가 말하려고 하지만, 피오라가 가로막았다.

이어서 다른 멤버에게 눈짓으로 신호하고, 엑스트라A, 마리와 아이나도 고개를 끄덕인다.

아, 이건 나를 따돌리는 패턴이네.

에테르나 일행의 마음속 소리가 들린 것 같다.

그 마음의 소리는 이렇다.

피오라『쟤를 넣으면 재미없어져. 이럴 때는 말을 맞춰서 따돌리자!』

에테르나『그래. 그게 좋겠어.』

엑스트라A『이의 없음!』

마리『찬성』

아이나『나이스 아이디어!』

아마도 이렇겠지. 음. 좋은 추리야.

그런데 너희 말이야. 베르네르만 두고 가면 어쩌라고.

나를 따돌리는 건 좋다고 쳐도, 그걸 베르네르한테만 떠넘겨? 너희는 악마냐?

에테르나만 유일하게 못마땅한 표정을 지었다. 역시 성녀야.

하지만 에테르나도 다수파는 이길 수 없는 모양인지, 마지못해 납득했다.

그리하여 에테르나 일행은 베르네르를 남기고 떠났고, 그 뒤로는 나와 베르네르…… 어째서인지 무척 험악한 얼굴을 한 레일라만이 남았다.

레일라, 얼굴이 왜 그래? 사실은 추운데 참는 거야?

"아, 아하하…… 정말 난처하네요. 쟤들도 참. 괜히 신경을 써 가지고……."

베르네르는 허탈하게 웃고 있지만, 너 혼자 버리고 간 것이 과연 신경을 써준 걸까?

아니지, 잠깐만……. 일단 이 세계는 게임에서 '엘리제 루트'였을 거다.

현시점에서도 나는 그럴 마음이 전혀 없지만(역시 아무리 생각해도 나한테 그런 취미는 없다), 베르네르가 나를 공략하려고 한다……고 가정하면, 에테르나 일행이 신경을 써서 베르네르를 단둘이 있게 하려고 한 건가?

아니지. 레일라가 그냥 남았으니까.

만약 내 가정이 옳다면, 이 자리에 그냥 남은 레일라는 눈치가 없는 녀석이 된다.

아무리 그래도 우리 빡콧이 그렇게 눈치가 없을 리가 없다.

훗. 그냥 내가 너무 의식한 거네.

남자가 나한테 반했을지도 모른다고 잠시 생각한 내가 소름 끼쳐.

뭐, 버림받은 건 어쩔 수 없다.

이렇게 되면 우리끼리 잘 놀아 보자.

"잘 모르겠지만…… 베르네르도 같이 갈래요? 그냥 축제를 구경하고 다니는 거지만요."

"앗, 넵! 부디 꼭!"

따돌림당한 사람끼리 사이좋게 지내자고, 베르.

베르네르에게 권하자 착한 녀석이어서 흔쾌히 승낙했다.

그러니까 빡콧도 자꾸 귀신 같은 얼굴을 하지 마. 더 느긋하게 가자고.

그리하여 베르네르를 데리고 축제 구경을 다니게 되었는데……
응, 진짜 달라지는 게 없네!

어딜 가도 눈덩이를 던지거나, 감자를 먹거나 하기 때문이다.

일단 눈사람이 되다 만 듯한 것이 여기저기 있지만, 하나같이 조형이 별로다.

지구에는 '너 말이야. 그걸 정말로 눈으로 만든 거야?' 라고 말해지고 싶어질 정도로 엄청난 작품도 있지만, 그런 건 눈에 띄지 않는다.

이 세계에서는 최근까지 눈을 가지고 놀 여유가 없었을 거니까 말이야.

그래서 그런 오락 방면이 전혀 발전하지 않은 거겠지. 다음을 기대하자.

그러나 그중에서도 딱 한 곳, 사람들이 제법 몰린 곳이 있었다.

보니까 눈으로 만든 무언가 거대한 얼음상 같은 것이 서 있었다.

오호, 제법이잖아. 어디든 천재는 있는 법이네.

──나였다.

가까이서 보자 그 얼음상은 어딜 봐도 거대한 나였다.

야, 누구야. 저렇게 이상한 걸 만든 바보는.

"아아, 틀렸다……. 아무리 애써도 내 성녀의 아름다움을 재현할 수 없어! 이런 게 아니야! 죄송합니다, 나의 성녀여!"

네, 바보 발견.

내 발치에서 어째서인지 나를 만든 얼음상에 절하며 사죄하는 사람은 변태안경남이었다.

넌 아직 체포되지 않았냐.

기사단, 똑바로 일해.

"오호…… 이건 참으로……."

"녹는 게 아쉽군……. 어떻게든 보존할 수 없나."

그렇게 생각했더니 기사단도 함께 얼음상을 구경하고 있었다. 이것들이 진짜.

이 세계는 이런 녀석들밖에 없어?

그나저나 저 얼음상, 부숴도 될까? 아무리 그래도 내 모습이 큼직하게 드러나는 건 조금…….

"잘 만들었군……. 서플리 선생은 저런 것도 할 줄 알았나."

"굉장하네요. 하지만 진짜 엘리제 님이 훨씬 더 예뻐요."

레일라가 감상을 말하자 베르네르가 숨 쉬듯 자연스럽게 뭔가 닭살 돋는 소리를 했다.

이런 식으로 아무렇지도 않게 기습적으로 말하는 게 미소녀 게임 주인공의 소질이겠지.

베르네르도 말하고 나서 본인의 닭살 발언을 깨달았는지 '아차' 하는 표정을 지었다.

히로인이라면 이럴 때 '그렇게 기습하듯이 말하는 건 반칙이야.'라고 말해서 얼굴을 붉히겠지만…… 나한테 그런 반응을 요구해도 곤란하다.

"고마워, 베르네르. 빈말이라도 기뻐요."

그러므로 지금은 무난한 대답으로 흘려넘겼다.

베르네르는 "빈말이 아닌데……."라고 웅얼웅얼 말하고 있지만, 그건 못 들은 척했다.

됐으니까 너는 얼른 루트를 갈아타고 에테르나한테 대시하고 와. 알았지?

"아, 맞다. 엘리제 님의 생일이라고 해서 이걸 급하게 만들었는데요."

그렇게 말하며 베르네르는 품에서 목걸이 같은 물건을 꺼냈다.

녹색으로 빛나는 에메랄드 같은 돌에 줄만 넣은 간소한 것인데, 자세히 보면 돌을 깎은 모양새도 초보 티가 난다.

다른 사람 생일에 직접 만든 선물을 주다니, 네가 계집애냐.

그나저나 용케 그런 돌을 샀네.

"이건…… 직접 만든 건가요?"

"네, 일단은……. 사실은 더 잘 만들고 싶었지만요."

『영원의 산화』에서는 자유시간에 아르바이트를 해서 돈을 벌 수 있다.

아르바이트 내용은 학교 주변의 잡초 제거나 화물 운반, 들개나 곰을 쫓아내는 것 등이다.

미니 게임 형식이며, 잘할수록 보수가 늘어난다.

그렇게 번 돈으로 히로인에게 선물을 사도 되고, 장비를 맞춰도 된다.

또한 이 아르바이트는 자주 단련 정도는 아니어도 능력치가 올라가는데, 특히 미니 게임을 실수하지 않고 깼을 때의 성장은 자주 단련과 비교해도 뒤지지 않는다.

뭐, 일해서 손해 볼 일은 없다.

베르네르도 아마 훈련 대용으로 아르바이트를 해서 조금씩 모은 거겠지.

음…… 이건 무진장 거절하기 어려운 거잖아.

학생이 없는 돈으로 비싼 돌을 사고, 더군다나 그걸 열심히 직접 목걸이로 만들었는데, 거절하면 내가 눈치 없는 놈이잖아.

뭐…… 그래. 기쁘지 않은 건 아니다.

친구에게 생일 선물을 받은 건, 돌이켜 보면 전생의 초등학교 저학년 이후로 처음인가.

엘리제가 되고 나서는 공물을 수북하게 받았지만, 이런 건 진짜 오랜만이다.

모처럼 준다고 하니까, 이럴 때는 순순히 받아둘까.

"고마워, 베르네르. 소중히 간직할게요."

그냥 뭐…… 기분이 나쁘진 않아.

# 제45화 돌입 전 준비

연애 루트라도 열릴 줄 알았어?

없어! 나한테 그런 걸 기대하지 마!

그런고로 무사히 탄생제가 끝나고 마법학교로 돌아온 엘리제입니다.

베르네르가 낀 축제 견학은 생일 선물을 받은 것 빼고는 진짜 견학만으로 끝났다.

시내를 조금 보고 옛날에는 이랬다거나, 여기는 변했다거나, 그런 이야기만 했다.

애초에 음식점도 없는 나라여서, 주변을 돌아다니며 눈싸움을 구경하는 것밖에 할 일이 없다.

왜 음식점이 없냐면…… 그야 지금은 나아졌다고는 하지만, 얼마 전만 해도 여기저기서 굶어 죽는 사람이 속출해서 길바닥에 시체가 굴러다니던 나라라고.

특히 겨울은 끔찍했다. 아이가 다섯 있으면 그중 두 명이 겨울을 못 넘기고 죽는 수준이었다.

부모가 입을 줄이려고 자기 자식을 팔거나 버리는 건 당연지사.

그렇듯 식량〉넘을 수 없는 벽〉돈이라는 세기말 세계관에서 음식점을 차리는 녀석은 없다.

그럴 식량이 있으면 전부 자기 가족을 위해 비축하겠지.

일단 지금은 여기저기서 감자를 재배하는 덕분에 사망자는 격감했지만, 음식점을 할 여유는 어디에도 없으리라.

모두가 겨울을 어떻게 넘길지로 빠듯한 것이다.

자, 동계휴가도 끝나서 3장이 시작되고, 마침내 구속 중이던 변태안경남도 탈옥해서 복귀했다. 평생 감옥에 있으면 좋을 텐데.

게임에서는 이 3장이 클라이맥스다.

우선 첫 이벤트로는 예전에서 말한 전학년 투기대회가 열린다.

이 투기대회는 게임에서 꽤 중요하다.

원래 이 시점에서는 엘리제가 심판받아 퇴장한 상태고, 에테르나는 성녀가 된 상태다.

하지만 에테르나를 지키는 근위기사가 이때 인력 부족 상태에 처한다.

왜냐하면 엘리제 시절의 근위기사는 엘리제가 자기 말을 잘 듣는 사람만 주변에 두고 폭스 자작처럼 충언하는 근위기사를 쫓아내는 바람에 집안과 얼굴만 좋은, 검술 실력은 미묘한 쓰레기 기사로 가득하기 때문이다.

(일단 말해 두겠지만, 내 근위기사는 그냥 실력으로 뽑아서 구성이 전혀 다르다.)

물론 에테르나는 그런 녀석들을 신용하지 않아서, 레일라를 뺀모두를 평기사로 강등시켰다. 그래서 근위기사가 레일라 혼자만남는 이례적인 사태가 벌어지고 말았다.

엘리제를 몰아냈다고는 해도 그 입김이 닿은 정규 기사를 전혀 신용할 수 없었던 에테르나는 이 투기대회에서 4강까지 남은 생도 네 명을 근위기사로 임명하겠다고 명언했다.

참고로 베르네르는 강제로 4강에 진출하지만(떨어지면 그냥 게임 오버), 이때 순위로 에테르나의 호감도가 달라지는 데다가 1등이 되면 레일라를 제치고 수석 근위기사가 될 수 있어서 에테르나 루트를 진행하려면 1등을 차지하고 싶은 이벤트다.

하지만 그건 어디까지나 게임 속 이야기.

이 세계에서는 근위기사가 멀쩡하게 다 있으니까 인원이 부족하지 않다.

그러므로 이 투기대회에서 승리해도 딱히 근위기사 내정을 받는 건 아니다.

뭐, 장래의 평가에는 영향을 주겠지만.

그래도 텔레포트 봉쇄 작전에는 강한 생도가 필요하다. 그러므로 인재를 발굴하는 데 있어서 중요한 이벤트이다.

하지만 잘 생각해 보면 그 텔레포트 봉쇄 작전을 재검토할 필요가 있을지도 모른다.

이 작전은 '마녀가 텔레포트를 하면 어디 있는지 모르기' 때문에 필요한 것이다.

그러나 지금, 우리에게는 세계의 온갖 사건을 실시간으로 관측할 수 있는 사기급 거북이가 있다.

그렇다면 배드 엔딩의 조건인 에테르나의 마을만 엄중히 지키고, 일부러 마녀가 텔레포트를 쓰게 해서 약체화한 다음, 거북이에게 장소를 찾아내게 해서 몰아넣어도 문제가 없다고 생각한 것이다.

그런고로 나는 확인차 학교 뒤에 만든 연못을 방문했다.

"음. 할 수 있어. 나라면 마녀가 어딜 가든 위치를 알 수 있지."

거북이의 말을 듣고, 나는 속으로 쾌재를 불렀다.

좋았어. 이걸로 가장 큰 문제점이 사라졌다.

마녀가 어딜 가든지 알아낼 수 있다면, 무리해서 마력 흡수 작전을 실행할 필요가 없다.

베르네르 일행에게 위험을 감수하게 할 필요도 없이, 나 혼자서 끝낼 수 있다.

어디로 도망치든 위치를 알 수 있다면 내 마음대로 할 수 있다.

텔레포트만큼 빠르진 않지만, 나한테도 『Festina lente. [천천히 서둘러라.]』가 있다.

나라면 세계 반대편으로 도망치더라도 따라잡아서 때려잡을 수 있다.

더군다나 마녀는 텔레포트를 쓰면 약해지므로, 난이도는 원래보다 대폭 떨어져 더더욱 좋다.

하지만 내 기쁨에 찬물을 끼얹듯이 거북이가 말했다.

"하지만 예외가 있어. 나도 관측할 수 없는 게 있다고. 그게 네 '배리어' 야. 네가 취침할 때 방에 전개하는 배리어…… 나는 그 안을 볼 수 없어."

거북이도 관측할 수 없는 예외가 있다……는 사실은 이미 내가 예측했다.

역시 이 녀석은 내가 전개한 배리어를 투시할 수 없는 듯하다.

오히려 그건 내게 반가운 정보다. 사생활을 지킬 수 있다.

그러나 근처에서 이야기를 듣던 레일라는 그렇게 생각하지 않았는지, 어째서인지 불쾌한 표정을 지었다.

"예언자님…… 그 말인즉슨, 엘리제 님의 방을 몰래 엿보려고 했다……는 뜻입니까? 만약 그렇다면 아무리 예언자님이라고 해도……."

"자, 잠깐, 침착해! 나는 거북이라고. 게다가 암컷이야! 인간 암컷에게 욕정을 느낄 리가 없잖아?! 저, 저기, 엘리제! 이 인간을 말려줘!"

거북이가 허둥지둥 레일라에게 변명하기 시작했다.

미래를 예측할 수 있는데 이토록 초조해하다니…… 빡콧, 혹시 진짜로 거북이를 때리려는 거야?

빡콧, 스테이. 이럴 때 거북이를 괴롭혀서 비협조적이 되면 귀찮으니까 그만해.

내가 손으로 제지하자 빡콧은 거북이를 째려보면서도 주먹을 거뒀다.

그런데…… 이 거북이, 암컷이냐. 여태껏 숫놈인 줄 알았어.

"휴…… 참 성급한 계집이야. 좌우지간 나도 전부 볼 수 있는 건 아니야. 마녀가 너와 똑같은 배리어로 숨을 가능성이 아예 없지는 않아. 그러니까 일부러 마녀가 텔레포트를 쓰게 해서 추적하자……는 작전은 별로 추천하지 않겠어. 내 예측으로, 만약 텔레포트를 하면 마녀는 그 뒤로 너한테 들키는 걸 무서워해서 몸을 숨기는 마법을 쓸 거야. 발견하기 어려워지겠지."

"텔레포트 하는 곳을 예측할 수는 없나요?"

"불가능하진 않지만, 후보가 너무 많아서 확실하지 않아. 별로 좋은 도박이 아니야."

모처럼 좋은 방법이라고 생각했는데, 퇴짜를 맞고 말았다.

제길…… 알렉시아의 소심함이 슬슬 짜증 나는걸.

금방 도망치는 보스가 이토록 성가실 줄이야…….

보스라면 보스답게 옥좌에 앉아서 당당히 맞이하라고.

언제든지 야반도주할 준비를 마친 보스는 꼴사나워, 알렉시아.

"결국 작전을 바꿀 수는 없다…… 이건가요."

"그래. 장소를 아는 지금, 이 학교에서 끝내는 게 제일 좋아. 텔레포트를 봉쇄하는 쪽으로 고려해야 해. 내 존재는 어디까지나 도망쳤을 때의 보험으로 생각해 둬."

결국 작전 변경은 없나.

뭐든지 입맛대로 돌아가는 건 아니라는 뜻이겠지만, 참으로 답답하다.

이렇게 여러모로 할 수 있게 되었는데, 나로선 베르네르 일행에게 전부 맡길 수밖에 없다는 사실이 한심하다…….

하다못해 모두의 장비라도 준비해 줄까…….

투기대회는 특별한 일 없이 베르네르 일행이 상위를 독점했다.

1등이 베르네르, 2등이 아이나. 3등이 마리, 4등이 에테르나.

엑스트라A와 피오라도 8강에 이름이 올랐다.

지난번과는 순위가 조금 다르지만, 이건 대진표 뽑기 운이겠지.

엑스트라A는 준준결승에서 마리와 맞닥뜨렸고, 마리는 준결승에서 베르네르와 맞닥뜨려 성적이 떨어졌다.

한편, 에테르나는 어느새 마법 실력이 많이 성장한 듯, 준결승에서 아쉽게 아이나에게 졌지만, 매우 선전했다.

설명이 너무 간결한 것 같기도 하지만, 특별히 해설할 일은 떠오르지 않는다.

뭐라고 할까, 베르네르 일행이 그냥 강해서 그냥 이겼다. 그게 끝이다.

그런고로 이 투기대회에서 8강에 진출한 여덟 명을 대회가 끝나고 5층으로 호출했다.

앞으로 이 여덟 명을 단련시키고, 그 작전으로 마녀의 MP를 줄이게 하자.

인원을 조금 더 늘리고 싶지만…… 거북이가 말하길, 이게 한계라고 한다.

너무 늘리면 '생도가 우연히 들어왔다'는 상황을 위장할 수 없어서 마녀가 도망칠 가능성이 커진다나 뭐라나. 알렉시아, 소심한 것도 작작 좀 해.

그리고 베르네르 일행 말고 8강에 남은 두 사람 말인데, 한 명은 근육질에 우락부락한 3학년 남자였다. 이름은 크런치바이트 독맨이라고 한다.

이름부터가 등장하자마자 퇴장하는, 전투력 측정기 냄새를 풀풀 풍긴다.

나머지 한 사람은 후드로 온몸을 가린, 수상쩍은 3학년 생도인데…….

"뭘 하는 거지, 서플리 먼트 선생."

"글쎄 무슨 말인지? 나는 투기대회에서 8강에 진출한 3학년 톰토이입니다."

우리 앞에는 어째서인지 후드를 뒤집어쓴 쓰레기 안경남이 서 있었다.

레일라의 질문에 뻔뻔하게 대꾸하지만, 누가 봐도 변태안경남이다.

보아하니 생도 사이에 껴서 참전한 듯하다.

야, 아무나 눈치채라고. 심판을 맡은 교사의 눈은 장식이야?

아, 그러고 보니 이 녀석이 심판을 맡은 교사였지…….

"자, 나의 성녀여! 8강에 진출한 생도만이 받는다는 당신의 무기를 부디 제게도 내려주소서!"

보상을 준비한 게 역효과였나…….

사실 이번 투기대회를 개최할 때, 나는 8강에 진출한 생도에게 무기를 주겠다고 명언했다.

의욕을 북돋으려는 조치이기도 하고, 8강에 진출한 생도는 이번 일에 말려들 테니까 이를 위한 전력 증강과 사죄를 겸한 것이다.

일단 거부권을 줄 작정이지만…… '성녀'가 '마녀 토벌에 협력해 주세요'라고 부탁하면 사실상 강제니까 말이지…….

게임에서도 엘리제가 종종 뻔뻔하게 '부탁' 했었다.

이 마법학교는 기사를 육성하는 시설로, 기사란 성녀를 섬기는 직업이다.

그러므로 성녀의 부탁을 안 들으면 '넌 왜 이 학교에 있니?' 가 된다. 그 부탁이 마녀 토벌과 관계가 있다면 더더욱 그렇다.

나도 그건 아니까 최소한의 사죄로써 죄책감을 희석하기 위해 이 보상을 준비했다.

하지만 그것이 이런 결과를 부를 줄이야…….

…………뭐, 이건 그거다.

다르게 생각해 보면, 무고한 생도를 한 명 말려들지 않게 했다고 도 할 수 있다.

적어도 이 변태안경남은 말려들어도 공벌레보다도 작은 내 양심 이 아프지 않다.

"네놈은 바보인가? 그딴 부정행위로 진출한 자를 인정할 리 가…….."

"괜찮아요, 레일라."

레일라를 타이르고, 나는 변태안경남의 참전을 인정했다.

이렇게 말하긴 뭐하지만, 이 녀석에게 져서 떨어졌다면 변태안 경남이 더 강하고, 살아남을 가능성도 더 높다는 뜻이다.

게다가 지금 와서 꼬투리를 잡고 쫓아내도 전력이 한 사람 줄어 들 뿐이다.

이렇게 된 이상 방침을 바꿔서 이 녀석도 끌어들일 수밖에 없다.

게다가 이러니저러니 해도 변태안경남은 이야기 종반에서 중간

보스가 되는 만큼 꽤 강하다.

게임에서 싸울 때는 제1형태와 제2형태가 있다. 제1형태는 전혀 대수롭지 않은 피라미지만, 제2형태는 거대 골렘과 합체하는 놀라운 기술을 쓴다.

그런 힘은 없을 텐데, 작중에서는 '성녀를 향한 사랑'으로 설명을 끝내니까 진짜 더럽다.

좌우지간 이 녀석은(적이 됐을 때 한정이지만) 이야기 종반의 베르네르 일행과 혼자서 호각으로 싸울 만큼 강하다는 말이다.

"레일라, 그걸 주세요."

"네."

레일라에게 신호하자 내 옆에 둔 상자를 열었다.

안에는 아이즈 아저씨에게 부탁해서 마련한 광석과 금속이 이것저것 가득 들었다.

예전에 베르네르에게 준 검은 주변 흙에서 만들었지만, 이번에는 은근히 진심으로 만들 작정이다.

손을 앞으로 내밀고, 재료를 마법으로 분해하고 배합해서 단단한 합금으로 바꾼다.

내가 여러모로 시험해 보다가 찾아낸 것 중, 가장 강인성과 경도 모두가 뛰어난 합금을 이 자리에서 만들고, 그것을 재료로 삼아 무기를 만든다.

금속의 이름은 모른다. 원래부터 지구에 없는 광석과 금속도 있으니까.

하지만 기왕이면 중2병스러운 이름을 붙이자!

이 합금의 이름은 오리할콘이다! 지금, 내가 그렇게 정했다!

그런고로 결정 끝. 이건 오리할콘 무기야.

그걸 인원수에 맞게 준비하고, 모두에게 전달했다.

그리고 겸사겸사 레일라에게도 선물해 주었다.

레일라는 이미 수석 근위기사 전용의 훌륭한 검이 있지만……

어째서인지 전혀 쓰려고 하지 않으니까, 덤으로 말이지.

## 제46화 요구받는 각오


동계휴가가 끝나고 투기대회에서 좋은 성적을 거둔 생도 여덟 명이 엘리제의 호출을 받아 마법학교 건물 5층에 집결했다.

호출받은 생도는 베르네르, 에테르나, 마리, 아이나, 존, 피오라…… 그리고 크런치바이트 독맨이라고 하는 3학년 남자다.

겉으로는 강해 보이는데, 어째서인지 가장 먼저 쓰러질 듯한 분위기가 느껴진다. 왜지?

하지만 그건 괜찮다. 문제는 마지막 한 사람이다.

생도만 나갈 수 있는 투기대회 8강에 진출한 마지막 한 사람은, 어딜 봐도 교사인 서플리 먼트였다.

대체 이 사람은 뭘 하는 걸까?

"뭘 하는 거지, 서플리 먼트 선생."

"글쎄 무슨 말인지? 나는 투기대회에서 8강에 진출한 3학년 톰토이입니다."

레일라가 몹시 질린 듯이 말하지만, 서플리는 뻔뻔하게도 아무도 안 속을 거짓말을 했다.

이어서 그는 수치심이 전혀 없는 것처럼 말했다.

"자, 나의 성녀여! 8강에 진출한 생도만이 받는다는 당신의 무기를 부디 제게도 내려주소서!"

아, 원인은 이건가…….

베르네르 일행은 말없이, 이번에 서플리가 왜 이런 부정행위를 저질렀는지 눈치챘다.

상식을 초월한 성녀…… 아니, 엘리제 신자인 서플리는, 엘리제가 직접 만든 무기를 받는다는 기회를 절대로 놓칠 수 없었으리라.

실제로 베르네르 자신도 이번에 그 경품이 있어서 평소보다 더 의욕을 낸 부분이 있다.

결국 이 부정행위는 엘리제가 죄를 묻지 않는 까닭에 더 추궁받는 일도 없었다. 그리고 엘리제는 레일라에게 준비하게 한 재료에서 각각의 무기를 만들기 시작했다.

베르네르에게는 예전보다도 훨씬 강력해진 대검을.

에테르나에게는 보석이 달린 지팡이를. 피오라에게는 활과 화살을. 존에게는 쌍검을. 아이나에게는 장검을.

마리에게는 레이피어를. 서플리에게는 본인의 희망에 따라 검을 숨긴 지팡이를 주었다.

크런치바이트는 주먹으로 싸워서 너클더스터를 받았다.

마지막으로 레일라에게도 장검을 주자, 레일라는 감동한 나머지 금방이라도 울 것만 같았다.

한때 엘리제를 배신한 레일라에게 여기서 검을 받은 사실은 무척 클 것이라고, 베르네르는 생각했다.

그리하여 무기를 다 내린 엘리제는 다시 모두를 봤다.

"여러분, 우선 상위 8명이 된 걸 축하해요. 나도 여러분의 싸움을 봤지만, 여기 모인 여러분의 실력은 이미 정규 기사와 비교해도 손색이 없다고 확신했어요."

성녀인 엘리제의 입에서 정규 기사와 비견된다는 말을 듣고, 그 자리에 있는 모두가 속으로 환호했다.

물론 기사는 실기로만 정해지는 게 아니다.

아무리 실력이 있어도 성녀의 곁에 어울리는 품격과 향상심이 없다고 판단되면 떨어진다.

그래도 조건 중 하나인 '전투 능력'에 관해서는 다른 누구도 아닌 엘리제 본인이 인정한 것이다.

이 점은 매우 컸다.

"따라서 여러분에게 부탁하고 싶은 일이 있어요."

엘리제가 진지한 얼굴을 보이자, 베르네르도 무의식중에 자세를 바로잡았다.

엘리제는 어지간한 일을 모두 혼자서 처리할 수 있다.

단순한 실력으로 말하자면 본래 그 몸을 지켜야 할 기사조차 존재의의가 의심될 만큼 엘리제의 힘이 너무 뛰어난 것이다.

그런 엘리제가 '부탁'하는 이상, 결단코 쉬운 일이 아니리라.

더군다나 모두의 실력을 인정하고서 '부탁'하는 거라면…… 전투 말고 생각할 수 없다.

"하지만 이걸 들으면 더는 물러날 수 없어요. 먼저 말해 두겠지만, 이건 생명을 보증할 수 없는, 위험한 의뢰예요. 그러니…… 여러분에게 먼저 거부권을 주겠어요. 설령 이 의뢰를 받지 않아도, 나는 일절 타박하지 않아요. 성적에도 영향이 없어요."

생명의 위험이 존재한다.

그 말을 듣고 살짝 동요한 것은 에테르나와 크런치바이트였다.

거부권을 먼저 제시한 것도, 엘리제의 '부탁'이 얼마나 위험한지를 잘 말해 주고 있다.

하지만 베르네르는 어떤 것일지라도 거절할 마음이 없었다.

오히려…… 기뻤다. 엘리제가 자신을 의지해 주는 것이 자랑스럽기도 했다.

"만약 이야기를 들을 마음이 있다면 내일, 수업이 끝나고 다시 이 자리에 와주세요."

생각할 시간을 하루 주겠다는 뜻이리라.

엘리제라면 그러지 않아도 성녀의 이름으로 '명령'할 수 있다.

거부하는 것을 용납하지 않고, 필요한 일이니까 따르라며 강제할 수 있다.

왜냐하면 엘리제는 성녀이고, 여기는 성녀를 따르는 기사를 육성하는 기관이니까.

성녀의 부탁을 거절하는 것은 있을 수 없다. 왜 여기 있는지 알 수 없어진다.

하지만 엘리제는 그러지 않는다.

어디까지나 본인의 의지에 맡기고…… 아무도 안 오면 혼자 싸우러 가겠지.

베르네르의 마음은 이미 정해졌다.

'받아들인다' 말고 다른 선택지는 처음부터 없다. 다른 선택지는 필요 없다.

그런 베르네르의 얼굴을, 옆에서 에테르나가 걱정스럽게 쳐다보고 있었다.

◇

방으로 돌아온 베르네르는 평소처럼 자주 단련에 힘썼다.

마법학교에 오고, 벌써 8개월이 넘게 지났다.

입학 당시에는 어수룩함이 있었던 청년은 듬직해졌고, 팔뚝은 더욱 굵고 단단해졌다.

단정한 얼굴은 그대로 남자다운 느낌이 더 강해지고, 베르네르는 단련 끝에 강철 같은 육체를 손에 넣는 데 이르렀다.

그래도 베르네르는 결코 쉬지 않는다.

목표로 삼은 정상은 너무 높고, 엘리제를 지키는 남자가 되려면 아직 역부족임을 통감하고 있다.

그래서 베르네르는 자기 몸의 근육을 더욱 채찍질하고, 한층 더 강해지길 원했다.

힘이 없다면 단련해라. 단순한 이야기다.

오늘도 베르네르는 등에 추를 짊어진 상태로 팔굽혀펴기로 힘을 키우고 있다.

그때 누군가가 문을 두드리는 소리가 들렸다.

베르네르는 그 소리를 듣자마자 잽싸게 일어나 근처에 둔 천으로 땀을 닦았다.

그리고 땀내 나는 셔츠 차림에서 제복으로 갈아입고, 손으로 머리를 가지런히 다듬은 다음에 문을 열었다.

예전에 단련 중인 모습으로 엘리제를 맞이하는 추태를 보인 적이 있는 베르네르는, 두 번 다시는 똑같은 실수를 저지르지 않도록 정신을 바짝 차리고 있었다.

그러나…… 아무래도 이번에는 그럴 필요가 없었던 듯하다.

"뭐야, 에테르나야?"

"무슨 말이 그래."

문 앞에는 은발의 소녀── 에테르나가 있었다.

백발과는 다르게 확실한 광택을 띤 머리카락과 사파이어처럼 파란 눈. 그리고 예쁘장한 얼굴과 균형이 잘 잡힌 몸매를 지닌 이 소녀를 사모하는 생도는 많다.

나아가 열네 살에 성장이 멈춘 엘리제와 다르게 여성으로서 성숙하고 있는 에테르나는 엘리제에게 없는 매력을 가지고 있다.

구체적으로는, 주로 가슴이다. 최근 묘하게 부풀어 올랐다.

만약 베르네르가 엘리제밖에 안중에 없는 벽창호가 아니었다면, 에테르나의 매력에 혹했을지도 모른다.

"저기…… 잠깐, 옥상에서 이야기하지 않을래?"

에테르나의 제안에, 베르네르는 생각했다.

아무튼 번쩍 떠오른 대답은 세 가지다.

첫째는 그냥 받아들이는 것.

둘째는 이유를 물어보는 것.

그리고 셋째는 시간이 아까우니 자주 단련을 계속하겠다는, 진짜 최악의 대답이었다.

"미안해. 나는 조금이라도 단련하고 싶어."

고작 1초를 생각한 뒤, 베르네르는 진짜 최악의 대답을 했다.

에테르나의 호감도가 조금 떨어졌을지도 모르지만, 안타깝게도 그걸 알 만큼 베르네르는 눈치가 빠르지 않았다.

이 남자는 정말로 엘리제밖에 안중에 없을지도 모른다.

이 광경을 보던, 베르네르의 룸메이트. 쓸데없이 이름만 멋진 실베스터 로드나이트는 '우와.' 라고 생각했다.

그러나 에테르나도 이 대답을 예상한 듯, 베르네르의 뺨을 힘껏 꼬집고 억지로 끌고 갔다.

에테르나에게 억지로 끌려가 학교 옥상에 도착한 베르네르는 뺨을 만지면서 에테르나를 봤다.

대체 무슨 이유로 이런 데까지 끌고 온 걸까.

그냥 이야기할 거라면 그 자리에서 해도 된다.

그런데 일부러 데려왔다면, 남들 앞에서 할 수 없는 이야기일 것이다.

그렇다면 혹시 좋아하는 사람이 생긴 걸까?

아니면 에테르나에게도 있는 '그 힘' 에 관한 상담일지도 모른다.

그러나 그런 예상과는 다르게 에테르나는 아주 당연한—— 적어도 베르네르는 이미 답이 나온 의문을 던졌다.

"있잖아……. 일단 물어는 보겠는데, 내일은 역시 엘리제 님을 찾아갈 거야?"

"당연하지."

바로 대답했다.

조금도 주저하지 않았다.

그 엘리제가 자신에게 도움을 요청했다.

이걸 기뻐하면 또 모를까, 왜 고민할 필요가 있을까.

그 자리에 있던 다른 멤버…… 적어도 존과 피오라, 서플리는 같은 마음일 것이다. 베르네르는 그렇게 확신했다.

하지만 아무래도 에테르나는 그렇지 않은 듯하다.

"있잖아, 베르네르……. 안 가면, 안 돼?"

"그렇군. 에테르나는 가고 싶지 않구나……."

에테르나의 말에 놀라진 않았다.

원래부터 에테르나는 베르네르를 걱정해서 여기까지 따라온 거니까.

베르네르나 존, 피오라처럼 엘리제에게 큰 은혜를 입은 것도 아니고, 서플리처럼 숭배하는 것도 아니다.

아이나처럼 명예를 추구하지도 않는다.

그런 에테르나가 생명의 위험이 있다고 단언한 곳에 가고 싶지 않다고 생각하는 건 당연하다.

자신에게 상담하는 것도 에테르나 혼자 가지 않으면 노여움을 살지도 모른다고 생각했기 때문이리라……. 베르네르는 그렇게 생각했다.

"괜찮아, 에테르나. 엘리제 님은 네가 내일 가지 않아도 화낼 분이 아니셔. 목숨이 위험하다는 말을 듣고 무서워하는 건 당연한 거야. 다들 이해해 줄 거야. 그러니까 네가 가지 않는다고 부끄러워할 필요는……."

"아니야! 그게 아니야! 내가 아니라, 네가 가지 말기를 바라는 거야!"

베르네르의 엉뚱한 위로에 더는 참지 못하게 된 에테르나가 소리쳤다.

에테르나는 자기 자신을 걱정하는 게 아니다.

베르네르를, 기꺼이 위험한 곳으로 가려고 하는 베르네르를 걱정한 것이다.

엘리제밖에 안중에 없는 건 안다.

옛날부터…… 처음 만났을 적부터 쭉, 베르네르는 엘리제의 기사가 되기를 원했다.

그 성녀가 도움을 요청하면 베르네르의 꿈이 이루어지는 거다.

하지만 에테르나는 도저히 순수하게 기뻐해 줄 마음이 생기지 않았다.

베르네르는 요전번에 정말로 한 번 죽었으니까.

그때는 어떻게든 됐지만, 다음도 그러리라는 보장은 없다.

"있잖아. 그만두자! 엘리제 님이 생명이 위험하다고 할 정도면 엄청난 거야! 넌 이번에 진짜로 죽을지도 모른다고!"

"그럴지도 몰라."

"그럴지도 모른다니…… 그래도 괜찮아?! 네가 안 가도 달라지는 건 없어! 그렇게 강하고 뭐든지 할 줄 아니까…… 어차피 혼자서 전부 해결할 거야!"

에테르나의 외침은 베르네르도 조금 동의할 수 있다.

그 말이 옳다.

베르네르가 가든 말든, 달라지는 건 없을 것이다.

엘리제라면 혼자서, 어떠한 곤란이라도 타파하고 세계에 빛을 가져오리라.

하지만 그래서는 안 된다.

왜냐하면 베르네르는 지금껏 엘리제를 혼자 싸우지 않게 하려고 단련했으니까.

"미안해, 에테르나. 나는 이미 결심했어. 그날…… 아무도 원하지 않던 나를, 그분은 끌어안아 주셨어. 나 따위를 위해 울어 주셨어. 그분이 없었다면 나는 지금쯤 세계를 전부 저주하는 구제불능의 녀석이 됐겠지."

엘리제를 만날 때까지, 베르네르는 어둠 속을 방황했다.

부모와 형제에게 버림받고, 괴물이라고 매도당하고…… 자기 힘도 제어하지 못한 채로 방황하고, 더럽혀졌다.

그런 베르네르를 끌어안고, 행복해지는 것을 포기하지 말라고 말해 준 사람이 엘리제다.

그날, 베르네르는 맹세했다.

앞으로 무슨 일이 있더라도 빛을…… 엘리제를 믿기로.

"뭐야……. 나도…… 나도, 너를……."

에테르나는 고개를 푹 숙이고, 도망치듯이 뛰어서 그 자리를 떠났다.

그 뒤를, 베르네르는 쫓아갈 수 없었다.

## [서적판 보너스] 세대 차이

그 사건은 어느 날 훈련이 끝난 뒤에 일어났다.

그날, 베르네르 일행은 기초 체력을 기르고자 야외에서 달리기 연습을 하고 있었다.

검술과 마법, 몸을 움직이는 방법…… 기사의 강함을 지탱하는 요소는 많지만, 그 밑바탕에 있는 것이 기초 체력이다.

전투하든, 행군하든, 대기하든, 좌우지간 체력을 쓴다.

지난번 왕도 방위전에서는 마물군에 습격받고 지원군 요청이 성녀의 성에 도착할 때까지 한 시간 남짓, 나아가 엘리제가 도착할 때까지 추가로 8분.

그만한 시간을, 왕도를 지키는 기사, 병사들은 조금도 쉬지 않고 싸웠다.

즉, 결국 마지막에는 체력이 중요한 것이다.

제아무리 순간적인 전투력과 화력이 좋아도, 마물을 고작 몇 마리 해치우고 기진맥진해서 쓸모가 없어지면, 도저히 기사가 될 수 없다.

그래도 활약할 때가 있을 것이고, 기사 말고도 충분히 될 수 있겠지만, 기사가 되는 것은 불가능하리라.

그러므로 마법학교에서는 기초 체력 단련으로써 매일 달리기 연습을 하며 기사 후보생들이 땀을 흘린다.

평소에는 달리기 다음에 본격적인 훈련을 시작하지만, 그날은 현시점에서의 체력을 확인하고자 장거리 달리기로 한정했다.

한 바퀴에 300미터인 운동장을 100번 돌아서, 달리는 거리는 무려 30킬로미터. 그것을 무장한 상태로 실행한다.

끝날 무렵에는 모두가 기진맥진해서, 특히 마법전이 주특기인 아이나와 마리, 에테르나는 서 있지도 못하고 한동안 주저앉아 있었다.

한편, 원래부터 근육 지상주의자인 베르네르와 병사 출신인 존은 아직 여유가 있어 보였다.

"피, 피곤해……. 힘들어……. 헉, 헉…… 주, 죽겠어……."

아이나는 숨을 헐떡이는 모습이 본인 말처럼 당장에라도 숨이 넘어갈 기세다.

"모, 목욕하고 싶어……."

에테르나도 땀을 닦으면서 옷이 달라붙은 불쾌함에 우는소리를 했다.

현재, 여자들의 복장은 평소의 제복이 아니라 운동용 셔츠와 짧은 바지다.

평소보다 몸매가 뚜렷하게 드러나는 탓에 남자 생도들의 시선이 슬쩍슬쩍 쏠리고 있다.

"안녕하신가. 상태는 좀 어떻지?"

그때 현 교장인 폭스 자작이 찾아왔다.

기사 후보생들의 노력을 시찰하러 왔다……는 분위기를 내지만, 실제로는 단순히 딸의 모습을 확인하러 온 것이리라.

"아, 교장 선생님."

"애쓰고 있는 모양이군. 좋아, 참 보기 좋아."

　폭스 교장은 베르네르에게 웃는 얼굴로 대응하고, 이어서 음흉한 눈으로 아이나를 보는 남자 생도들을 노려봐서 위압했다.

"기사는 체력이 생명이지. 애쓰게나."

"네, 아버님! 그나저나……."

　아버지의 성원에, 아이나는 힘차게 대답했다.

　이어서 아버지를 보더니 인상을 살짝 찡그렸다.

"아버님도, 달리기 연습을 했나요?"

"응……? 아니, 나는 사무 작업만 했지. 앉아만 있다 보니 어깨가 결려서, 지금은 산책 중지만 말이야."

"저기…… 아버님. 저기…… 목욕은, 하시는 거죠?"

　아이나의 질문에, 폭스 교장은 어이없다는 표정을 지었다.

"물론이지."

"그렇죠? 실례했습니……."

"나흘 전에 했지."

　아버지의 대답을 듣고 한순간 안도한 아이나는, 이어지는 대답을 듣고 딱딱하게 굳었다.

　이 대답에는 마리도 똑같이 굳었지만, 대조적으로 베르네르, 에테르나, 존, 피오라는 별다른 반응을 보이지 않았다.

　아이나는 믿을 수 없다는 얼굴로, 세상의 아버지들에게는 즉사급 공격이라고 해도 과언이 아닌 말을 입에 담았다.

"아버님, 냄새나요."

이번에는 폭스 교장이 딱딱하게 굳었다.

"마지막으로 목욕한 게 나흘 전이라니…… 믿기지 않아요! 그러니까 냄새가 구리죠!"

"내, 냄새난다고……. 내가, 구리다고……?"

"당연하죠! 왜 목욕을 안 해요!"

"아, 아니, 나흘 정도면 딱히…… 오히려 나는 이 정도면 청결하다고 보는데……."

"뭐가요?!"

딸의 언어폭력에 주저앉은 폭스 자작과 호통을 치는 아이나를 보고, 마리가 고개를 끄덕였다.

다른 생도도 폭스 교장에게 눈을 흘기지만, 베르네르 일행은 폭스 교장이 왜 비난받는지 이해할 수 없었다.

마법학교에 온 뒤로는 대욕탕이 있어서 매일 가지만(베르네르도 예전에는 안 가는 날이 있었지만, 엘리제가 방을 찾아온 뒤로는 매일 가고 있다), 오기 전에는 마을에서 물이 귀했으니까 목욕은 손에 꼽힐 정도로만 한 기억이 있다.

몸을 청결하게 할 때는 물에 적신 천으로 닦는 정도면 된다.

"흠. 세대 차이에 따른 상식의 차이로군."

그때 안경을 빛내면서 서플리가 나타났다.

무슨 소리인가 해서 모두가 주목하는 가운데, 그는 득의양양하게 설명했다.

"지금이야 귀족이 매일 목욕하는 게 당연해졌지만, 이 습관이 퍼진 건 아주 최근…… 고작 12년밖에 안 됐다. 그때까지 물은 죽음을 가져오는 것으로 두려움을 샀었고. 입욕 문화가 없지는 않았지만, 고작해야 한 달에 한 번 정도였지. 자네들도 어릴 적에는 자주 목욕한 기억이 없지?"

"듣고 보니, 어릴 적에는 그랬던 것 같기도……."

12년 전이라고 하면 아주 최근이지만, 그래도 아이나가 다섯 살 정도도였을 때다.

기억이 꽤 흐릿해져서 애매모호하지만, 듣고 보니 어릴 적에는 목욕한 기억이 거의 없다.

"그때까지 물은 위험한 것으로 여겨졌지. 그야 마물이 독을 푸니까 말이야. 실제로 강물로 몸을 닦은 자가 하루도 못 가서 죽은 일도 있었을 정도다."

마물이란 마녀에 의해 변질한, 인류를 공격하는 것을 가장 우선하는 동물이다.

그 공격 방법은 직접적인 폭력에 그치지 않고, 작물을 망치거나 물에 독을 풀어서 마시지 못하게 하는 등, 악랄한 것도 포함했다.

그래서 자연의 물을 마시거나 몸에 접촉하는 것은 몹시 위험한 행위였다.

"위험하지 않은 물이란 고작해야 빗물 정도…… 아니, 그 빗물도 마녀의 마법이 아니라는 보장이 없으니까 안전하다고 단언할 수 없었지. 실제로 과거에는 마녀 그리셀다가 사람의 피부를 태우는 비를 내리게 했다는 기록도 있다. 더군다나 물은 장기 보존에 적합하지 않아 부패하고 말지. 그러니 몸을 씻을 만큼의 양을 확보할 수 없었다."

"그렇다면, 안전한 물은…… 마법으로 만든 물밖에 없나요?"

"바로 그렇다, 마리 생도. 마법으로 만든 물만이 유일하게 독이나 질병을 걱정하지 않고 사용할 수 있는 물이었지. 그리고 이 상황을 크게 개선하신 것이 엘리제 님이시다."

그 뒤로 서플리는 어떻게 지금 상황이 되었는지 물어보지도 않은 것을 해설하기 시작했다.

틈만 나면 엘리제 이야기를 하는 것이 이 남자의 흠이다.

이건 이야기가 길어지겠다고, 그 자리에 있는 모두가 확신했다.

◇

자, 이번엔 왕도에 있는 성녀교회 앞에서 소식을 전하는 엘리제입니다.

왜 이런 데 있냐면, 더럽게 귀찮은 일 때문이다.

교회의 높으신 분과 신도들 앞에서 마법을 써서 대량의 물을 만든다.

나아가 안에 미생물이 들어가지 않게 하면서 얇은 배리어로 밀봉했다.

미생물의 침입만 막는 배리어니까 사람이 살짝 때리면 깨지지만, 강도를 낮춘 만큼 오래간다. 뭐, 대체로 1년은 이대로 보존할 수 있다.

물이 썩는다는 말이 있는데, 그건 사실 물속의 미생물이 번식해서 사람이 마실 수 없게 될 뿐, 물 자체는 썩지 않는다. 그러므로 미생물만 안 들어가게 하면 썩지 않는 물이 완성된다.

그리고 배리어와 함께 미리 준비한 큰 병에 넣으면 첫 번째 일이 끝난다. 병은 일단 100개 정도로, 들어간 물은 욕조 하나를 가득 채우는 정도이려나.

그러고 나서 교회 자리에 가고, 거기 있는 무식하게 넓은 저수지 앞에 섰다.

"엘리제 님, 부탁드립니다."

"네, 맡겨 주세요."

교회의 높으신 분이 손을 맞대고 애원해서, 평소처럼 대답하고 마법을 발동했다.

이 저수지는 내가 예전에 며칠 동안 마법으로 만든 것으로, 도쿄 돔 정도로 넓다.

이쪽은 빗물이 교회 주변의 배수로를 통해 이쪽으로 흘러들게 해서 처음부터 물이 있으니까 편하고 좋다.

여기에 내가 마법을 써서 물속 미생물을 죽이고, 나아가 독소나 기타 등등을 한꺼번에 소독해서 사람이 쓸 수 있는 물로 바꿨다.

마지막으로 미생물의 침입을 막는 얇은 배리어로 코팅하면 두 번째 일이 끝난다.

"자, 끝났어요. 이제 이 물을 마셔도 괜찮아요."

"오오…… 참으로 신성한 기적의 위업…… 몇 번을 봐도 거룩하옵니다……."

그렇게 말하면서 교회의 높으신 분이 눈물을 흘리고 감동했다. 웃겨 죽겠네.

참고로 내가 물을 정화할 때 지켜보는 높으신 분이 매번 다르다. 듣자니 교회 상층부의 높으신 분끼리 기적의 위업(웃음)을 직접 보는 권리를 제비뽑기로 정한다고 한다. 그냥 마법인데 말이야.

다음으론 교회 사람들이 이걸 정화수니 성수니 하는 이름으로 여기저기 돌리며 교회의 명성을 떨치는 도구로 활용하겠지.

참고로 저수지의 물은 정화수, 내가 마법으로 직접 만든 물은 성수로 불린다.

정화수는 그렇다 쳐도, 성수는 그만뒀으면 좋겠다. 성수라고 하면…… 뭔가, 거시기한 느낌이 들잖아.

그리고 정화수는 무료로 사람들에게 배급하는데, 성수는 유료로 주로 귀족에게 팔린다고 한다.

까놓고 말해서 둘 다 똑같은데 말이야…….

성수를 쓴 귀족은 건강이 좋아졌다거나 몸이 편해졌다고 하는 듯한데, 그건 그냥 플라세보 효과일 거야.

아무렴 어때. 후다닥 마지막 일을 시작하자.

나는 밖으로 나가서 예전에 감금당했을 때도 만들어서 놀았던 요정형 마법탄을 여러 개 만들고, 그것을 각지에 있는 성녀교회 지부로 날렸다.

"오오, 요정님……."

높으신 분은 내가 내놓은 요정형 마법탄을 보고도 머리를 조아리고 있다.

아니, 그건 그냥 요정처럼 생긴 마법이거든? 자아는 없거든?

요정 모양으로 한 것도, 단순한 마법탄이면 내가 발사한 줄 모르고 마녀의 공격으로 오해할 것 같으니까 시각적으로 내가 쓴 마법임을 알기 쉽게 했을 뿐이다.

그건 그렇고, 지부에도 여기와 똑같은 저수지가 있어서, 요정형 마법탄이 떨어지면 정화수가 되어 사용할 수 있게 된다.

세계 각지의 자연 재생과 수질 정화는 이것에 의지할 때가 많다.

내가 일일이 현장에 갔다간 시간이 아무리 많아도 부족할 테니까 말이야.

그러니까 내가 편하게 명성을 얻기 위해서, 이렇게 멀리서 나를 대신해 일해 주는 자율형 마법을 만든 셈이다.

나는 놀면서 자존감을 채우기 위해서라면 온 힘을 다하는, 그런 인간이다.

어……? 그게 되면 교회 본부에 안 가도 되지 않냐고?

그러게…………!

나도 사실은 귀찮지만, 일단 형식적으로 본부에 얼굴을 내비쳐야 하는 분위기가 있으니까 어쩔 수 없이 말이지…….

솔직히 더럽게 귀찮다. 왜 아저씨 얼굴이나 보려고 내가 굳이 와야 하는데.

하지만 내팽개치면 교회의 높으신 분들이 성으로 쳐들어와서 '우리가 뭔가 성녀님의 노여움을 사는 짓을 한 것이옵니까.' 같은 소리를, 세상에 종말이 찾아온 얼굴로 하니까…… 갈 수밖에 없다고…….

"감사하옵니다, 엘리제 님. 이것으로 백성들도 앞으로 한 달은 물이 부족할 일이 없사옵니다."

높으신 분이 그렇게 말하고 내게 머리를 조아렸다.

그만해. 머리를 조아리지 마. 평범하게 인사해.

자, 왜 내가 이런 짓을 하냐면…… 이 세계는 만성적으로 물이 부족하단 말이지.

요새는 제법 좋아졌지만, 예전에는 진짜 끔찍했다.

호수나 강 같은 자연의 물은 멍청한 마물 놈들이 독을 풀어서 쓸 수가 없었고, 댐 같은 걸 지어도 물이 금방 상했다. 작은 마을에서는 마실 물도 충분히 확보하지 못해 맥주를 물 대용으로 삼았을 정도다.

즉, 안전한 물은 마법으로 만든 물밖에 없었다.

귀족쯤 되면 물 마법을 쓸 줄 아는 사람을 한두 명 정도 거느려서 물을 확보할 수 있으니까 식수도 있고, 물 마법 사용자를 혹사하면 일주일에 한 번쯤은 목욕할 수 있지만, 효율이 별로다.

성녀교회도 우선해서 물 마법 사용자를 확보하고 마법으로 생성한 물을 사람들에게 베풀었지만, 그러는 바람에 부유층과 교회 사이에서 물 마법 사용자 쟁탈전이 발생했었다.

그런 상황이었으니까, 일반 시민은 더더욱 안전한 물과 인연이 없었던 셈이다.

그리고 물을 확보하지 못하면 몸도 잘 씻을 수 없게 되고, 불결한 위생 때문에 병으로 죽는 사람도 늘어난다.

안 그래도 매년 터무니없이 굶어 죽는데, 추가로 터무니없이 병으로 죽으면 인구가 전혀 안 늘어나는 것도 당연하다.

내가 이 사실을 깨달은 건 아직 성녀로서 본격적으로 활동하기 전이었다.

당시의 나는 무지성으로 매일 목욕했는데, 어느 날 폭스 아저씨 한테 '매일 사치를 부리는 건 그만두시죠?' 라는 소리를 들었고, 그 설명을 듣고 나서야 이 세계의 물 사정이 얼마나 위험한지를 알았다.

게다가 나는 원래 현대인. 목욕하지 않으면 기분이 찜찜하다.

'나는 참는 게 질색이라고!' 라는 이유로, 나는 물 문제 해결에 착수했다.

물이 귀해서 매일 목욕하는 게 사치라면, 물이 귀하지 않게 만들면 되잖아!

게다가 목욕이 없으면 미소녀들의 목욕 장면도 없는 셈이다.

그게 뭐냐고. 기껏 여자가 되어서 자연스럽게 여탕을 볼 수 있게 됐는데, 목욕 자체가 없으면 나는 뭐 때문에 여자가 된 거냐고.

게다가 미소녀 게임의 히로인들이 사실은 목욕하지 않아서 냄새나는 건, 내가 싫어. 그래선 꿈도 희망도 없잖아.

사실 나는 마법으로 항시 몸 안팎을 정화함으로써 오염이 발생하자마자 소멸시키니까 목욕하지 않아도 문제없고, 조금 정도는 이상한 걸 마셔도 괜찮지만, 인간은 이런 꼼수를 안 쓰는 이상 씻지 않으면 더러워지고, 건강도 해친다.

그러므로 그 문제를 해결하고자 여러모로 손을 쓰고, 그리하여 물 문제를 이렇게 개선한 것이다.

지금에 와서는 강물에 독을 푸는 마물 자체가 없어졌고 이미 독이 풀린 곳은 정화를 마쳤으니까 괜찮을 테지만, 새롭게 독을 푸는 멍청한 마물이 더 없다고 보장할 수는 없으니까 당분간 현재 상태를 유지해야겠지.

　자, 한바탕 일했으니까 학교로 돌아가서 목욕이나 할까.

◇

　"──그리하여 물은 귀한 것이 아니게 되었고, 모두가 은총을 누리게 되었다. 또한 이것으로 위생 의식이 강화되고, 전염병과 감염증도 줄어들었지. 오히려 그 이전에는 물이 재앙을 부른다고 여기고, 물이 접촉하는 것을 병의 원인으로 믿었건만……. 거참, 고정관념이란 참으로 무시무시하군. 아니, 그 고정관념을 만든 것도 역대 마녀의 책략이겠지."

　서플리의 길고 긴 엘리제 해설이 끝나고, 베르네르 일행은 한숨 돌렸다.

　지금은 기초 체력을 만드는 실기 시간일 텐데, 어째서 필기 공부를 하는지 모르겠다는 생각도 든다.

　"그랬군요. 그렇다면 아버님이 잘 목욕하지 않는 건……."

　"아직 새로운 가치관에 적응하지 않은 거라네. 안전한 물이 귀하니까 쓰면 아깝다는 고정관념에서 벗어나지 않은 거겠지."

　물의 희소성이 줄어든 것은, 엘리제가 나타난 이후다.

　그 이전에는 안전한 물이라곤 물 마법 사용자가 만드는 아주 적은 양의 물밖에 없었다.

그렇다면 폭스 교장과 같은 옛날 세대의 사람들에게, 목욕이란 욕조에 돈을 풀고 버리는 감각이리라.

"또한 물이 귀하지 않게 되면서 지금껏 귀족이나 교회가 독점하던 물 마법 사용자의 수요가 줄어들었지. 특히 왕도에는 저수지에서 물을 퍼 올리는 우물도 몇 군데 설치되어서 물 마법 사용자가 거의 필요하지 않다. 그 결과, 그들은 세상에 풀려나 지금은 작은 마을이나 도시에서도 물 마법 사용자가 항시 머물게 되었고, 변경의 작은 마을일지라도 안전한 물을 구할 수 있게 된 것일세."

"귀족이고 교회고 다 이기적이네……. 지금껏 독점하고, 필요가 없어지니까 내버린 거야?"

귀족과 교회의 행위에 혐오감을 드러내고 비난하는 존.

평민 출신인 존에게, 권력자의 이기적인 행위는 마음에 들지 않으리라.

존도 어릴 적에는 물이 부족해서 고통받은 경험이 있을지도 모른다.

"그렇지. 하지만 그 덕분에 물 마법 사용자들은 자유를 손에 넣었다네. 귀족의 수하라고 하면 좋게 들리겠지만, 직설적으로 말하면 그 실태는 본인의 뜻을 무시한 반강제적인 노동이었지. 물만 만드는 편리한 도구 취급이야. 엘리제 님께선 필시 그런 대우에서 그들을 구하는 것도 고려하신 거겠지."

서플리는 황홀한 느낌으로 해설하고, 베르네르 일행도 역시 대단하다며 감탄했다.

물론 더 말할 것도 없지만, 이건 과대평가다.

실제로 엘리제는 그런 생각은 전혀 없었고, 오히려 물의 수요가 줄어들면서 누군가를 실업자로 만들었을지도 모른다. 그 부분은 전혀 고려하지 않았다.

그저 결과적으로 모두에게 좋게 굴러갔을 뿐이다.

"저기, 다들. 이야기하는 것도 좋지만…… 빨리 목욕하러 안 갈래? 몸이 끈적거려서 찜찜하니까……."

"그래. 남자들도 빨리 씻고 와. 냄새나는 몸으로 다음 수업에 들어오지 마."

이대로 서플리가 자유롭게 떠들게 했다간 목욕할 시간이 사라질 것이다.

그래서 에테르나가 이야기를 중단시키고, 아이나도 이에 동의하며 남자들도 목욕하라고 신신당부했다.

달리기 연습 뒤에는 땀으로 범벅이 되니까 목욕하는 것을 허가하지만, 시간을 무한정 주지는 않는다.

어디까지나 몸만 씻을 시간을 주는 거니까, 다음 수업이 시작하기 전에 안 씻으면 가차 없이 그대로 수업을 시작해 버린다.

그러므로 언제까지고 서플리의 해설에 어울릴 여유는 없었다.

베르네르 일행은 서둘러 학교로 돌아갔고, 그 자리에는 손으로 땅바닥을 짚고 축 늘어진 폭스 교장만이 남았다.


"구, 구리다니…… 내가 구리다니……."

사랑하는 딸의 '아빠, 냄새나' 공격은 효과가 대단하다.

그 뒤로도 한동안, 폭스 교장은 기운을 못 차리고 그 자리에 남아 있었다.

여담으로, 그날부터 폭스 교장은 매일 목욕하게 되었다고 한다.

# [서적판 보너스] 무대 뒤의 싸움

아이즈 국왕에게 유폐당한 엘리제를 구출하고자, 지금 시대를 짊어진 젊은 기사들이 출진했다.

멀어지는 베르네르의 등을 보면서, 폭스 자작은 그들의 우직함과 젊음을 부러워했다.

그는 성녀 알렉시아와 성녀 엘리제 시대의 딱 중간에 등장한 기사다.

그 나이는 현재 38세.

전대 성녀 알렉시아가 전대 마녀 그리셀다를 토벌한 것이 22년 전 일로, 당시의 폭스는 아직 마법학교에 입학하지도 않은 10대 소년에 불과했다.

훗날 수석 근위기사가 될 정도의 재능을 지녔으면서도, 너무 젊은 나머지 전장에 설 기회를 놓치고 만 것이다.

그리고 그가 마법학교에 입학했을 때는 이미 모든 것이 끝났다.

알렉시아가 그리셀다를 토벌하고, 행방불명⋯⋯. 그는 섬겨야 할 성녀가 없는 기사가 되었다.

그래도 굴하지 않고 실력을 키워서 기사의 자리로 올라갔지만, 그것도 마녀가 쓰러지고 5년 동안 평화로웠을 시기⋯⋯ 폭스는 그런 공백기에 기사가 된 남자다.

그리고 알렉시아가 마녀를 토벌하고 5년 뒤, 그는 마침내 섬겨야 할 성녀를 얻었다.

그 성녀가 바로 역대 최고의 이름을 자랑하는 초월적인 성녀, 엘리제였다.

나이가 같은 딸이 있다는 이유로 엘리제의 교육 담당이 된 그는, 엘리제야말로 시대를 바꿀 성녀임을 확신했다.

고작 열 살에 이미 전대 성녀를…… 아니, 역대 성녀를 훨씬 능가하는 힘을 보이고, 수많은 기적을 당연하다는 듯이 일으켰다.

그런 성녀의 곁에 있을 수 있어서, 진심으로 기뻤다.

그리하여 엘리제에게 어울리는 기사가 되고자 노력하고, 마침내 수석기사의 자리까지 올라갔다. 그때 이미 폭스의 나이는 서른을 넘겼다.

하지만 시대는 엘리제를 택했지만, 폭스를 택하지는 않았다. 엘리제에게 더 어울리는 기사라는 잔혹한 현실을 들이댄 것이다.

엘리제의 수석기사를 계속하기에, 폭스는…… 나이를 너무 많이 먹었다.

엘리제가 어릴 적에는 젊고, 힘이 넘쳤다. 그때가 폭스의 전성기였다.

그로부터 세월이 흘러 엘리제가 아름답게 성장하는 한편, 폭스는 노쇠하기 시작했다.

폭스에게는 엘리제와 같은 나이인 딸, 아이나가 있다. 즉, 그만큼 폭스와 엘리제는 세대가 다른 것이다.

힘도, 체력도 떨어지고, 어느새 더는 젊지 않고…… 전성기는 진즉에 지나가…… 작년 성전시합에서 차세대 기사인 레일라 스콧에게 패하고, 수석기사의 자리에서 밀려났다.

그것이 엘리제가 마법학교를 찾아가 시대가 크게 움직이기 고작 1년 전의 일.

이 세계가 하나의 이야기라면, 그야말로 이야기가 움직이기 시작하기 직전에 그 무대에서 밀려난 것이다.

너무 젊어서 알렉시아의 시대에는 늦었고, 늙은 지금은 엘리제의 시대에서 멀어졌다.

어중간한 시대에 태어난 어중간한 기사……. 하지만 그렇게 어중간한 자에게도 할 수 있는 일이 있다.

폭스는 자신이 할 수 있는 일을 하고자 엘리제가 유폐된 성녀의 성이 아니라 왕도로 길을 떠났다.

왕도의 존망을 가른 왕도 방위전이 끝날 밤.

아이즈는 성으로 돌아와 쓰러지듯이 옥좌에 몸을 기댔다.

이번 엘리제 유폐는 그 나름대로 세계를 생각해서 한 일이다.

하지만 뭐라고 말하든 핑계는 핑계. 배신행위임은 조금도 달라지지 않는다.

지금까지 쭉 그랬다. 세계를 위해서, 나라를 위해서, 백성을 위해서. 그렇게 자기 자신에게 핑계를 대고 헤아릴 수 없는 사람들을 괴롭히고, 지옥으로 떠밀고, 배신하며 살았다.

용서받을 수 있다고 생각하지 않는다. 용서받아서는 안 된다.

그런데도…… 엘리제는 용서하겠다고 했다.

이 늙은이의 더러운 배신을 '용서' 하겠다고……. 그 말이 아이즈의 마음을 얼마나 구원했는지.

남에게 상처만 주는 인생이었지만, 지금부터라도 조금은 달라질 수 있을까? 아이즈는 그렇게 생각했다.

뭘 해도 죄를 씻을 수는 없겠지만…… 하다못해, 얼마 안 남은 삶 정도는, 이해득실을 다 내던지고 누군가를 위해 바쳐도 좋지 않을까?

그 성녀를 위해서, 최대한 협력하자. 아이즈는 그렇게 조용히 결의했다.

하지만 과거는—— 지금껏 저지른 죄는 그가 도망치게 두지 않는다.

방위전의 피로로 병사가 아무도 없는 왕성에, 누군가의 발소리가 울려 퍼지고, 아이즈와 다섯 걸음 정도 떨어진 곳에서 멈췄다.

그곳에 찾아온 자는…… 디아스였다.

마녀와 내통한 죄로 다른 협력자와 함께 지하 감옥에 갇혔는데, 왕도 방위전으로 병사들이 모두 떠난 틈을 타서 탈옥한 것이리라.

감시자만 없다면 다소 시간이 걸리더라도 철창을 마법으로 끊고 나오는 것도 간단하다.

오른손에는 성의 무기고에서 조달한 검을 쥐고, 증오를 감추지 않는 눈으로 아이즈를 내려다보고 있다.

"디아스인가……."

"내가 왜 여기 왔는지 알겠지? 아이즈?"

"나를 벌하러 왔는가."

"알렉시아 님을 지키기 위해, 나는 지금껏 교장의 자리를 감내했다. 네놈의 목을 당장에라도 날려 버리고 싶은 것을 참으면서 말이다……."

디아스는 알렉시아를 배신한 아이즈와 적대하지 않았다.

아이즈의 명령에 따라 기사를 육성하는 학교의 교장이 되어 후임을 키웠다.

하지만 아이즈도 지금이라면 그 이유를 알 수 있다. 디아스는 자기 주군을 마지막까지 배신하지 않았던 것이다.

알렉시아가 마녀로 전락하고도, 충성을 관철했다.

주군을 지키기 위해서 증오를 참고, 이를 악물고, 순종적인 척했던 것이다.

그리고 엘리제가 다음 마녀가 되는 것을 두려워하고, 방지하려고 했다.

하지만 엘리제와 레일라와 싸우면서 뭔가 심경의 변화가 있었던 것이리라.

이제는 아이즈를 향한 살의를 숨기려고 들지 않는다.

"알렉시아 님은 엘리제에게 맡겼다. 그 성녀가 알렉시아 님을 구할 수 있다고는 기대하지 않지만…… 안 되더라도, 적어도 알렉시아 님은 마녀의 속박에서 해방된다. 만약 알렉시아 님이 돌아가신다면, 나도 지옥에 동행하마."

아이즈가 모르는 일이지만, 디아스는 엘리제에게 일방적으로 부탁한 일이 있다.

만약 가능하다면, 알렉시아 님을 구해달라고.

곧바로 기절하는 바람에 엘리제가 동의했는지는 알 수 없다. 애초에 엘리제는 그렇게 일방적인 부탁을 들어줄 의무가 없다.

그러니 엘리제가 알렉시아를 죽인다면…… 그것도 받아들이자.

적어도 엘리제가 알렉시아를 죽이면 더는 다음 마녀가 탄생하지 않는다. 그 사실을, 디아스는 알고 있었다.

"하지만 우리만 지옥에 떨어질 순 없다. 시대는 변한다. 엘리제가 바꾼다. 머지않은 미래에, 마물과 마녀를 두려워하지 않는, 모두가 바라는 새로운 시대가 찾아온다……. 그 세상에서, 네놈이 뻔뻔하게 살아가는 건 참을 수 없다."

디아스는 조용히 증오를 토해내고, 검을 겨눴다.

지금껏 억눌러 왔던 분노는 마치 불길처럼 타올라 경치를 일렁이게 했다.

기사와 같은 힘이 없는 아이즈조차, 디아스에게서 치솟는 분노의 불길이 보이는 듯했다.

"아이즈……. 네놈은, 새로운 시대를 살 자격이 없다."

지당한 말이다……. 아이즈는 스스로 놀랄 만큼 디아스의 말을 순순히 받아들였다.

알렉시아를 비롯해 수많은 사람을 배신한 자신이, 그들이 바란…… 그리고 도달하지 못한 새로운 시대를 살아도 될 리가 없다.

이것도 인과응보이리라. 남은 시간은 하다못해 누군가를 위해 바치고자 했지만, 그것도 더는 가능할 것 같지 않다.

디아스의 검이 다가오는 것을 보면서, 디아스는 자신에게 찾아올 당연한 결말을 조용히 받아들였다.

하지만…… 심판의 칼날은 아이즈에게 닿기 전, 중간에 끼어든 다른 칼날에 막혔다.

디아스는 경악해서 눈을 크게 뜨고, 잽싸게 뒤로 몸을 날려 거리를 벌렸다.

"네놈은……."

아슬아슬하게 아이즈를 구한 난입자를, 디아스가 노려본다.

그곳에는 디아스의 다음 수석기사. 그리고 레일라의 이전 수석기사.

현 마법학교 교장, 폭스 자작이 있었다.

"폭스인가……. 뭘 하러 왔지?"

"오랜만에 뵙습니다…… 선생님."

경계하는 디아스에게, 폭스는 머리를 깊이 숙였다.

그가 마법학교 생도로 입학했을 무렵, 디아스는 교장에 막 취임한 차였다.

두 사람은 한때 생도와 교사의 관계였던 것이다.

"이야기는 들었다. 네가 다음 교장이 되었다는 것도. 시간도 참 빠르군……. 그 꼬맹이가 지금은 내 후임이라니."

"하나같이 어중간한 후임입니다. 수석기사의 소임을 더 어울리는 젊은 기사에게 넘기고, 교장의 자리도 당신이 빠진 공석에 다른 후보가 없어서 앉은 것에 불과하지요."

"그렇게 어중간한 녀석이 무슨 일로 왔지?"

"어중간한 자의 역할을 다하고자 왔습니다."

"그것이, 저 어리석은 왕을 지키는 일인가?"

"그렇습니다. 엘리제 님과 지금 기사들의 손이 닿지 않는 곳을, 누군가가 채워야 하지요."

디아스가 거리를 좁혀 폭스를 무시하고 아이즈를 베려고 한다.

하지만 레일라에게 패배하기는 했어도 폭스 역시 전대 수석기사다. 쉽게 돌파할 수는 없다.

디아스의 검을 다시 막고, 검을 맞대며 서로 마주 본다.

"비켜라, 폭스. 그 남자는, 네가 목숨을 바쳐 지킬 가치가 없다."

"아닙니다, 선생님. 지금 저분이 사라지면, 나라가 혼란에 빠집니다."

검을 맞대는 것을 그만두고 한차례 거리를 벌린 다음, 두 사람은 서로 빈틈을 찾으며 말을 잇는다.

"앞으로 엘리제 님의 힘으로도 부족해질 때, 국가라는 큰 힘은 반드시 큰 보탬이 될 겁니다. 저분은 그 나라를 안정시키는 데 필요합니다."

"그럴 때가 올까 보냐. 너도 그 계집의 파격적인 힘을 알 텐데."

"압니다. 만능일 수는 있어도, 전능은 아니라는 사실도."

두 사람 사이에서 몇 번이고 검이 충돌해 불똥을 튀기고, 상대의 자세를 무너뜨리고자 동시에 어깨를 부딪쳤다.

시대에서 멀어진 남자들이 움츠러들지 않고 정면에서 맞선다.

"모든 것을 성녀에게 떠넘기지 않고, 한 사람 한 사람이 싸워야 하는 때가 반드시 온다고…… 저는 그런 예감이 듭니다."

"근거는?"

"없습니다. 그러나 천년이나 이어진 마녀와 성녀의 비극이, 그렇게 쉽게 끝날 것으로는 도저히 생각할 수 없지요. 엘리제 님이란 거대한 빛의 등장이, 동시에 거대한 어둠을 깨울 것이라는 생각을 도저히 뿌리칠 수 없습니다. 그렇기에 지금은 나라를 혼란에 빠뜨려선 안 됩니다. 모두가 단결하여, 싸움에 대비해야 합니다. 그리고 나라를 안정시키려면, 아이즈 국왕이 아직 필요합니다!"

"그렇게 불확실한 것을 위해서, 내 분노를 억누르라는 것이냐!"

디아스가 폭스의 배를 걷어차고, 쓰러진 그에게 검을 내리친다.

하지만 폭스는 재빨리 굴러서 검을 피하고, 일어나면서 디아스의 검을 쳐서 날렸다.

그와 동시에 디아스도 폭스의 검을 걷어차 두 자루 검이 허공을 날고…… 디아스는 폭스의 검을, 폭스는 디아스의 검을 제각기 낚아채 다시 검과 검이 몇 번이고 부딪친다.

"알렉시아 님을 구해주기를 기대하고 부탁했으면서, 당신께선 개인의 분노로 상황을 망칠 겁니까?"

"큭……!"

"만약 선생님이 그 정도의 남자라면…… 더는 할 말이 없습니다. 당신을 여기서 벨 뿐입니다."

폭스가 결의를 담은 눈으로 디아스에게 칼끝을 겨눈다.

디아스는 몇 초 동안 말없이 우두커니 서 있었다.

그리고 한숨을 푹 쉬고는 검을 칼집에 도로 넣었다.

"네 말이 옳다."

디아스는 다시 증오하는 눈으로 아이즈를 노려보지만, 살의는 이미 없다.

증오가 사라진 건 아니지만, 지금은 폭스의 말이 옳다고 인정한 것이다.

그 말대로, 알렉시아를 구해 달라고 일방적으로 부탁한 주제에 엘리제에게 피해를 주는 행위는 너무 이기적이다.

"감옥으로 돌아가마."

"선생님……."

"하지만 기억해라. 다음에 그 남자가 누군가를 배신한다면…… 나는, 그때는 더 용서할 수 없다. 네가 앞을 가로막더라도 말이다. 그리고……."

디아스는 폭스에게 등을 돌리고, 걸으면서 말했다.

"엘리제의 힘으로도 부족할 때가 진짜로 온다면, 그때는 나를 불러라. 내가 한 걸음을 걸을 때 천 걸음을 걷는 것처럼 터무니없는 계집이지만…… 그래도 부족한 천한 번째 걸음이 되는 정도는, 이 늙은이도 할 수 있겠지."

그 말을 남기고, 디아스는 떠나갔다.

그 뒷모습을 배웅하고, 폭스는 아이즈를 봤다.

"폐하."

"나도 안다. 저자의 분노는 지당하다. 그래도 그대는 나를 살렸다. 그렇다면 건진 이 생명을, 하다못해 미래를 위해 써야겠지."

아이즈는 이 자리에서 디아스에게 심판받아도 좋다고 여겼다.

그런데도 살려준 것이다. 나라를 위해. 미래를 위해.

그런 건 말하지 않아도 안다.

"새로운 시대가 다가오고 있다. 하지만 엘리제 님 혼자만으론 손이 닿지 않을지도 모르지. 그때야말로……."

"네. 우리가 마지막 한 걸음을 뗄 수 있게 도와줍시다."


새로운 시대는 이미 눈앞으로 다가왔다.

엘리제가 반드시 도달할 것이다.

그 찬란한 미래를 믿고, 시대에서 멀어진 늙은 남자들이 조용히 결의를 다졌다.

# 후기

여러분, 1권 만에 뵙습니다. 작가인 카베돈다이코입니다.
이렇게 가짜 성녀 2권을 찾아주셔서 대단히 감사합니다.

자, 마침 좋은 기회이니 이번에는 본편에서 선보이지 않았던(애초에 선보일 필요도 없었던) 숨겨진 설정 같은 것도 이야기해 보려고 합니다.
일단 본편 내용의 스포일러 행위이므로, 아직 본편을 보지 않았는데 후기로 먼저 넘어온 분은 일단 여기서 읽는 것을 중단하시고, 본편부터 보실 것을 추천합니다.

여기서는 거의 일회성 출연으로 등장한 숲의 사람, 수호자에 관해서 해설해 보겠습니다.
결국 그들의 정체는 무엇인가? 하는 의문을 여러분이 느끼셨을지 어떨지는 모르겠지만, 결론을 먼저 말하자면, 그들은 인간입니다.
수호자들이란 천 년도 더 옛날에, 아직 마녀가 없었을 무렵에 번영했던 고대 문명의 후예입니다.

그러니까 생김새는 그래도 기차를 정비할 줄 알고, 움직일 수도 있습니다.

고대 문명이 멸망했을 때 살아남은 고대인은 뿔뿔이 흩어졌고, 일부는 어딘가의 섬에 정착하고, 일부는 대륙을 건너 지금의 피오리 인류와 섞여 사라지고, 어떤 자들은 문명을 버리고 자연과 함께 살아가는 길을 택했습니다. 여기서 자연과 함께 살아가는 길을 택한 자들이 수호자들의 조상입니다.

도대체 왜 그들은 그런 삶의 방식을 택했는지…… 그건, 살아남기 위해서입니다.

마물은 본능적으로 인간을 노리고, 멸망시키려고 합니다. 그래서 그들은 생각했습니다.

'마물이 인간을 적극적으로 노리면…… 그만두면 되잖아…… 인간을.'

그리하여 그들은 자연에 녹아들고, 문명도 이해하지 못하는 원숭이로 위장했습니다. 그 결과, 아이즈를 비롯한 현대인들에게는 인간이 아닌 생물로 인식되었고, 마물들도 잘 노리지 않게 된 겁니다.

천년이 지난 지금에 이르러서는 마녀조차 수호자들을 공격 대상(인간)으로 인식하지 않습니다.

만약 이 세계에 엘리제라고 하는 이레귤러가 탄생하지 않고 인류가 멸망하더라도, 그들만은 살아남겠죠.

다만 겉모습이 인간과 비슷(원래는 인간이 맞지만)하므로, 마물이 인간으로 착각해서 공격하는 일도 있습니다.

또한, 그들은 자연과 조화롭게 사는 것을 택했지만, 기술이나 지식은 계승하고 있습니다.

이건 언젠가 인류가 멸망한 뒤에 역할을 마친 마녀나 마물이 세계에서 사라지는 날이 온다고 믿기 때문입니다. 그리고 마녀와 마물이 사라졌을 때 약삭빠르게 문명을 재건해 인류를 재흥하려는 꿍꿍이가 있거나 합니다.

그런 배경을 지닌 수호자이지만, 작중에서는 딱히 이 배경에 아무 역할이나 의미가 없어서 전혀 이야기되지 않았습니다. 그러므로 앞으로도 그들은 그저 유쾌한 숲의 사람들로 있을 겁니다.

일단 이번에는 이쯤에서 해설을 마치겠습니다.

마지막으로 이번 2권을 출간하면서 이전처럼 애써 주신 KADOKAWA 님, 훌륭한 일러스트를 그려 주신 유노히토 님, 그리고 지금 이 책을 읽어 주시는 여러분께 깊이 감사드리고 후기를 마무리하고자 합니다. 3권이 나간다면 그때 또 보겠습니다.

카베돈다이코

# 이상적인 성녀? 미안, 가짜 성녀입니다!
## ~사상 최악으로 불린 악역으로 환생했는데요~ 2

2023년 10월 20일 제1판 인쇄
2023년 10월 25일 제1판 발행

**지음** 카베돈다이코
**일러스트** 유노히토

**발행** 영상출판미디어(주)
**등록번호** 제 2002-000003호
**주소** 07551 서울특별시 강서구 양천로 570 NH서울타워 19층
**대표전화** 02-2013-5665

**ISBN** 979-11-380-3453-1
**ISBN** 979-11-380-3195-0 (세트)

RISO NO SEIJO? ZANNEN, NISE SEIJO DESHITA! Vol. 2
~KUSO OF THE YEAR TO YOBARETA AKUYAKU NI TENSEI SHITANDAGA~
ⓒkabedondaikou, Yunohito 2022
First published in Japan in 2022 by KADOKAWA CORPORATION, Tokyo.
Korean translation rights arranged with KADOKAWA CORPORATION, Tokyo.

구매 시 파손된 도서는 구매처에서 교환하실 수 있습니다.
기타 불편사항, 문의사항이 있으신 독자님께서는 노블엔진 홈페이지
[ http://novelengine.com ] 에서 Q&A 게시판을 이용해 주시기 바랍니다.

고생한 끝에 낙이 온다?! '건강한 몸'을 얻어서 여유롭게 땅을 갈고
농사를 짓는 이색 슬로 라이프 스토리, 스타트!

# 이세계 유유자적 농가

## 1~6

투병 끝에 젊은 나이로 세상을 떠난 청년.
신의 자비로 '건강한 몸'을 받아서 전이한 이세계에서, '만능농기구' 하나로
생전에 꿈만 꿨던 농사일을 시작하는데——
자유롭게 개척하는 대지, 개척한 농지로 하나둘 모여드는 새 가족들.
느긋하고 즐거운 삶이 여기에 있다!
**게임 시나리오 라이터가 전하는**
**슬로 라이프×이세계 농업 판타지, 여기에 개막!**

ⒸKinosuke Naito
Illustration : Yasumo
KADOKAWA CORPORATION

나이토 키노스케 지음 / 야스모 일러스트

**영상출판**
**미디어(주)**

애니메이션 시즌 2 제작 결정!
불로불사의 마녀님과 고원의 집 식구들이 즐거운 일상을 전합니다!

# 슬라임을 잡으면서 300년, 모르는 사이에 레벨MAX가 되었습니다
## 1~18

회사의 노예처럼 일하다가 죽고, 여신의 은총으로 불로불사의 마녀가 되었습니다.
이전 생을 반성하고, 새로운 생에서는 슬로 라이프를 결심해
돈에도 집착하지 않고 하루하루 슬라임만 잡으면서 느긋하게 300년을 살았더니——
레벨99 = 세계 최강이 되어 있었습니다?!
그 소문이 퍼지고, 호기심에 몰려드는 모험가, 결투하자고 덤비는 드래곤,
급기야 나를 엄마라고 부르는 딸까지 찾아오는데 말이죠——.

모리타 키세츠 지음 / 베니오 일러스트

영상출판
미디어㈜